与真爱一起跳舞

张俊红◎编著

新疆美术摄影出版社
新疆电子音像出版社

图书在版编目(CIP)数据

与真爱一起跳舞 / 张俊红编著. -- 乌鲁木齐 : 新疆美术摄影出版社:新疆电子音像出版社, 2013.4
ISBN 978-7-5469-3899-8

Ⅰ. ①与… Ⅱ. ①张… Ⅲ. ①故事 - 作品集 - 世界
Ⅳ. ①I14

中国版本图书馆 CIP 数据核字(2013)第 071591 号

与真爱一起跳舞 主 编 夏 阳

编 著 张俊红
责任编辑 吴晓霞
责任校对 李 瑞
制 作 乌鲁木齐标杆集印务有限公司
出版发行 新疆美术摄影出版社
新疆电子音像出版社
地 址 乌鲁木齐市经济技术开发区科技园路 7 号
邮 编 830011
印 刷 北京新华印刷有限公司
开 本 787 mm × 1 092 mm 1/16
印 张 14.75
字 数 220 千字
版 次 2013 年 7 月第 1 版
印 次 2013 年 7 月第 1 次印刷
书 号 ISBN 978-7-5469-3899-8
定 价 44.50 元

本社出版物均在淘宝网店:新疆旅游书店(http://xjdzyx.taobao.com)有售,欢迎广大读者通过网上书店购买。

目录

第一章　真爱，其实就在你身边

当你和别人一起分享真爱，自己才能感觉得到真爱，自己才能享受到真爱。

祖母给我们满怀惊喜与自豪

当你和别人一起分享真爱，自己才能感觉得到真爱，自己才能享受到真爱。

祖母85岁了，成了一个鬓如霜、耳聋、眼花、走路蹒跚的老人。每次回老家，见到坐在床头的祖母，我总禁不住在心底暗暗感叹时光如流水，不经意间，就将一个人那么多的芳华岁月，悄无声息地带走了。

今年五月，我回家探亲，问祖母为何不戴我去年给她买的助听器，她笑着说她只是偶尔有一点点耳背，不用戴那东西。后来妹妹告诉我，祖母只是跟楼下的邻居们炫耀了两次，一直没有戴助听器，并不是因为耳聪，而是她不想让我们感觉到她老了。

妹妹说的很对。这些年来，祖母总是跟我们抢着挑菜、刷碗、擦地板，她这是在告诉我们——她的身体还好，还能干许多活儿，还没有苍老到只能吃喝和睡觉。

那天，我要出去见一个朋友。穿西服时，袖口的一枚扣子突然脱落下来。我捡起那枚可有可无的扣子，将其放到一旁。祖母见了，忙翻出那个陪了她快半个世纪的针线包，拿出针线，要帮我把扣子缝上。

我笑着说："您眼睛都花了，还是让我来吧。"

祖母不服气地："谁说我的眼睛花了？我还能把线穿到针眼里呢。"

说着，祖母从线团上扯过一截细线，将线头放在嘴唇边，用唾液抿湿，然后，又用手捻了捻，才颤巍巍地把线头举到那根针前，一次，一次，又一次，她连着试了好多次，都没能将那细细的线头穿过针眼。

我看着很着急，便凑过去想帮她一下，她却不肯让我插手，嘴里还直念叨："前两天，我没怎么费劲儿，就穿好了，是这边儿的光

线有点儿暗，我再到窗前试一试。”

祖母挪了挪身子，屏息凝神，再次举起针和线。又一次次地离成功擦肩而过，祖母并没有气馁，也没有急躁，仍耐心地一试再试。我正在心里暗自叹息祖母的固执，祖母忽然惊喜地喊道：“好了，穿上了。”

果然，祖母自己把线穿过了针眼。随即，她拿过那枚扣子，开始慢慢地穿针走线。

岁月真的很无情，祖母的动作明显迟缓了，全然没了我记忆中的那份娴熟，那份干脆利落。然而，就在那一刻，望着满脸皱纹的祖母那青筋暴起的手，一下一下，在阳光里起起落落，我的眼睛里满是感动。

“好了，缝结实了。”祖母像完成了一项重大工程，一脸的欣然。

“您的眼神儿还这么好，手艺还这么好，您真的不老啊!”我由衷地赞叹道。

“是啊，我还没老，还能干很多活儿呢。”祖母骄傲地收拾着她那些宝贝，告诉我若是有一台缝纫机，她或许还能给我做几双鞋垫呢。我说相信她还能操作缝纫机，还能让我们大开眼界的。

我这样一说，祖母反倒有些不好意思了：“听说现在的缝纫机都先进了，我怕是用不好了，只能用用这些陪了我一辈子的针线了。”

“这么多年来，您的一针一线，缝入了多少的爱，缝进了多少深情啊。”我突然想起了已逝的一位文友曾写过的一篇美文。就在那一针一线的游走中，祖母一生为我们缝制、缝补了无法计数的衣裳，从寒冷中缝出了温暖，从清贫中缝出了富有，从艰难中缝出了幸福……

真好，我的 85 岁的祖母，还能穿针走线，还能给我们带来满怀的惊喜与自豪。

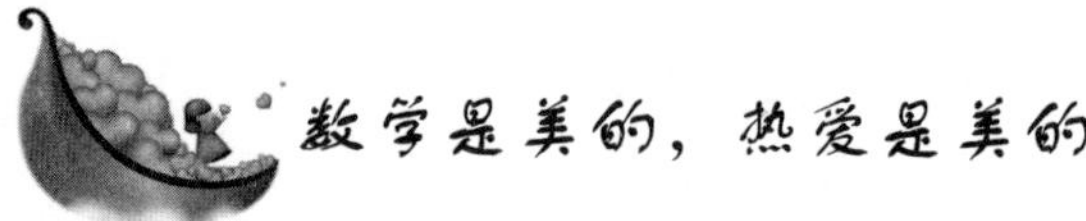

数学是美的，热爱是美的

什么是真爱，真爱又是什么，不管我们在什么地方，到处都可以看到写满了那些真爱的故事，故事有让我们感动的，也有让我们心动的，有让我们祝福的，也有让我们吐沫的。

他出生在四川省的一个偏远的山区，交通落后，文化贫瘠，家里仅有的几亩薄田，连温饱都难以维系。

20 世纪 80 年代初，18 岁的他参加了一次高考，却名落孙山。他很想继续读书，但家徒四壁的窘境，让他无奈地放弃了求学之路，他成了一个地地道道的农民，精心地侍弄那些庄稼，春种秋收，忙忙碌碌。再后来，他娶妻生子，像村里那些山民一样，过着波澜不惊的简单至极的日子。

但不同的是，农闲时，别的农民打牌、喝酒、闲聊，他却捧起数学书，如饥似渴地研读起来，随便抓过一截木棍，或者一块石片，就是他得心应手的笔，而大地则是他最好的演草纸。那些不等式、方程、几何图形，就像那些长势喜人的庄稼一样，在他的眼睛里美丽地摇曳，如花，一朵一朵，在心头绽开。

有人说他着了魔，被数学勾去了魂儿。他嘿嘿地一笑，不作任何解释。

有人说他傻，说他一介农民，整天捉摸那些毫无用处的数学，简直不可理喻。他却淘到金子般地自言自语道：他们哪里知道，数学也有着迷人的美。

90 年代，随着家里人口的增多，日子越来越艰难，他只得背起简单的行囊，外出打工。他种过花，制过砖，养过鸡，修过路，扛过包，卸过货……各种各样的苦活、累活、脏活，他都干过。经常每天打工十二三个小时，累得浑身酸疼也是常事。

可不管打工的日子多么艰难，只要有一点点的空闲，他便捧起数学书，忘我地沉浸其中，将生活的艰辛和苦难全都抛在了脑后。

许多打工者眼里毫无用处的数学，竟成了他生活不可或缺的一部分，亮丽了他的生命。

他如此地痴迷数学，误了不少农活，少赚了一些钱，妻子认为他不务正业，一气之下跟他离了婚。然而，他对数学的痴情始终不曾改变。

他没有满足于在报刊上发表自己的研究成果，又把一摞摞手稿寄给了哈尔滨工业大学出版社的数学专家刘培杰。刘培杰在海量的各类来稿中，对他那些用破纸袋邮寄的手稿越读越惊讶，他的每一篇文稿，推演过程都十分缜密，论证逻辑非常严谨，结果完全正确。另外，他的文稿标题新颖生动，流露出浓厚的生活气息。显然，他是一个很有情趣的人，他对数学的热爱早已超越了功利。

很快，他的上百万字的手稿变成了铅字，他的《编平面几何解题方法全书》等一经推出，便畅销再版。

他就是著名的“农民数学家”——邓寿才。如今，他仍在紧张、忙碌的打工之余痴迷于数学，他曾写过的一篇《数学赞》和一首《数学诗》，向人们传递这样由衷的感慨——数学是美的，热爱是美的，只要痴迷地耕耘，就一定会收获甜美的果实。

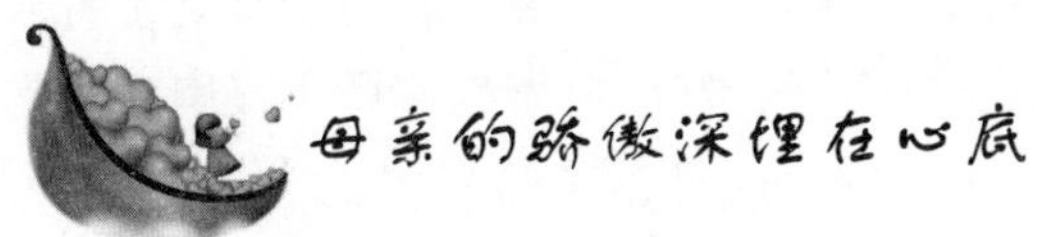

母亲的骄傲深埋在心底

当你和别人一起分享真爱，自己才能感觉得到真爱，自己才能享受到真爱。真爱是无私的，真爱是用来付出的而不是索取的。

母亲是个普通得不能再普通的农村妇女，识不了多少字，田里、家里的活儿，做得也很一般，但有一样很特别，那就是对子女的期望总是很高很高，在她眼里，自己的孩子理应是最出色的。

读小学时，我就常常得双百分，每当我雀跃着拿着成绩单给母亲看时，她至多是扫上一眼，淡淡地一句：“知道了，别骄傲得翘尾巴啦。”至于奖励，那是一点儿也别指望。这还不算，当左邻右合的叔叔婶子们见了面夸奖我几句时，母亲总是不以为然地回一句：“小孩子家，吃得饱，穿得暖，又不干什么活儿，得个双百分还不是应该的?”

上中学了，家里困难，不能给我买自行车，我要用我的两片脚板一步一步地量那十多里的山路。每天天刚蒙蒙亮，我就背上干粮上路了，要花掉一个多小时，才能赶到那所无电、无水的简陋得不能再简陋的乡中学。

风里来雨里去，我饱尝求学的艰难，更加用功了。三年后，我以超出录取分数线三十多分的成绩考上省重点校——县城一中，并且是乡中学四年来唯一考取县城一中的。要知道，进了一中，就意味着半只脚已跨进了大学的门槛，对母亲而言，则意味着她期望儿子走出山村的梦想就要成为现实。

拿着录取通知书，父亲满脸的喜悦无法掩饰，大声地提议摆两桌，请亲戚朋友来庆贺一下，母亲却摇头道:“这刚哪到哪，只是去县城读书罢了，没啥值得太高兴的。”母亲的一瓢凉水兜头浇下来，让我心里很是不服气了一阵子，私下里直埋怨母亲的心太高，一点儿也不为儿子骄傲。慢慢地，我就暗暗地告诉自己一定要考上一所名牌大学，让母亲为我骄傲一次。

高中三年，我勤奋异常，体格一向不错的我，甚至累昏过一次。功夫不负有心人，黑色的七月过后，我终于拿到了省城哈尔滨那所著名大学的录取通知书。整个村子都沸腾了，因为我是全村有史以来第一个考上大学的，而且是去哈尔滨上学，连乡长都来祝贺了。好多人都建议这回可要好好庆祝一下，父亲也开始张罗着要好好操办一下，但最后还是让母亲给推掉了，她说还是省了钱，让孩子好好念书吧。其实，我知道母亲心疼钱是假，她只是不愿意太张扬了，可我在心底里却更加深信母亲是不为儿子骄傲的。

四年的大学生活，我又拿了不少的奖，父亲和亲属们都感到面子上很光彩，唯有母亲每每总是淡然处之，似乎我所取得的一切成绩，都不过是极其平常的，根本用不着夸耀。

待到我写了许多文章，成了省作家协会的会员，母亲依然如此。终于有一天，我按捺不住了，问母亲真的不为儿子骄傲吗?

母亲依旧淡淡道:“你觉得你很优秀了，其实你只不过尽了努力，你所取得的成绩是理所应当的。”

我还想辩解，但母亲转身忙自己的事去了，留我在那儿呆呆发愣。

今年的春节，当我将新出版的散文集拿给父母看时，我看见母亲的眼里闪过一丝惊喜，只是口中仍平淡地告诉我还得继续努力。

母亲去了厨房，父亲跟过去，悄声问她真的不为儿子骄傲吗？母亲轻声却掩饰不住喜悦地说道：“哪里的话？我不夸奖他，只是不想让他沾沾自喜，让他更努力些，做得更好些……”

至此，我才恍然明白了，在母亲的内心里，她一直在为儿子骄傲着，只是她选择了那样一种看似淡然的方式。

我真的要感谢母亲，那淡然的背后蕴藏着怎样的一种深沉的勉励啊，那正是我成长中不可或缺的源源不竭的动力。母亲的骄傲深埋在心底，我却要大声地喊出——我为母亲而骄傲。

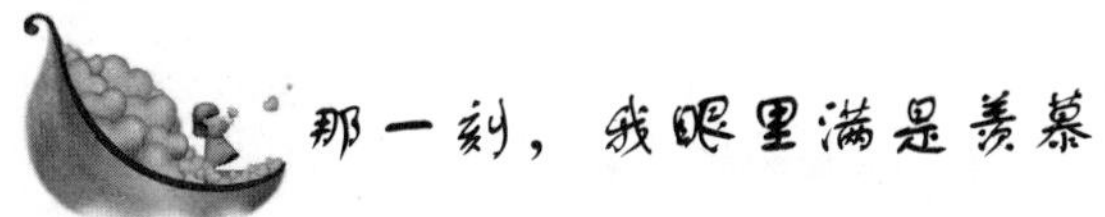

那一刻，我眼里满是羡慕

大千世界人人在寻求真爱，其实真爱就在你心中，自己有的就是真爱，只是你把它深藏起来了，不愿意给人分享而已。

约好的集合时间已过了十多分钟，旅游车即将向下一个景点行进，还有一对年轻恋人没上车。众人不约而同地将目光投向窗外，只见那个高大帅气的男孩，两手拎着大包小裹，正满脸堆笑地哄着身旁那个小巧玲珑的女孩：“宝贝，别生气了，等到了下一个景点，我一定给你买一个更漂亮的。”

“我就要那样的，就要那样的。”女孩挥着秀拳轻擂男孩，旁若无人地撒娇。

“好好，就要那样的，就要那样的。”男孩一副唯命是从的好脾气，像一个特别溺爱孩子的家长。

“以后凡是我说好的，你只能赞同，不能提反对意见。”女孩有些得寸进尺了，嗓门儿也大起来。

“遵命！我即使有意见也必须保留，不能说出来。”男孩把女孩拉上车。

“这还差不多。”女孩奖赏地在男孩面颊上轻吻了一下。

男孩有些羞涩地向满车等候的游客道歉，女孩也有些不好意思地垂下头来。这时，一位老者羡慕地慨叹：“年轻真好，还可以这样无拘无束地撒娇。”

有一部外国的老影片，片名和主要内容都忘记了，只记得其中的一个片段：

新婚燕尔的丈夫奉命即将出征，军令来得很突然，他絮絮地向妻子叮嘱着，妻子扯着丈夫的手，撒娇道：“你那么不放心我，就不要走好了。”

丈夫依恋地：“我多想听你的话啊，可是……”

“你还非得要走，还是不听我的话啊。”妻子娇嗔道。

“因为那是命令，我是军人，不能不服从。”丈夫认真得像个孩子似的辩解。

“你以前可是说过，会无条件地服从我的命令的，现在你食言了，该罚你。”妻子继续撒娇。

“对，该罚我。”丈夫俯下身子，背起妻子在地上转起圈儿来。妻子面颊紧紧地贴着丈夫宽厚的肩膀，眼眶里蓄满了难以言表的晶莹。

能够毫无顾忌地撒娇的对象，一定是自己最最紧密的人，小时候大多是父母，长大了就变成了恋人和爱人，也可能是最知心的朋友。有可以撒娇的人，一定是幸福的，无论怎样的情思，都可以毫无遮拦地呈现出来，无论怎样的话语，都可以无需斟酌地吐露出来。

当然，能够有幸成为撒娇的对象，能够接受撒娇，也是十分幸福的。因为那一览无余的爱，就在撒娇时像阳光一样活泼地流淌着。

一次去公园散步，遇见一位白发苍苍的老头，一只受伤的手缠着纱布，一只手握着一个袖珍收音机。他的老伴正举着一串糖葫芦，伸到他的嘴边，像喂孩子似的，看着他津津有味地吃着。

还剩下最后一个山楂，老伴掏出手帕帮老头擦擦嘴：“这一个，我吃了。”

“真是一个小馋猫!”老头笑眯眯地说。

“你才是小馋猫呢，我这是在打扫狗剩。”老伴很认真地纠正道。

“你总是有理，这辈子算是说不过你了。”老头愉快地投降。

“下辈子也别想说过我，也得听我的。”老伴笑嘻嘻地搀起老头。

那一刻，我眼里满是羡慕，心里柔柔的：能够那样轻松、自由地撒娇，该有多好啊。平淡、平凡甚至庸常的日子，都会因为那样爱意充盈的撒娇，而多了些许温馨和温暖。

如是，千万别忘了，一定要向身边那个可以撒娇的人，尽情地撒娇，因为那是表白爱、传递爱的一种特别好的方式。

洒进她心灵的那些阳光

人的一生遇到真爱的机会很少，因为人生短短几十年，能恰好碰到一份属于自己的感情真的很不容易。有时候心中一动就已错位，而错过就会再无缘相见就会生死两茫茫。

自从他去东北打工以后，她就时常留意那座城市里的天气变化。她很担心，在江南生活了四十多年的他，会忍受不了那里的严寒，特别期盼他能早些回家。

她没想到，他寄回来一封长信。在信中，他给她讲了北方的许多新奇的风景和有趣的见闻，还说刚进10月，那座城市便下了第一场雪，洁白的雪花落地好长时间都不融化。还告诉她，那里每年一度的冰雪节都会吸引天南海北成千上万的游客，他所在的公司还准备给他们这些打工者买集体票，去著名的“冰雪大世界”游览呢。他还在信里面夹了一张报纸做的彩色广告，那一大群的豪华建筑，有一个非常美丽的名字——阳光一百。他自豪地告诉她，他是阳光一百建设者中的一员，他就吃住在阳光一百。

信的末尾，他说其实挺想她和孩子的，但是，他今年回家要晚一些，因为还有不少活儿没完成，让她和孩子不用担心，他在那里，活儿不算累，吃的好，住的暖。

握着那封长信，她一直牵挂的心，稍稍地安稳了些。她情不自禁地将彩色广告又捧到眼前，细细地端详着那一幢幢气势非凡的高楼，仿佛自己的男人正在其中的某一个窗口里，望着她憨憨地笑。

阳光一百，多么让人心暖的名字啊。在那座充满异国风情的城市里，那样的一大片高楼里面，一定住着许许多多阳光一样灿烂的人们，一定有许许多多阳光一样温暖的故事。

她把那张广告收藏好了，每当有村民到她家里，她总会炫耀似的拿给人家看，骄傲地告诉人家，他就在那里打工。

11 月都快要过去了，他还没回来，在她焦虑的顾盼中，他的又一封信跨越万水千山，落到了她的手中。信皮上的落款，还是那个让她喜欢的阳光一百。

他从信里告诉她，他仍住在阳光一百，屋子里都安装了暖气，一点儿都不冷。他又接了一份室内装修的活儿，挺轻松的，就是挺消磨时间的。他说从大西南到大东北，千里迢迢的，出来一次很不容易，碰到挣钱的活儿，要是不去干，实在太可惜了。

在信里面，他向她描述了松花江上那座特大的斜拉桥甭提有多么漂亮了，晚上，他和同伴走在华灯闪耀的大桥上，就像走在一幅壮丽的图画里。他还向她描述了东北那道特色菜——猪肉炖粉条儿，说那味道真是好极了，他经常吃，还说这次回家一定要做给她吃。他还告诉她，他买了一件打折的羽绒服，可暖和了。

她知道他一向心细，知她疼她，一定怕她牵挂，才拣了种种的好一一讲给她。

抚摸着信纸上那些阳光一样灿烂的话语，她感觉到了一种真切的幸福，正在身边弥漫开来，她多想把那奇妙的感觉讲给他听啊。

她勤快地忙碌着家里大大小小的事情，连那些他一再叮嘱要等他回来干的重活儿，她也咬着牙干完了，她只想让他回来后能好好歇歇。她知道，出门在外的苦和累，他从来都是轻描淡写的。

快到元旦了，村里外出打工的人都陆陆续续地回来了。他仍没有回来，她心里的担忧在一天天地加重。

那天晚上，她正在屋门口洗衣服，直起身来要拧干那条被单时，不由自主地瞄了一眼电视，电视上一晃而过的那个几个镜头，立刻让她僵住了：在偏远的市郊一栋四面透风的新楼的一个房间里，冰冷的水泥地面上铺着薄薄一层稻草，十几个衣衫破败的农民工，正瑟瑟地拥挤在一起，靠彼此的身体取暖。他们一个个蓬头垢面，眼睛里满是伤感和无奈，他们面前的饭盒里，只有几个硬邦邦的冻馒头和干黄的白菜叶拌的咸菜。

她一眼就看到了她朝思暮想的他，他身上穿的是那件一直没舍得扔的线衣，上面有她缝的补丁，明晃晃的。

原来，他并没有在阳光一百打工，而是在另外一个建筑工地，楼在 10 月初就建好了，但他和同伴遭遇了恶意欠薪，他们连回家的路费都凑不够了，只得留下来，一次次地去找，一次次地去求，希望能够早一点儿拿到工钱回家。直到他们当中有人冻伤了，最后连最简单的吃饭问题也难以解决了，他们的遭遇才被记者知道。

“怎么会这样?”她泪流满面地蹲下来，手里湿漉漉的被单早掉到了地上。

一夜无眠，她呆呆地坐在那里，眼前不断地变换着电视里那几个刺眼的镜头和他信中描绘的那些美丽景象。

第二天天刚蒙蒙亮，后院的邻居便急匆匆地来喊她过去接电话。哆哆嗦嗦地握住话筒，她的整个心都在颤抖。

他在那边欢快地向她报告：“老婆，昨晚我们刚看了冰灯，可漂亮了，工钱全拿到了，回家的车票也拿到了，这回坐的是卧铺，是公司出钱买的。”

“阳光一百，真好！我们等你回来!”她的眼泪簌簌地落下来，她猜想一定是媒体的曝光，快速地解决了问题。

三天后，他带着大包小裹回到家中。放下东西，他便开始给她讲这几个月在那座城市里见到的各种美丽的风景，他说那座城市风景多么好，那个公司老板多么关心员工，他还说等有钱了一定带她去那个城市旅游，去看看他建设的那个阳光一百……

她没告诉他，那晚上她在电视里面看到了他。她只是紧紧地握着他的手，一遍遍地呢喃着：“阳光一百，真好！阳光一百，真好!”

他给她做了猪肉炖粉条儿，她只吃了几口，便忍不住转过身悄悄擦去眼角的泪花。她说挺好吃的，就是有些腻，她让他吃，他吃得满脸红光，还直说和他最近这几个月吃的是一样的味道。

他酣然入梦了。她又翻出那两封信，目光久久地停留在“阳光一百”上面。她不知道真实的“阳光一百”是什么样子，但是，她百分之百地相信，身边这个疼她爱她的人，慧心地洒进她心灵的那些阳光，会让她一生都拥抱温暖与美好。

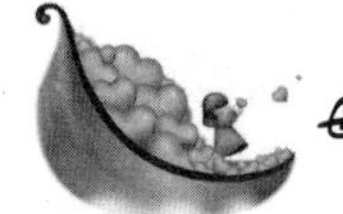

母爱都是一样的——宽厚，无私，执着

一直在问自己到底爱是什么？总听别人说爱是宽容、理解、支持……但后来才发现这些都不是最重要的。

又下起雨来了，先是淅淅沥沥的，一会儿便噼噼啪啪了。站在车站候车厅前的门廊里，她的心情比外面的天空还要阴郁，因为一件小事，她跟母亲赌气跑到了这座陌生的城市。而她要投奔的朋友，此刻正从另外一个城市往回赶。

她百无聊赖地打开手机玩起了游戏。忽然，有短信发来。她打开一看，是一个陌生的手机号码，短信的内容是：英子，晚上回来吃饭吧，妈妈做了你最爱吃的红烧鱼。

是哪个粗心的妈妈把短信发错了？这样的事她碰到好多次了，不用去理会它，她继续玩游戏。不一会儿，又一条短信发来，还是那个陌生的号码，只是语气急切了许多——“英子，快回来吧，妈妈错了。”

妈妈有什么错呢？给女儿做了她爱吃的红烧鱼，还要向女儿认错？带着好奇，她回复了一条短信，告诉那位母亲，她不是英子，是她把短信发错了。

“谢谢你，我知道发错了，因为英子一整天都在关机。”那位母亲的短信又发过来了。

“知道错了，为何还要向素不相识的人发短信？”她更加好奇起来。

“因为她的手机号码跟你的就差一位数字，给你发短信，我就感觉在跟女儿通话，我相信，你会理解一位母亲的心。”望着显示屏上那滚动的字，她仿佛看到了那位焦急的母亲正望眼欲穿地等待着女儿的回话。没有犹豫，她拨响了那串数字。

“英子，你终于回话了。”她听到了那边传来的惊喜。

“我不是英子，我是你刚才给发短信的那个女孩，我要告诉您，不要担心，您的女儿会回去的。”她不知道这样简单的安慰，会对那位母亲有多大的帮助，但她只能做这些。

随着感谢的传来，那边的母亲又跟她谈起了女儿英子，语气里流露着毫不掩饰的慈爱。她一再检讨着自己不该冲着女儿发火，虽然她十分不满意女儿那份所谓的爱情。她理解道：“您那是出于对女儿的无私的爱，我相信做女儿的以后会明白的。”

那位母亲赞扬她是一个通情达理的女孩，说要是早点认识她，让她帮助劝劝女儿就好了。

“我是一个通情达理的女孩?”她的脸上肯定有着一抹羞愧，她赶紧说自己可没有那么好，其实她也是一个任性的小女孩儿。那位母亲不相信，说听她讲话，就知道她是一个特别善解人意的女孩。电话那端说得很诚恳，叫她很不好意思。

这时，那位母亲大声地喊道：“你等等，有电话打进来，可能是我的女儿。”几分钟后，那位母亲失望地告诉她：“不是女儿，真不知道她到哪里去了？这座城市里我所有朋友那里我都找过了，真怕她有什么想不开的……”她清晰地听到了那如焚的焦急。

“她都是一个大人了，不会有事的。”她苍白地安慰道。

“再怎么说，她也还是一个孩子啊。我真后悔，不该把话说重了。”做母亲的又开始自责起来。

“即使那样，做女儿的也该理解理解母亲啊。”说完这句话，她的心不禁一想，“我现在不也是这样吗？我是不是也任性得过分了呢?”她好像看到了远在乡下的母亲，站在村口的小路上翘望的熟悉的身影。因为家中没安装电话，多年来，母亲在村口张望她回家的身影已是一道爱的风景。

是啊，有多大的事情不能跟母亲坐下来好好地交谈呢？即使母亲有一千个错，那也是因为出于对女儿的爱啊，更何况自己做事也

多欠考虑呢？她忽然感到自己应该马上回去了。于是，不再等朋友了，而是立刻踏上了回家的列车。

午夜时分，当她赶到家时，母亲正在灯下抹着眼泪，见到她回来，立刻给她端来热乎乎的饭菜，看着她狼吞虎咽地吃着，她疼爱地说："是妈妈错了，妈妈不该……"

"不，妈妈没有错，错的是我。"她忘情地扑到母亲的怀中。

从那天起，她知道了母爱都是一样的——宽厚，无私，执著。

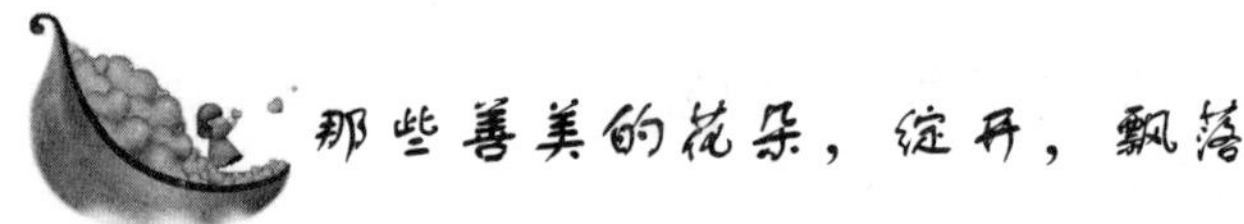

那些善美的花朵，绽开，飘落

原来，在岁月沧桑的枝头上，那些善美的花朵，兀自绽开，兀自飘落，都那么自自然然。唯此，才让人们蓦然回首时，内心陡生美好，如诗。

又是岁末，又是祝福纷扬的季节。

夜色很晚了，天空中飘起了细细的雪花，她推起那个用铁皮桶改制的烤炉，慢慢地朝家中走去。她在那个街口卖烤地瓜，已经好多年了，生意不好不坏，勉强能维持温饱。

回到家中，她找出那两本已翻得有些破烂的杂志，翻到后面那让她无数次唏嘘不已的几页，那上面印着一些渴望救助的穷困孩子的简单情况和联系地址。她拿来一沓明信片，开始给那些远方的孩子们书写自己心中的祝福。一词一句，细细斟酌；一笔一画，认认真真，她像一个虔诚的修女，让那一个个方块字朝圣般地排列开来，仿佛在摆放一朵朵洁白的雪莲花。

她从杂志上那些简短的介绍性文字里面，读到了太多的艰难、苦涩、无奈、渴望和憧憬，她知道每一小段文字后面，都藏着一个酸楚的故事。她多想帮一帮他们，给他们一缕温暖，给他们一份欣慰，给他们的梦想插上翅膀……然而，她自己也是这座城市里极为卑微的一员，卑微如一株被人近乎忽略的小草，每天都在忙碌地追赶着自己的温饱，像一只勤奋的蚂蚁。

可是，除了轻轻地叹息，除了暗暗地流泪，她还是想为那些被贫困逼回家里的孩子做些什么。她想了又想，终于有了一个主意：给每一个孩子邮寄一张明信片，写上关切的话语，写上祝福的话语，让他们感觉到，这个世界并非是冷漠的，生活也并非是暗淡的，还有人在乎他们的冷暖，还有人期盼他们幸福……她多么希望，这些薄薄的明信片，真的会给一颗颗在窘迫中跋涉的心灵些许温暖。

一张张明信片写好了，她又一一按照杂志上的地址核对了一遍，生怕她的心愿无法抵达。

我不曾问过她后来怎么样了，但我相信，她那些如花的善意，一定会穿越万水千山，会春风般地吹入那一颗颗渴望美好的心灵。

我曾经采访过一位企业家，他生前曾捐助过近百位大中小学生，他们很少向他表达感激。当他患了不治之症，住进重症病房后，有不少当初受过他捐助的学生知道了，却只有三位学生打电话或到医院去探望过他，其他的受助者似乎都忘却了他，没有给他送上一份关切。甚至当我追问一位受他帮助已读完大学并找到工作的年轻人，为什么不去看望自己的恩人，那位大学毕业生竟借口自己刚参加工作，太忙了，没顾过来。

当我慨叹某些年轻人不懂得感恩时，已病入膏肓的企业家却淡然道，不要责怪他们，当初伸出援助之手时，根本就没有想过将来要获得怎样的回报。人生一世，有一些善美的花朵曾经绽开过，曾给人送去过美丽、送去过馨香，就足够了。

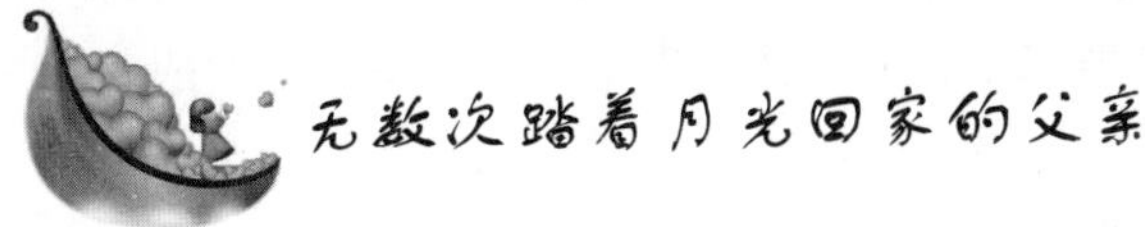

无数次踏着月光回家的父亲

父亲对我们的爱一直都存在，只是要细细体会才能发现而已。

那时候，父亲在40里外的砖厂打工，砖厂每个月末会放假一天，那是父亲最盼望的日子，他会在放假前一天晚上，换上母亲做的千层底的布鞋，翻山越岭地往家里赶。

父亲回家的路很难走，有沟壑，有小溪，有独木小桥，有时干

脆就是荒草丛生的小径，有时则是乱石林立，若是赶上了雨季，天黑，路滑，风硬，稍不小心，便会跌倒，弄得一身狼狈。然而，不管天气如何，父亲总会雷打不动地回家。因为一家子的人都在期盼着他，他回来了，家里便有了节日的气氛。

母亲会把好吃的东西留在父亲回家的那天拿出来，温柔地劝父亲多吃一点儿，父亲嘴上说着吃吃，却不停地把好吃的向我和弟弟妹妹面前推。一家人高高兴兴地聚在一起，听父亲讲完砖厂里的那些新鲜事，我和弟弟妹妹又抢着把自己的那一点点得意的好事，比赛着讲给父亲听。然后，接受兴奋的父亲慷慨的赞扬，再接过他从兜里掏出的那些花花绿绿的小礼物，有糖块、蜡笔、玻璃弹子、连环画册、羊拐等等，那些给我们的童年和少年带来无数快乐的小礼物，一直让我难以忘怀。在远离父亲的那些日子里，每每想起那些小礼物，心里总有说不出的温暖，像秋天煦和的阳光。

饭后，母亲会端来一大盆热水，看着父亲极舒坦地泡脚，母亲心疼地问父亲："累吧？走那么远的夜路。"

父亲笑呵呵地说："不累，有明亮的月光一路陪着，还可以想想你和孩子们的模样，脚底下就像生了风，很轻快。"

"其实，你可以两个月回来一次，家里的一切你都看到了，不用挂念的。"母亲轻轻地搓洗着父亲磨出大洞的袜子。

"我知道你挺能干的，孩子们也都懂事，可是，我还得回来看看，看看一家子人都好好的，我回去干活儿轻松。"父亲慢慢地挑开脚底的血泡。

"有时候，我就想砖厂放假的前一天晚上，要是都能赶上满月该多好，在亮堂堂的月光里往家里走，心里也会亮堂的。"母亲能够想象到父亲晚归的路，走得有多辛苦。

"不是满月也可以，有一点点的月光就行，还有那么多大大小小的星星呢，路上不会寂寞，也不会害怕的。"父亲很知足的样子，让我想起了小说家迟子建的那篇小说（《踏着月光的行板》）里的那位农民工，想起了许多和父亲很相像的陌生面容，他们都身处卑微的社会底层，却都有着令人羡慕的快乐。

其实，父亲完全可以搭乘那班循环的客车回家的，可他一直坚持步行回家，他说走路总比干活儿轻松多了，还可以呼吸山间乡野的新鲜空气，既锻炼了身体，还不用花钱。我知道，步行四十多里的坎坷路回家，可以省下两块钱的车票，那是他首先考虑到的，他可以用那钱给我们买一把糖块，买几个本儿支笔，也可以给母亲买一把漂亮的木梳。

多年以后的一个冬天，我搭乘一辆顺路的运粮车回老家。离家还有二十多里远的路上，运粮车突然抛锚，司机修了半天也没修好。这时，天空洒落下皎洁的月光，照得已修整得很平坦的道路明晃晃的。没有犹豫，我背起很轻的行囊，决定体验一次父亲当年踏着月光回家的感觉。

起初，我的脚步还挺轻松的，可是没有走多久，在城市里习惯了以车代步的我，便有些气喘吁吁了。想当初，父亲的年龄比我现在还要大，他每天干的都是绝对的重体力活儿，难得一个月有一天的休息，他本可以躺在宿舍里美美地睡上一大觉，他却把一双脚交给了崎岖的山路，无论有无月光，他的方向只有一个一家。

当我一身疲惫地叩开家门时，父亲惊讶地嗔怪我："怎么不提前打电话来？我让你弟弟开车接你啊，二十多里的路多远呢。"

"还好，有月光一路陪伴着，我又欣赏了一份久违的诗情画意。"我对父亲轻描淡写道，心里却在说着，当年，父亲走那么远的路，可是从来没说过远、没说过累的，赶上雪雨天，他一身泥泞地回到家，还笑呵呵地说自己怎么唱着歌，怎么想起了当年红军爬雪山、过草地的情形，他心里是多么温暖，脚下的路是多么地好走。

"看你，又给我买东西了，乱花钱。现在日子好了，我也什么都不缺。"父亲轻轻地责怪我，目光里流露出的却是对买的那个电动剃须刀的喜爱。

"我这次回来走得及，只买了这么一件小礼物。"父亲当年每次回家，都不会空手的。秋天的一次回家，他在朦胧的月光里去山上采了几串野葡萄，手上划了好几条明显的血痕，他却得意地说自己的眼睛很尖，远远地就看到了那个藏在荆棘丛中的葡萄架，并准确地判断出上面肯定还有葡萄。

"你有一份心意，就够了，有没有礼物都行。"父亲说着，拿出

一个精心粘贴的剪报本，那上面是我发表的文章。我曾对父亲说过，编辑都给我寄过样刊样报，大多数文章也都选人了作品集，无需再劳心费神地去做简报，他却一直欣然地做着。母亲说那是他喜欢做的事，谁都拦不住。

黄昏时分，我正站在窗前欣赏那盆开得茂盛的月季花，忽然听到父亲在跟两位邻居老人大声地炫耀：“我儿子给我买的电动剃须刀，用着特别舒服。这次，他还踏着月光走了二十多里路回家来，身体比上次回来健壮多了……”

我的无数次踏着月光回家的父亲，对儿子偶尔的一次回家、一件小小的礼物，竟如此地看重。刹那间，我的眼睛湿润了，我的思绪又飞回到三十多年前，飞回到那些月光皎洁的夜晚，飞进了温馨与温暖的簇拥里面……

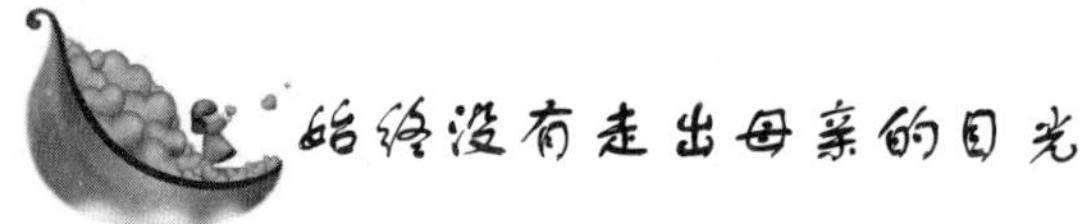

始终没有走出母亲的目光

这个世界上有一种非常珍贵的东西叫母爱，母爱像春天的雨露，悄悄滋润着我们的心田；母爱像和煦的春风，安抚我们的心灵；母爱又像一叶扁舟，载着我们越过一切困难。

虽然，他和母亲隔着万水千山，但那一纸小小的偏方，却让他感觉到母亲始终跟随在身旁，他始终没有走出母亲那爱意充盈的目光。

45 岁那年，他要去非洲工作，要辗转好几个国家，要在那里停留数年。

出发前，母亲边给他准备了一样又一样的东西，边絮絮地叮嘱他要注意这注意那，仿佛他是一个从没出过远门的孩子。其实，这些年来，由于工作性质的缘故，他一直在外面奔波，外出早已成了他的家常便饭。

他就要出门了，母亲像是猛然想起了一件最重要的事情，慌忙跑进屋里，找来纸笔，伏在那张饭桌上，一笔一画地抄写一样东西。

他跟过去一样，疑惑不解地问母亲抄写的是什么重要的东西，那么认真。母亲告诉他，她抄写的是一个刚得到的偏方，是专治胃疼的。

他笑了，不是告诉过您，我的胃病早就好了吗？不用再带什么偏方了。其实他还想说，多年来出门在外，他早已经匿得如何照顾自己，即使再得胃病，他也能够买到对症的药。他觉得母亲这会儿真是上了年纪，竟对那些不知从哪里讨弄来的、未经验证的偏方，有了近乎迷信的信任。

“带好它，这是我刚刚在电视里看到的一个偏方，据说效果可好了。有时候，小偏方能治大病的。”母亲把写满了用料、用法和注意事项的偏方折叠好，给他塞到钱包里，又不大放心地嘱咐他，千万别弄丢了，你13岁那年，得了一场胃病，胃肠出血，连医生一时也没查出原因来，吓得我跟你父亲好几天都睡不着，前村你张大伯介绍了一个偏方，只花了不到一块钱，就把你的病治好了，你说那偏方有多神奇？这件事母亲已经讲过无数次了，但这一次，他听得百感交集。

他告诉母亲，他相信她的偏方，如果某一天真的病了，他一定会先用她得来的这个偏方。

等他就要登上单位来接自己的车时，母亲突然像恍然记起了什么重大事件似的，快步跑到他车前，有些不好意思地告诉他，也不要太迷信那个偏方，若是不合适，一定要听医生的，赶紧打针吃药。

他连连点头，说他都记住了。母亲才如释重负地冲他挥手，直到看不见他的身影了，才缓缓地转过身来。

一路上，他的眼前不断地浮现母亲伏在饭桌上，神色凝重地为他抄写偏方的情景。他不禁想起读大学三年级时，偶然听他说自己眼睛有些胀痛，可能是因为长时间看书，没有得到好好休息，但母亲坐不住了，她焦急地四处打探偏方。得知用龙胆草的根须加上玫瑰花泡水喝，会有神奇的疗效，母亲便走了二十多里的路，去山上挖龙胆草根须。在翻越一道山梁时，不慎摔倒了，凸起的一块岩石把她的腿划出一个很深的口子，一瘸一拐地回到家里，吓得父亲都不敢看那血肉模糊的伤口。如今，那腿上还留着一个明显的伤疤。

虽然，他后来查过一些医学书籍，也问过当医生的同学，知道龙胆草的根须和玫瑰花泡水，并不能舒缓眼睛的胀痛。但是，他回到家里，还是告诉母亲，她的偏方疗效还不错。那会儿，他看到了母亲眼睛里的欣然和骄傲。

当然，母亲也给他介绍过两个挺好的偏方，简单易行，效果明显，譬如，给女儿治疗便秘的那个偏方就非常管用。

在异国他乡忙忙碌碌，尽管一次也没有用上母亲抄写的偏方，但每次打开钱包，看到那张折叠得板板正正的薄薄的纸，他都会想起母亲临行前絮絮的叮咛，心头都会涌过一股暖流。

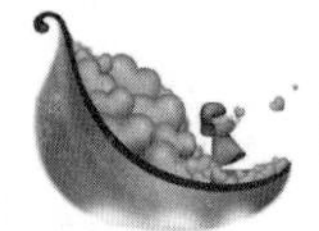

亲切地叫一声兄弟，温暖整整一生

我们每一个人都可以在生活中，遇到那么多心灵相握的朋友，都可以骄傲地告诉别人“那是我的兄弟”，也可以真诚地说“兄弟，我相信你”。有时，亲切地叫一声兄弟，会温暖整整的一生。

在那个飘雪的冬日，一位出版了十几部作品的农民作家，深情地向笔者讲述了自己写作道路上经历的一些真实故事。

因为家里太穷了，我高中没有读完，就出来打工了。最初是在饭店端盘子、洗碗，可是，在饭店打工挣钱太少，年龄稍大一些，我便去做油漆工、装卸工、搬运工、修路工等等，尝试了各种各样的重体力劳动。虽然累一些、脏一些，可我不在乎，只要能多赚一点儿钱就行，因为我那个穷困不已的家庭，特别需要我每个月都能多拿回一些钱去。

后来，进城打工的人越来越多，我很难找到一份相对稳定的工作，一段时间里找不到合适的活儿，是常有的事情。空闲时，我便找一些报刊翻阅，翻着翻着，我萌生了写作的念头，因为我在杂志上看到一个比我读书还少的农民，竟成了作家，还找到了一份好工作，依靠写作彻底改变了自己的命运。我也幻想着能够像他那样，用一支笔写出自己更好的未来。

原来上学的时候，我就挺喜欢写作的。这突如其来的愿望，让我立刻热情地拿起笔来，开始书写这些年来的苦辣酸甜。听说我要写作，父母叹息着直摇头，说我太不务实了。一同打工的那些人，见我一有闲暇，不是抱着一本书，就是在琢磨着文章的构思，或者拿着笔在一个小本子上不停地记呀写呀，也大都不屑地看我，不相信我能写出像样的东西，更不相信我能实现作家梦。甚至有人直截了当地说，像我这样出苦力的人，要是能吃写作这碗饭，那作家就遍地都是了。还有人相互打赌，说我连能够发表的文章都写不出来。

对于大家的怀疑和嘲笑，我一开始还能理解，心里也憋着一口气，想尽快用行动证明自己。我勤奋地写作，写好了稿子便投寄出去了。但好长一段时间，寄出的稿子，大多泥牛入海，杳无音讯，偶尔有一封回信的，也是告知退稿。

遭遇了一连串的失败后，我自己也有些动摇了，暗想当初选择写作是不是有点儿脑袋发热？是否该像那些靠卖力气和手艺的打工者一样，安心地去干体力活儿，不再做那缥缈的作家梦？我正为自己是继续写下去还是就此放弃犹豫着，一位亲戚说他认识在市残联工作的一位女诗人田莉，说她发表了许多文章，对文学青年很热情，人们都敬重地称她田大姐。亲戚让我把写的东西拿去，让她看看我有没有写作的潜力，是不是当作家的料。

我拿着一大摞手稿，忐忑不安地走到田大姐面前，她微笑着请我坐下，跛着脚过去给我倒了一杯水，然后仔细地翻阅了那些文章。读毕，她目光柔和地夸赞我的感受力不错，悟性很好，有一定的写作潜能，只是在写作技法和语言方面还有些欠缺，但可以通过努力去弥补。她说只要我坚持下去，一定能够写出好作品。她说以后遇到写作方面的问题，可以随时来找她，我们可以一同切磋。她还建议我先练习写故事，然后再写小说。

田大姐最让我感动的一句话是——“兄弟，我相信你。”抱着田大姐送给我的杂志和稿纸，我兴奋得几乎都要跳起来了。田大姐的鼓励和指点，不仅让我找到了写作的方向，更坚定了写作的信念。

从那以后，我每有新文章写出，就拿给田大姐看。每一次，她都会认真阅读，先肯定成功之处，又帮我找出问题，引导我去改正。尽管她工作很忙，自己还要写作，但我每次到她那里求教，她都会热情地接待我，不厌其烦地为我解答写作中的一些困惑。她还帮我买了一台二手电脑，手把手地教我学会了打字。市里有一些文学活动，她也总想着带我去参加，让我认识了更多的写作者，从他们那里学到了好多东西。我这个饱尝了太多冷漠的农民工，在田大姐那里获得了一生不会忘怀的温暖。

还记得我的第一篇文章在市报的副刊发表后，田大姐比我还兴奋，她特意请我吃了一顿烤肉。我不好意思地问她，碰上我这样一个穷兄弟，她为何没有一点儿嫌弃？她笑着说：“谁叫我是你田大姐呢？兄弟，我相信你将来一定会有出息的。”

我激动地说：“田大姐，就冲着你这句话，我也一定会加倍努力的。”

在田大姐的帮助下，我的文章开始在省外的一些报刊上发表了，我身边那些打工的兄弟姐妹开始对我另眼相看了，虽然我仍是一个穷困潦倒的打工者。

那年，省城要举办一个作家高级培训班，我很想参加，但名额有限，而且要花一笔对我来说不小的费用。田大姐找了人费了很大劲儿，帮我争取到一个学习的机会，她还给我拿了八百元钱。那时，她每月工资还不到四百元钱呢。

我不肯拿她的钱，她就说算是先借给我的，但不用急着还她。我满怀感激地收下了她那沉甸甸的情意。后来，我要把钱还给她，她开玩笑地说，若是非要还钱，那就连本带息地好好精算一下吧。我只好作罢。是的，她当初拿钱给我时，根本就没想过要我还钱，她只想让我早一点儿成功。那份真情，多少钱也换不来。

还记得，我的第一部长篇小说写成后，她拖着那条伤残的腿，四处奔走，帮我联系出版社，去找省钱的印刷厂，比自己的事儿还上心。

雪后的一个清晨，她去找人帮我设计书的封面，在路上滑倒了，摔伤了右胳膊，两个多月都不能拿笔。我眼睛湿润地说自己真幸运，遇到了这样好的姐姐。她说她欣赏我的朴实和勤奋，还说有我这个好兄弟，她也感到很开心。

看到我的书籍摆到了书店的柜台上，父亲兴奋地喃喃道：“想不到，我这出苦力的儿子，也能写出书来啊。”父母让我好好感谢我的文学领路人田大姐。可是，我每送给她一点点东西，她都会加倍地回赠我。她说，我的成功是自己闯出来的，她只不过做了一点点微不足道的事情，不要总是怀揣感激，那样，我们就无法做好朋友了。后来，我就送给她一些父母种的绿色蔬菜，她很喜欢，但她又送了我茶和酒，说是送给我父母的，并称这是互通有无。

现在，田大姐搬到广州和女儿生活在一起了，离我所在的小城有四千多公里。我每有新作发表，都第一时间向她报告，每有新书出版，都第一个给她邮去。因为她的那一句“兄弟，我相信你”，让我走上了写作之路。在我生命的历程中，她的那双深情凝注的眼睛，让我一路温暖地前行。

我一直在心中默默地说，谢谢你，田大姐，我会努力做你一生的好兄弟。

“真羡慕你，能够拥有这样一段美好的经历，真是生命中的幸福。”笔者情不自禁地想起了温暖自己生命的那些兄弟姐妹，想起了许多温馨的往事。

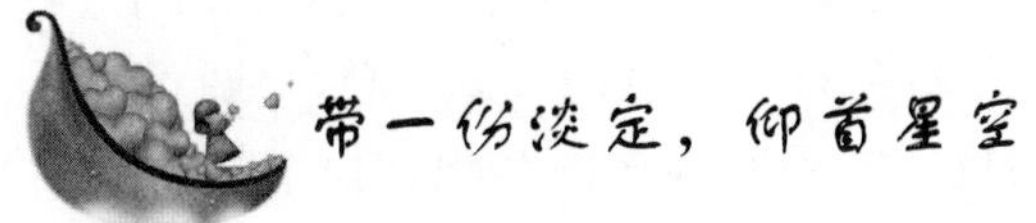

带一份淡定，仰首星空

淡定，不只是一种生活姿态，更是一种胸襟，一种气度，是一种生命从容、静美的方式。淡定真好，带着一份淡定，漫步在晨曦中，会感受阳光一点点地温暖胸前背后；带一份淡定，仰首星空，会感觉浩瀚正一点点地扩展着心境。那样的时刻多美啊，淡定，淡定，我听到了世界最美妙的声音，正缓缓地流过心灵。

喜欢那个简单无奇的词语一淡定。只那么轻轻地一读，便有一缕清芳扑面而来，便有一份不事雕琢的朴素簇拥身旁。哦，淡定真好，淡定是花蕊间的一滴自然凝结的露珠，是山谷中兀自奔流的一脉小溪，是崖壁上的一株悠然的小草，是浩瀚苍穹里的一颗闪烁超然的星子……从容如花开花落，自在若云卷云舒。

与淡定邂逅，是在年味越来越浓的岁末时分，回到阔别许久的故乡，与儿时的伙伴坐拥一炉炭火，一壶酽茶，敞开幽闭已久的心扉，将悠悠走远的时光重新拉回眼前，于苦涩中品出香甜，于平实中嚼出深刻。

与淡定相握，是在关闭了手机的纷扰、屏蔽了电视的嘈杂、躲开了网络的眩目以后，在一袭柔和的灯光下，有些自恋地捧起那本平素难得一读的诗集，让那些长短错落的诗句，温柔地拂过依然真纯充盈的心陌。

一位喜欢登山的朋友告诉我：他最幸福的时刻，不是在登上顶峰的瞬间，而是在半途休息时，气定神闲地望着山脚下那模糊的村庄和那袅袅的炊烟，想着陪自己一路行走的那些美丽的风景，那实在是种妙不可言的感觉……

街角的那位修鞋的老者，似乎根本不在意顾客一直都是稀稀落落的。每每走过他的小鞋摊，总见他捧一本厚厚的武侠小说，那副淡然自若的沉浸，简直就像一个身怀绝技而超脱世外的武林高手。

行走于红尘间，我曾一度疏远了淡定，年轻气盛的自己似乎总在试图向别人证明什么，常常无端地盲从和躁动。一份工作做了没多久，便失去了耐心，这山望着那山高地频频跳槽。一个突如其来的念头，就可以打乱自己原有的计划，草草地行动，但大多是浅尝辄止地半途而废，似乎有很多的梦想，似乎自己有多方面的才干，去帮人搞策划，去琢磨开公司，去炒股票，去想方设法进入影视剧写作的圈子……整天忙忙碌碌，结果却只赚得一身的疲惫和无数的失落。

不久前，我去外地出差，遇到了一位十几年未曾谋面的大学同窗好友。在那家高层酒楼选了一个清静的角落，我们两个人慢慢地对酌。

早就听说好友大学一毕业，便去了南方，数年的打拼后，已拥有数千万的资产。

见好友西装革履，神清气爽，便不无羡慕地问他：“最近又发财了？”

好友莞尔：“最近没有发财，但破财了。”

我不以为然地轻描淡写道："那也肯定是小小的意外，损失一定不严重。"

好友轻轻地啜了一口酒，淡淡道："损失不小，五千万的投资全都打了水漂。"

"五千万?"我惊愕得失声大叫，手里的杯子差点儿跌落在地，满脸的难以置信。

好友依然轻松地微笑着，仿佛在说着别人的故事："没错，一下子砸进去了五千万元，因为一次风险估计不足的错误投资。"

"那你还有多少家底啊?"我从好友的脸上竟没有看到一丝的沮丧，他那份处变不惊的淡定，让我立刻想到了那个熟悉的词汇——从容不迫。

好友爽朗地笑了："我的家底还很丰厚啊，除了一千多万的外债，是压力也是动力，我还有健康的身体，幸福的家庭，东山再起的信心，不少可以捕捉的机遇……"

"真佩服你这位真正的男子汉!"我满怀敬重地向好友举了酒杯。

好友依旧语气淡淡地："其实也没什么，经历了这么多年的商海起起伏伏，我只是学会了看淡很多东西，包括成功和失败。"

我由衷地点头:"你现在就很成功，就凭你这份淡定若山的心态。"

好友无言地默许了。他的目光投向窗外熙熙攘攘的车流，脸上写满了刚毅和自信。那一刻，我知晓了淡定若山的神奇与可贵。

与好友相逢后，我豁然开朗了许多，很多原来认为特别重要特别需要去争的东西，忽然觉得根本不值得去浪费时间和精力。突然发现原来许多放不下的诱惑，与自己根本没有多大的关系。由此，知道了自己的位置，找到了该努力的方向，懂得了脚踏实地，懂得看淡利害与得失。

再听到身边有人抱怨这个不公平、那个不合理，也不再去大声地辩解或附和，不过是谁去看，从哪个角度看，关乎谁的利益而已。

再不会去斤斤计较一份工作自己多做了多少，不会在意一堆好事自己少摊了几件。心轻上天堂，连芬芳的梦里都多了好些山清水秀的内容。

哦，淡定真好！

淡定的老翁，将一脸的平和交给了夏日浓浓的榆荫；淡定的学者，将一怀的情思交给了静静的书斋；淡定的农夫，将一份丰收的喜悦看成是老天对自己勤劳的奖赏；淡定的水果摊主，用小刀剜掉苹果上溃烂的部分慢慢享受一份别样的香甜……

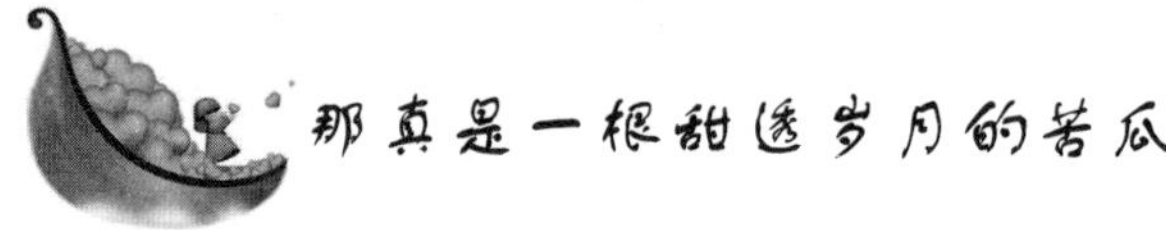

那真是一根甜透岁月的苦瓜

那真是一根甜透岁月的苦瓜啊，在它的背后，有着一颗爱的心灵，那纯净的滋润，才诞生了那样让人感慨唏嘘的美好结局。

在采访那位著名的民营企业家时，我的目光越过他背后书柜上那一排排精装的书籍，栖息在那件别致的根雕作品上面——嶙峋的古树身躯上，缠绕了攀援的藤蔓，半空中，悬着一根憨态可掬的苦瓜。

“真是一件特别的作品！”我好奇地忍不住想上前摸摸它。

“没见过吧？这可是我好容易淘到的一件宝贝。”把水果生意做得风生水起的他，轻轻地抚摸着那根苦瓜，给我讲了下面这个故事。

那是20年前，父亲因为替朋友打抱不平，失手打残了人，被判了十年有期徒刑，母亲又急又恨，得了脑溢血，虽然被抢救过来了，却几乎变成了一个废人，连自己都不能照顾了。仿佛就在一夜之间，他便被迫地长大了——那个残败不堪的家，需要他来撑起。那一年，他只有13岁，还有一个7岁的妹妹。

他决定辍学去打零工，但很喜欢他的老校长坚决不同意。老校长动员全校师生为他捐款，并免了他和妹妹的全部学费，还每个月塞给他一些生活费。这样，他又多读了两年书，后来母亲病情加重，外债越欠越多，他只得含泪离开了校园。

于是，他去砖厂当小工，去烟花厂制作爆竹，去夜市摆小摊，去给饭店送啤酒……各种杂七杂八的活儿，只要能挣钱，不管有多累、有多苦，他都不挑不拣，只为着不让那个家坍塌下来。

那天，同在一个夜市摆摊的几个小青年，凑到一起商量怎么去赚大钱，他也动心了，决定跟他们抱团一起干。但很快，他便发现他们所谓的致富捷径，都是一些歪门邪道，说白了，就是坑蒙拐骗。他立刻决定退出不跟他们一起干了，前几天还与他称兄道弟的那几个小青年，立刻翻了脸，狠狠地教训了他一番。开始，他以为忍气吞声一下，他们就会饶过他，没想到他们得寸进尺，此后依旧经常找他的麻烦，他的小摊摆不下去了，在饭店端盘子也不消停。他胸中的怒火越积越大，终于，他忍无可忍了，去商店买了一把剔骨的尖刀，准备再遇到挑衅时予以还击。

果然，那几个小青年又来找他的麻烦了。他突然抽出了随身携带的那把剔骨尖刀，挥舞着刺向那个肆无忌惮地欺负他的家伙，他疯狂的眼神和举动，把那几个家伙吓坏了。就在刀尖几乎要刺到那个肥臀时，他被拦腰抱住了，再回头，他呆住了——是老校长。

老校长收起他手里的刀，没有说一句话，只是默默地蹲在他身旁，任他抱头放声大哭。那么多的委屈，那么多的痛苦，压抑了那么久，此刻，决堤般倾泻而出。

扶起仍在啜泣的他，老校长没有批评他刚才的莽撞行事，也没有苦口婆心地开导他应该怎样不应该怎样，而是从随身携带的购物袋里掏出一根苦瓜，问他知道苦瓜的味道吗，他回答一个字——苦。

老校长说："你只说对了一半。"

他困惑不解地望着老校长，实在不明白最寻常的苦瓜还有别的什么味道。而老校长也不解释，只是拉着他到了家里。一会儿的工夫，那根苦瓜变成了他熟悉的那道菜——苦瓜煎蛋。老校长让他尝尝味道如何。他夹了一大块，塞到口中咀嚼起来。奇怪啊，怎么没有丝毫的苦味，反倒有一种奇异的香甜味呢？他惊讶地望着老校长，不知道这意想不到的感觉是苦瓜的缘故，还是自己味蕾的缘故。

老校长笑了："奇怪吗？很苦很苦的苦瓜，也可以变得香甜无比。很简单，我用了两种特殊的调料。"

"特殊的调料？"他好奇叠生。

"是的，我根据书上所介绍的，自己花了好长时间才研制出来的两种调料。不过，我今天想告诉你的，不是我神奇的调料，而是一

个很简单的道理——世界上没有什么是不能改变的，只要你愿意，你总能变成你所希望的那样。”

“谢谢校长！我知道今后该怎么做了。”他从老校长慈爱的目光里读懂了那份深情的期待。

“我相信你，相信你能把苦日子变甜。”老校长真诚鼓励他。

“我不会让您失望的，也不会让自己失望的。”他一脸的坚毅，陡然而生。

此后，经过无数的磨难，他终于成长为一名杰出的企业家，把妹妹送到了国外读了博士，为母亲请最好的医生，使母亲的病情得到了大大的缓解，出狱后的父亲也获得了一份体面的工作。

他说，是老校长的那根苦瓜，让他在苦难中品尝到了香甜的滋味，更懂得了如何在艰难中把握人生的方向。他后来之所以对苦瓜一直别有深情，是因为心中始终感激老校长，感激他那刻骨铭心的教诲和光明的引导。

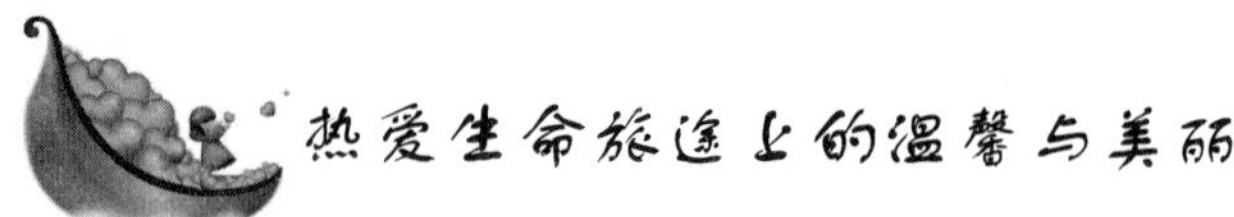

热爱生命旅途上的温馨与美丽

很多时候，如果我们能够停下脚步，能够再耐心一点儿，能够细心地问询或倾听一些，我们就会惊讶地发现，就在那些被世俗的叶片遮蔽的枝头，正坠着许多纯净、可爱的果子，那上面闪烁着美丽的光泽，袒露着生活的充实与美好。我们应该像热爱阳光一样，热爱生命旅途上那些点点滴滴的温馨与美丽……

在喧嚣的街头一角，坐着一个独臂的乞讨者。他看上去有六七十岁了，须发斑白，虽穿着一身旧衣粗衫，但很干净、很合体，看上去精神也不错，没有一点儿别的乞讨者常见的蓬头垢面、无精打采的萎靡状，尤其是他那布着血丝的眼睛，仔细端详，里面竟有一种说不出的深邃。最特别的是，老人的面前摆着一个纸牌，上面用红笔写着“募集爱心，点燃希望”。

那真是一个有点儿特别的乞讨者，他没有任何关于痛苦、悲惨

遭遇的倾诉与表白，没有任何渴望同情与怜悯的吁请，他那一脸不卑不亢的坦然和阳光中的那个特别的纸牌，似乎都在告诉着过往的行人，他在认真地干着一件很神圣的事情。虽然他面前的纸盒里，也只是散落着不多的一点点碎币，老者仍是一副信心在握的样子。

他在为谁募集爱心呢？他要为谁点燃希望呢？也许是人们平时见多了乞讨者打着各种旗号赚取同情的情景，以为眼前的老人也不过是笨拙地模仿而已，许多人从他面前漠然地匆匆走过，不愿或不肯停下脚步，更不要说上前去问询或倾听一点儿什么了。

那天，我坐在离老人不远的台阶上等一位朋友，手里的一份晨报翻阅完了，朋友仍没有出现，我便打量起眼前的这位老人。忽然，老人微笑地问我，可否看一下我手里的晨报。我大度地说送给他好了，他便道谢着接过报纸认真地读了起来，他那副十分投入的样子，很像公园里那些悠然的退休老干部。

“哎呀，那边又下大暴雨了。”老人突然大声惊讶，引来几个行人奇异的目光。

“这个季节，大暴雨哪里都可能下的。”我对老者的大惊小怪很有些不以为然。

“你可是不知道大暴雨对我们那里的危害有多么大，要不是去年那场大暴雨，我也不会到这里的。”老人对那场大暴雨还心存余悸。

“是吗？”我曾在电视上看到过许多暴雨肆虐的画面，其巨大的破坏性，我能够想象得出来。

“我这样跟你说吧，我老家是十年九灾的地方，几乎每年都要遭受水灾，房屋毁了盖、盖了毁，好几十年了，到现在还没有找到彻底解决的办法。”老人的话匣子打开了。

“那就搬迁嘛。”我轻描淡写地建议道。

“故土难离啊！”老人接着跟我讲他家乡那块土地是多么富庶，讲那里曾出过什么样的历史名人，讲村里的人多么善良、能干，讲村里的人怎么跟洪水搏斗等等，老人不紧不慢地向我讲述着，语气里面洋溢着由衷的自豪。其实，对于他讲述的这类内容我早已熟视无睹，已没有多少倾听的兴趣了，可老人仍谈兴十足地絮絮地向我讲他的家乡如何如何，声音也越来越大，我开始有些厌烦地看表，希望我的朋友此刻马上出现。

“唉，可怜那些孩子了！”老者大概看出了我的不耐烦，突然转了个话题，但又戛然而止，脸上浮着显而易见的焦虑。

“孩子怎么可怜了?”我一愣，随即抛出这个疑问。

“你不知道，因为穷困，很多孩子上不起学，50 块钱的学费，有时就可能让一个学习不错的孩子被迫辍学。作为特残军人，我的抚恤金本来够我生活得很好了，可一看到那些失学的孩子，我的眼睛就疼啊，你说我还能在家里待着吗？没有别的办法，我就只能这样给孩子们募集一点儿学费了。”老者忽然有点儿羞愧地低下了头。

哦，原来如此！

我的心像被什么东西猛然撞了一下，我的目光再次掠过阳光中的那个小纸牌，并将眼前的老人与那幅熟悉的“希望工程”宣传画联系起来。纸牌上的八个字像跳跃的火苗，灼着我的眼睛，我忙掏出兜里仅有的一百元钱，恭恭敬敬地放到老人面前的纸盒里。

老人拉住我的手问我的名字，我连忙说不必了。老人坚决不肯，他掏出一个本子，上面工工整整地记着一排名字，每个名字后面都写着捐钱数目。老人告诉我：“我是在募集爱心，不是在乞讨，凡是捐款超过五元钱的，我都要记下来，我要让那些受捐助的孩子懂得感激，懂得回报。”

“是的，您绝对不是一位乞讨者。”望着老人那只空荡荡的臂管，一股对英雄的崇敬感油然而生。

走出好远好远了，我仍禁不住回头望去，望望阳光中的那位老人。在这座繁华、喧闹的大都市里面，很少有人愿意停下脚步，来倾听一位陌生老人的故事。相反，由于某些先入为主的偏见和误解，人们常常会不由自主地表现出一些漠然，就像生活中有许多不该忽略的，却常常被人们忽略一样，老人动人的故事很少有人知晓。

第二章　与真爱一起跳舞

我想每个人都有自己对真爱的理解，每个人都会出现过能让自己真爱的人，可又有谁知道真爱的含义呢？又有谁能说的清道的明真爱到底应该怎么去对待呢？

用热爱去充盈，用幸福去记录

我想每个人都有自己对真爱的理解，每个人都会出现过能让自己真爱的人，可又有谁知道真爱的含义呢？又有谁能说的清道的明真爱到底应该怎么去对待呢？

女孩突然失恋了，几乎都要开始谈婚论嫁了，男友却不顾她的苦苦哀求，转过身去与那位局长的千金牵手了。

巨大的悲伤骤然压迫过来，让女孩感到窒息般地痛苦。一瞬间，她甚至有了整个世界都坍塌的感觉，心冷到某个深深的刻度，酷寒如冰。

若不是陪在身边的母亲怜爱的眼神和心疼的劝慰，她几乎没有了继续生活下去的勇气。擦去泪痕，她报名参加了一个旅游团，准备让那些美丽的山水风光，冲淡那份刻骨的伤痛。

导游是一个锦心绣口的女孩，长得并不算漂亮，满脸的阳光，添了几分可爱。她名叫郝颜，自我介绍时，她笑容可掬地告诉大家可以叫她小郝，或者叫她郝姐姐，郝妹妹，郝姑娘，郝丫头，也可以就叫她郝导。

“郝导，你真的那么‘好’吗?”一个长得玉树临风的大男孩逗她。

“到底好不好，那得大家来回答。我刚才说的那一大堆，是郝颜的郝。”她笑呵呵地一番解释，让一车的人都会心地笑了。

旅游大巴车在险峻的盘山道上缓缓地爬行，道路旁边是深不可测的绝壁，有游客担心地提醒司机要小心驾驶。郝颜看出了游客的紧张，便开始自告奋勇地给大家讲笑话，一个个发生在她自己身上的笑话，逗得大家都忍俊不禁。接下来，她又讲自己第一次去相亲，居然问了介绍人一句“他是男的吗”，介绍人反问她，你想同性恋啊？她连连摇头，我想找一个好男人，天天叫我好老婆。她还讲了那个有钱的男人向自己炫耀手上的钻戒，说若是同意嫁给他，会给她买 10 个钻戒，她只笑着回了一句“我只要你心底的金子”，那个男人立刻就懵了。

在满车起伏不断的笑声中，旅游大巴进入了景区。郝颜开始向大家讲解即将游览的一些景点的人文背景、历史掌故和风土民情等，很专业，也很敬业，有问必答。

见到女孩一直默不做声地跟在队伍的后面，郝颜在游客忙着拍照时走到女孩跟前说：“美女，别辜负了这么好的风景，我来帮你照几张漂亮的照片，没准儿能上杂志呢。”

“我哪里有你说的那么美？我是一个没人喜欢的丑女。”女孩又黯然地想到了已分手的他，心里仍柔柔地疼。

“谁见过像你这样美的丑女啊？要不是你一脸的严肃认真，那几个年轻的男人早就过来向你献殷勤了。我一眼就看出来了，你是一个秀外慧中的非凡女子。”郝颜开始为女孩拍照，咔，咔，咔，一张又一张。

晚上安排住宿房间时，女孩想选一个单人间，郝颜贴在她耳畔悄悄地问：“若是没什么秘密行动，我跟你住一个房间，好吗?”女孩稍一迟疑，便点头同意了。

于是，在异乡的那个晚上，女孩知道了郝颜的曾经，她从小生活在乡下，五岁那年，父母离婚，她跟了母亲，没少看别人冷漠和怜悯的目光。她和母亲的日子一直很窘迫，为了省钱，学习成绩很好的她放弃了读高中考大学，初中毕业直接报考了一所旅游中专学校，她读书所需的生活费都是母亲借来的，直到她当了导游以后才还清。她爱过一个和她一样家境贫寒的男孩，可惜那个男孩在一次游泳时不慎被江边那个隐蔽的沙坑吞噬了，她曾哭得痛不欲生，还特意去过男孩的老家，给他白发的爹娘买了他们最爱吃的绿豆糕。有一次，旅游大巴突然失火，站在车门口的她，却镇定得像一个久经沙场的将军，从容地指挥游客有序地撤离现场，她最后一个逃离火海，全车的游客都安然无恙，只有她的胳膊和腿上留下了丑陋的疤痕。

她笑嘻嘻地讲着自己的故事，像是在说别人的事情。

女孩问她为什么总是那么乐观，她说母亲告诉过她，既然她叫

郝颜，那么，无论是什么时候，她都要把自己最美的笑脸，呈现在人们的面前。

女孩受了郝颜的感染，也一股脑地倾诉了郁结在心头的苦楚。郝颜拉着她的手安慰道："要走的终会走的，为什么不说谢谢呢？谢谢他陪你走过了快乐的一程。"

"谢谢他陪我走过了快乐的一程？"女孩似有所悟地望着郝颜。

"对啊，谢谢他给你的爱，也谢谢他给你的痛，青春岁月中的这一程，有苦有乐，难道不值得珍藏和咀嚼吗？"

"遇见你真好。"望着郝颜那清澈的眸子，女孩窒闷的心房，立刻拂过缕缕清爽的风。

而接下来的游程在郝颜的带动和组织下，真的成了名副其实的幸福之旅。无论是车上相互交流的笑话，还是攀临峰顶的集体合影；无论是篝火晚会上的歌舞，还是在小吃一条街上尽情的饕餮。因为郝颜，一群临时凑到一起的陌生人，很快就组成了一个其乐融融的大家庭，彼此相互关照，相互体谅，大家的好心情，让那些青山秀水又多了一份妩媚。

告别的时刻很快到来了，众人依依不舍地相互留着联系方式，道着祝福，郝颜的眼睛里也闪着晶莹。每个人都大声地喊着好姑娘、好姐姐、好妹妹……一一与她拥抱。

那个一直自告奋勇地帮她做"副导游"的小男孩，握着她的手，竟泪眼婆娑地动情道："好姐姐，我会想你的。"

郝颜笑靥如花："这话我爱听！"

"若是这样快乐的日子再多一些该有多好。"那个玉树临风的大男孩惋惜道。

"再美的旅程也终会结束的，谢谢大家陪我走过了这一段幸福的旅程，但愿大家今后的每一段旅程，都有快乐相伴，都有幸福相随。"郝颜最后的告别语，也是大家共同的心声。

女孩旅游归来后，又变回了从前那个活泼开朗的小姑娘，因为她懂得了——无论是谁，其实都只能陪自己走过快乐的一程，只要能够陪伴自己走过生命中的一程，就应感谢命运的垂青。而人生注定是一段又一段的旅程，每一段都应该用热爱去充盈，用幸福去记录。

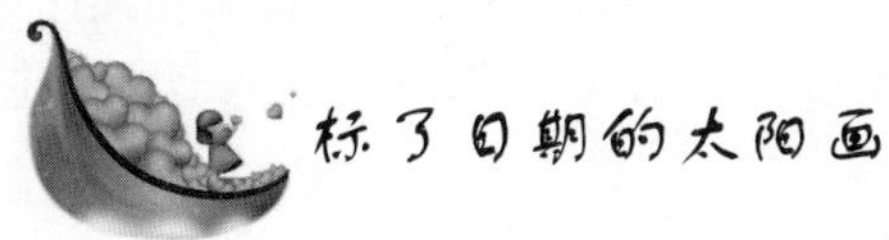

标了日期的太阳画

真爱是包容而不是放纵，真爱是关怀而不是宠爱，真爱是相互交融而不是单相思，真爱是百味而不全是甜蜜。真爱并不一定是他人眼中完美匹配，而是相爱的人彼此心灵相互契合，是为了让对方生活得更好而默默奉献。这份爱不仅温润着自己，也同样温润那些世俗心。

他和她一起走过，珍惜过，唯此，他们可以骄傲地告诉世人——在人群中他们多么普通，在生活中他们多么平凡，在爱情上他们多么富有。

那时，他还只是一个非常普通的煤矿工人，经常要下到数百米深处，在漆黑的世界里面采掘光明。那工作，脏、苦、累，还有一定的危险。

而那时的她，没有固定工作，主要是照料一家老小的生活，只是偶尔在矿上的一个服务公司做一些零工。其实身体瘦弱的她，每天要操劳的事情也很多，也很辛苦，她却感觉很幸福，说自己嫁了一个知疼知热的男人，是前世修来的福分。

他经常会给她讲一些矿井下的事情，主要是他和同事们的一些让人轻松的事情，比如谁谁一顿饭消灭几个大面包，谁谁系了老婆的红兜兜，谁谁的旋采技术多棒，谁谁最先发现了特等焦炭，他从不讲瓦斯浓度过大差点儿引发爆炸，掌子面剧烈摇晃等危险的场景。然而，聪颖的她，还是能感觉到井下环境的恶劣，她只是佯装不知。

她的勤快在矿区是出了名的，他升井回家，她什么活儿都不让他插手，他要帮她，她便拦住他，你好好歇歇吧，有工夫多晒晒太阳，对身体好。

那个寒冷的冬日，他一进屋，便看到她正在窗前认真得像一个小学生似的画着一轮太阳，硕大的，金灿灿。

他好奇地问她，怎么突然画起太阳来了？

她柔柔地对他说，现在是冬季，天短了，你每天下井前见不到太阳，升井后也见不到太阳，担心你一整天在黑暗中工作会冷、会恐惧，便画了太阳，你每天下井前，看一看它，心里可能会暖和一些。

哦，是这样啊。他目光停在她和那轮太阳上面，第一次发觉她的浪漫，像一个

那时，他和她刚刚30，彼此恩恩爱爱，将一份艰辛的日子过得温馨飘溢。

时间过得真快，一晃20年过去了，儿子已大学毕业在京城找到了工作，他已成为一名管理数百人的矿长。他们搬进了宽敞明亮的大房子，还买了小车，银行有了可欢的存款。日子真的是一天比一天好起来。

但是，不幸却猝然降临——她去市场买菜时，遭到一个精神病患者的突然袭击，一块石头砸在她的脑袋上。经过数月的救治，她总算走下了病床，却痴傻得连他也不认识了。

他毅然辞了工作，带着她辗转了国内那么多的好医院，仍没能出现期待的奇迹。她除了每天傻吃傻喝，便拉着她的手去晒太阳，无论春夏秋冬，无论天晴天阴。看到她呆傻的样子，他的心里有说不出的疼痛。

但有一件事，可以让她静静地待在屋子里，那就是画太阳。只要一说画太阳吧，她就会坐下来，像从前那样握着画笔，在纸上一丝不苟地画一枚枚大大小小的太阳。画好了，还问他是否好看，见他点头，听他说好看，她就开心地笑了，然后把画好的太阳贴到墙上。她边贴边念叨，看一看太阳，就暖和了。

很快，他们所有的屋子里都贴满了她画的太阳。实在贴不下了，他便在晚上悄悄地撤掉一些，腾出地方来，让她把白天又画好的贴上去。

有时，她会很乖巧地坐在他的怀里，指着贴满屋子的太阳，快乐地自言自语："真好，有这么多的太阳，你一定不冷了。"

是的，不冷了。他轻轻地搂着她瘦削的双肩，宝贝似的。

时光缓缓地流淌。他早已习惯了每天看着她画太阳，帮她贴太

阳，跟她一起欣赏那些太阳，再悄悄地收起那些太阳。一天又一天，一年又一年，从白发杂生到两鬓如霜。

一枚枚融了深情的令人心暖又心酸的太阳，照耀着她病后的爱情生活。

22 年后，她坐在床上，拍着手看他往墙上贴刚画好的太阳，突然，头一歪倒下了，再也没有醒来。那一刻，满屋的太阳，似乎都暗淡了光芒。

她走后，儿子要接他去北京居住，他摇头：“我还想留下来，再陪陪你母亲，我怕她孤单，怕她冷。”

他把那些标了日期的太阳画打开，按着时间的顺序，从卧室一直满满地铺展到客厅。逐一轻轻地抚摸过去，宛若抚摸着尚未走远的一个个鲜活的日子。他的心海，涌过缕缕的温暖，自然，煦和。

他将她的第一幅画和最后一幅画放到一起，久久地凝望着，他看到了他们半个多世纪的相濡以沫，正如那满屋的太阳，简单而丰富，平凡而精彩。

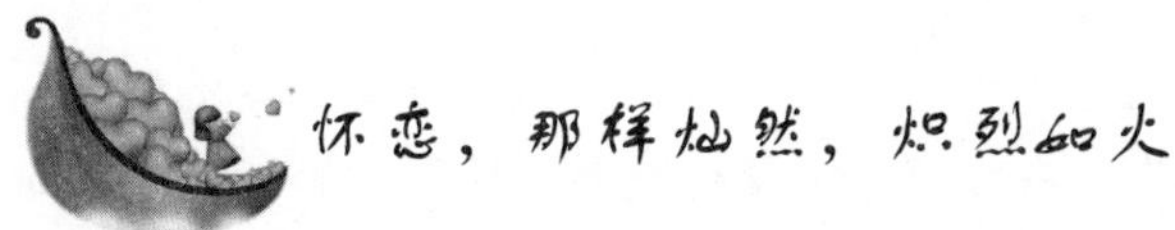

怀恋，那样灿然，炽烈如火

真爱是在能爱时候懂得珍惜，在无法爱的时候懂得放手。真爱是一种发自内心的关心和照顾，让你在点点滴滴一言一行中能感受到幸福。真爱要互相信任互相理解互相包容，用宽阔心胸尊重对方。

也许是三毛的作品读得太多了，她对三毛笔下神奇的撒哈拉沙漠充满了憧憬，也幻想有一天能够遇到一位像荷西那样优秀的男人，经历一段刻骨铭心的浪漫爱情。

大学毕业后，她去了叔叔创办的一家大公司，并如愿地获得了去北非工作的机会。当她第一次踏进浩瀚无际的撒哈拉大沙漠时，她突然有一种前所未有的震撼：那深邃的星空，那连绵起伏的沙海，那迅疾跑过的成群结队的野羚羊，还有穿长袍、裹面纱的图阿雷格人，都那样地神奇，令她不禁遐思悠悠。

她的工作很清闲，主要是搜集公司产品的市场反馈信息并寻找新的合作伙伴，她大学所学的专业是国际贸易，正好派上用场。她还年轻，有的是热情，工作起来风风火火，短短两年的时间，她便在市场开拓方面有了不俗的业绩，成了公司在北非的市场营销总经理。

只是，她的爱情并没有像她的事业那样顺风顺水。那个与她恋爱了一年多的帅哥，只去了一次撒哈拉，便受不了那里的空阔和干旱，留下一句“那里根本不适合爱情生长”的抱怨，就跑到了风光秀丽的加勒比海西岸去拥抱自己舒适、慵懒的现代生活了。对于那段无疾而终的爱情，她倒是没有多大的伤感，因为心中早已厌倦了那如同温吞水的爱情，她倒要感谢他的主动退出，不仅免了分手的牵牵绊绊，还让自己心里少了一份愧疚。

她背上简单的行囊，像一个洒脱的游侠，行走在北非的阿尔及利亚、利比亚、突尼斯、摩纳哥等国家，去看那些被风沙剥蚀的古堡，去亲近森林公园里那些稀有的野生动物，去那些小集市上淘各种稀奇古怪的小东西，去结识与沙漠生命相依的各民族的人们，阿拉伯人、柏柏尔人、摩尔人、图布人、图阿雷格人……都对她表达了难忘的友好。她有很好的语言天赋和随遇而安的性格，这让她充满新鲜感的一路行走，从没有遭遇过任何的寂寞，倒是时常会遇上一些颇能谈得来的朋友。往往仅仅是几句简单的交流，她和他们便心有灵犀了，她跟他们学习最基本的交际用语，他们则跟她学习神秘的方块字和汉语。有时，她是一个勤奋好学的小学生，有时，她则成了一个令人敬佩的老师。

认识吉尔是在摩洛哥的一个小集市上。那天，穿着一身洗得发白的牛仔，她漫无目标地正闲逛着，眼睛忽然一亮，那把犀牛角梳子一下子吸引住了她的目光，虽然它做工不够精细，但用料绝对是罕见的犀牛角。握着那把梳子，她一下子便想到了荷西当年送给三毛的爱情信物——那个骆驼头骨。她多么希望遇见一个愿意陪她行走天涯的男子，在休憩的时候，拿出那把珍贵的梳子，轻轻地梳理她的一头秀发，而她一定会依偎在他的胸前，幸福地看着时光如何在发际间流淌。

还没等她问梳子的价格，卖主却从她手里取回了梳子。她惊讶地问："难道这把梳子不是要卖的吗?"

卖主点头，但告诉她，这梳子已经有了买家。她有些不相信，既然卖了，为何还要摆放在那里，忙问他卖给了什么人。

"卖给了吉尔，一个走南闯北的赶驼人。"卖主显然跟吉尔很熟悉。

"他出了多少钱？我多给你一些钱，你把它卖给我吧。"那么好的梳子明晃晃地放在眼前，诱惑着她不肯轻易放弃。

"不能卖给你，因为我已答应给他留着，一会儿他就要来取的。"卖主没有丝毫商量的余地。

"那你放在那里干什么?"她有些被人夺了所爱的气恼。

"放在那里让人欣赏啊，好东西虽然有时不能拥有，却可以欣赏啊。"卖主没在意她心情的变化。

这话说的确实有些意味深长。既然不能买下那把梳子，那么就好好地欣赏欣赏吧。她蹲在那个小摊前，又细细地打量起那把犀牛角梳子，仿佛在看一位擦肩而过的老朋友，说不出的依恋盈在眼里。

吉尔走来时，那把梳子已装在了她的心里。她很奇怪，她为什么偏偏对那把梳子情有独钟，难道真的有冥冥中的某种神示吗?

吉尔是图阿雷格人，他个子不高，很健壮，他穿长袍，头裹面纱，脸膛紫红，眼珠很亮，声音有些嘶哑，牵着两峰骆驼，上面驮了很大的箱子。他冲着卖主嘿嘿一笑，弯腰拿了梳子便走。

她忙站起身来，挡了他的去路，指着那把梳子："我特别喜欢，你可以把它卖给我吗?"

吉尔一愣，旋即摇头："不，这是我准备送给母亲的。"

"哦，是这样!"她惋惜地叹口气，转身要走，吉尔却喊住了她。

她欢喜地问他："你改变主意了?"

"不，我这里有一样东西，你可能更喜欢。"吉尔说着，从驼背上的一个皮囊中掏出一块奇异的沙石。那红褐色的沙石，通体好像是由花瓣堆砌而成，花瓣薄薄地翘起，边沿圆润，层层叠映，宛若一朵朵灿然绽放的玫瑰花。

"啊！这是从哪里采来的如此神妙的花?"她立刻惊奇得张大了

嘴巴。

“美丽吗？”吉尔把它放到她手中。

“何止是美丽，简直是美艳惊人！”她轻轻抚摸着那灿若玫瑰的花枝。

“这是沙漠玫瑰，来自撒哈拉大沙漠的深处。”吉尔告诉她，这是他运送盐巴的途中拣到的。

“沙漠玫瑰，太神奇了。你带上我，我跟着你走，让我也能拣到沙漠玫瑰吧。”她充满渴望地拉住吉尔的手。

“你不用跟着我吃苦受罪了，既然你喜欢，这一枝沙漠玫瑰就送给你了。”吉尔的慷慨，令她简直有些受宠若惊了。

“真的？把它送给我？”她有些不敢相信地捧着那枝沙漠玫瑰。

“真的，送给你了。因为我去过中国，在那里读过一年的书，要不是母亲生病了，我可能会在那里念完大学，甚至留在那里呢。”吉尔只会说很简单的汉语，但对来自中国的她，显然有一种特别的亲切。

“谢谢你！送我这么珍贵的礼物，我们中国有一句古语，叫‘来而不往非礼也’，我就送你这串桃木珠子的项链吧，愿它保佑你平安。”她摘下颈间挂着的项链，那是她在中国海南买的。

“这个我喜欢，谢谢！”吉尔没有推辞，很爽快地接纳了。

接下来，他们又聊了许久，才依依不舍地道别。

吉尔走后，她有些后悔没有跟着他一起走，或许跟着他走，一路上还会有许多新奇的发现，会有很美丽的故事呢。这样的念头一闪，她的心便怦怦然了。

她把那枝沙漠玫瑰一直放在背囊里，带着它走了好多个国家。后来，她也在一些大商场和一些小集市上，遇见过天然的或者经过加工的沙漠玫瑰，大的，小的，便宜的，昂贵的，艳红色的，褐色的……她请教了地质专家，并查阅了一些资料，知道了沙漠玫瑰形成的过程——撒哈拉沙漠中的一种石膏，经过炙热的阳光烘烤和干热的强风吹打，水分几乎被全部蒸发后，逐渐形成了明亮的结晶体，这种结晶体大多呈圆形，中间厚，四周薄，一片片相互叠压，酷似玫瑰花瓣，所以被称为沙漠玫瑰。

在一个月光皎洁的夜晚，她受到了盛情邀请，在撒哈拉沙漠深处，参加了图阿雷格人组织的一个篝火晚会，一大群青年男女围着篝火载歌载舞，然后便有情投意合的年轻人，相互拉着手欢快地朝沙漠里走去，借助月光去寻找象征爱意的沙漠玫瑰。

她没有去寻找，她坐在月光里想念吉尔，想他带着驼队风尘仆仆地跋涉，想他一定会给她找到更漂亮的沙漠玫瑰，因为他说过，他还会来找她，会给她带新的礼物。

半年后，吉尔真的来了，他很兴奋地告诉她，那天她告诉他的那个中药配方，对于她母亲的病疗效很显著，老人家一再叮嘱他要好好谢谢她这个中国姑娘。

她开玩笑地逗他："那你打算怎么谢谢我啊？"

"我也不知道，再送你一枝沙漠玫瑰吧。"一枝色泽红艳如火的沙漠玫瑰递了过来。

"这个有什么寓意吗？"她已经知晓图阿雷格人喜欢用沙漠玫瑰表达爱意。

"它生在寂寞中，忍受日晒风袭，熬过了干旱和贫瘠，却绽放出永不凋谢的美丽，象征热情、坚贞、忠诚，还有……"吉尔突然停住了。

"还有什么？"她看着腼腆的他，调皮地追问。

"还有，送给你这把梳子。"他忽然转了话题，拿出那把犀牛角的梳子。

"你不是给母亲买的吗？"她惊讶地望着他。

"我把你送我的项链给了母亲，她很喜欢，她说应该把梳子送给你这位美丽、善良的姑娘。"他把梳子放到她的手上。

"我，我……"她突然很想见见他的母亲，她相信那一定是一位慈眉善目的老人。

"如果你愿意，我可以带你穿越一次撒哈拉大沙漠，让你领略一下世界上最大沙漠的雄奇。当然，我也希望再到中国时，你也能给我当一个好导游。"吉尔突然提议道。

"好啊。一言为定。"她兴奋得恨不能马上就跟着他的驼队出发。

因为公司总部来电，她要立刻赶赴阿尔及利亚去洽谈一项重要业务，只能与吉尔相约，等他两个月后回来，他们再一起去穿越撒哈拉。

仅仅用了半个多月，她便把手头的工作都处理完了。然后，她便开始作长途跋涉的准备，她买了优质的睡袋，买了高倍的望远镜，还订购了产自欧洲的专供旅游食用的罐头。

她开始计算吉尔归来的日期，想象与他在一起风沙无阻的艰辛而又浪漫的旅行，她的心越发焦急而神往了。

那天早上，她随手打开电视，一条简短的新闻，骤然将她震呆了：吉尔的驼队在沙漠中遭遇了一伙不明身份的劫匪的突袭，他不幸中弹，被发现时已因失血过多而死。据说，那条危险的死亡之路，这些年很多驼队都不敢走，吉尔也是第一次走，因为距离近一些，他可以早一点儿返回。据说，吉尔临死前，手里还捧着一枝光洁的沙漠玫瑰。

如果没有那些急待处理的业务，如果那天她陪着他出发了，相信他一定不会走那条近路，那样，他就不会……她懊悔地捶头，泪珠不停地滚落下来。

后来，她特意去看了吉尔的母亲，给老人留下一些钱。然后，她毅然地离开了北非，回到了国内。因为在那里，她眼前常常浮现吉尔的身影，常常想起他们没有实现的那个计划，每一次想起，她的心都会柔柔地疼，疼得她欲哭无泪。

吉尔送给她的那两枝沙漠玫瑰，依然那样灿然，炽烈如火。那把犀牛角的梳子，她再也没用过，因为在她的想象里，应该是她与他相对而坐，她看着他笨拙地轻挽她如瀑的黑发，柔情似水地梳过，他口中呼出的热气里，升腾的也是幸福……

没有开始便已结束。可是，有一种怀恋，却像那沙漠玫瑰，一直开在她心中，永不凋谢。

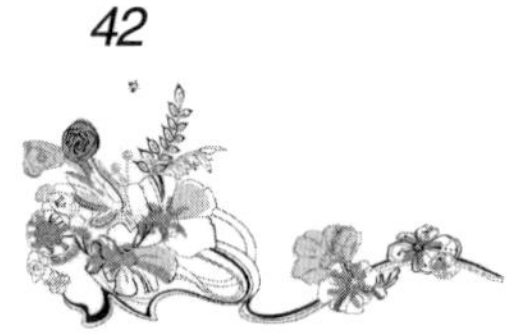

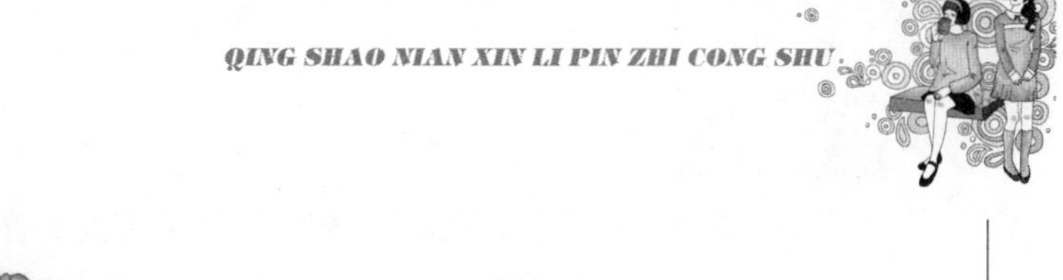

跨越了无数阻隔的爱

两个相爱的人总希望情意绵绵天长地久，真爱就决定了要无条件地付出甚至是牺牲，只有这种付出和牺牲才能给对方带来快乐和幸福。

那是1938年的夏天，23岁的德国青年肖恩跟随叔父来到巴黎。叔父是一位精力充沛的汽车经销商，他来巴黎有很多的事情，每天都忙忙碌碌的。于是，肖恩便独自游览了巴黎，他先领略了塞纳河两岸旖旎的风光，又去了辉煌壮丽的卢浮宫和凡尔赛宫，然后沿着香榭丽舍大街一路走去，体味这座世界名城非凡的意蕴。接着，他又去观赏了著名的凯旋门。

那天，顶着蒙蒙的细雨，肖恩来到了举世瞩目的埃菲尔铁塔前。仰望眼前这一人类建筑史上的奇观，他油然而生一种敬慕。他是一位大三的学生，所学的专业就是城市建筑学。他对埃菲尔铁塔已有了比较详尽的了解，从它的设计到建筑的整个过程，都比一般人知道的多，但那都是在阅读中获取的，而此刻，这伟大的建筑就矗立在他面前，他就要走上前去，亲手去触摸一下那些被赋予了深厚文化意蕴的钢铁。

他正心情激动地向前走去，忽然，在他的左前方不远处，一个满头银发的老妇人摇晃着身子向后仰去，他紧跑两步，但还是没有接住她，老妇人肥胖的身躯重重地摔倒在地。起初，他还以为老人是心脏病猝发，等走近了，才知道老妇人是眩晕症发作才突然摔倒的。

躺在地上的老妇人，一手按着受伤的大腿，一手撑地想站起来。肖恩上前想帮她一下，老妇人忽然痛苦地咧咧嘴，显然她伤得不轻。老妇人向肖恩求援："小伙子，帮我打个电话，叫一辆救护车，送我去附近的医院，再通知一下我的孙女。"

肖恩的法语还不错，老人的话全能听懂，他安慰老人，没问题，

我懂得怎么做。

救护车很快到了，他陪同老妇人去了医院，陪同着老人做了一系列的检查。还好，已年届八旬的老人，只是大腿骨折了，身体其他部位并无大碍。

老人的孙女斯芬娜匆匆地赶到了，看到病榻上的祖母，小女孩含着眼泪，轻轻地嗔怪祖母不该独自上街，摔伤了自己，把她也吓坏了。

“我也不知道怎么突然就眩晕了，现在没大事了，医生说静养一段时间就好了。对了，你可要好好谢谢这位德国来的小伙子。”老妇人指着身边的肖恩，眼睛里满是慈爱。

斯芬娜赶紧擦去眼角的泪珠，向肖恩深鞠一躬：“谢谢你救了我的祖母，上帝也会感谢的。”

“举手之劳，不用客气。”肖恩竟有些腼腆得手足无措了。四目相对时，肖恩惊讶地发现，斯芬娜是一个非常漂亮的法国女孩，尤其是她那双清澈如水的眼睛，散发着令人过目难忘的魅力。

当得知斯芬娜刚刚接到巴黎大学建筑学专业的录取通知书时，肖恩兴奋地说，我们以后就是同行了，应该互相交流啊。

“你是师兄，你可要多帮助我啊。”斯芬娜甜甜的笑容是那样的美。

“没问题，如果我有需要你帮助的，你也不能拒绝啊。”那一刻，肖恩突然在心底感谢斯芬娜的祖母，让他有缘认识眼前这位可爱的法国女孩。

“那当然了。”斯芬娜回答得很干脆，她也喜欢上了眉清目秀的肖恩。

随后，斯芬娜陪同肖恩登上了埃菲尔铁塔，两人并肩而立，极目远眺，巴黎的美景尽收眼底。微风轻轻拂过，两人内心也荡起了轻轻的涟漪。

回国后，两人开始频繁地通信，两颗心也贴得更近了，那一段跨国之恋让两个年轻人感觉到了生活的甜蜜和人生的美好。他们在信中相约，一定加倍努力学习，将来一起设计出让后代赞叹的建筑。

然而，没过多久，第二次世界大战便几乎让整个欧洲都陷入了战火中。随着巴黎的失陷，斯芬娜跟随着父母逃难到了瑞士。肖恩也在大学毕业半年后，被强行征召入伍。愈演愈烈的战争，彻底中断了热恋中的两个年轻人的联系。

1943 年，肖恩所在的部队被派往法国，肖恩和两位要好的朋友冒着危险，来到冷清的埃菲尔铁塔下。他悄悄地掏出当年与斯芬娜在铁塔前的合影，偷偷地吻了吻，内心翻涌着说不出的甜蜜与苦涩。

在诺曼底战役中，肖恩受伤被俘，他没有任何挫败感，反而有了一种解脱的感觉。他想，他已退出了那该死的战争，最令他痛心的是斯芬娜写给他的那些陪伴他无数次穿过枪林弹雨的书信，在他受伤后全都下落不明了。

在战俘营里，肖恩不断地猜想斯芬娜与他音讯杳无后的情况：她现在在哪里？战争没有伤害着她吧？她和他还会有梦想的未来吗？每一个问题，都撕咬着他的神经，让他疼痛不已，却忍不住一再追问。

战争终于彻底结束了。带着伤痛，肖恩回到了满目疮痍的柏林。那场不堪回首的战争让他失去了最亲爱的父母和可爱的弟弟，失去了尊敬的叔父。而他萦绕在心头的斯芬娜，仍然一直下落不明。

经过一段黯然神伤的日子后，肖恩意识到自己不能总是陷在往事的回忆中，而必须要振作起来，他相信不管斯芬娜如今在哪里，她都一定会希望自己还有梦想，还有充满阳光的生活。

他进了一家建筑设计院，帮助人们重建被战火摧毁的家园。即使是在那些特别忙碌的日子里，他也没放弃打探斯芬娜的消息，他甚至委托好友去巴黎大学查询过。然而，他一次次的努力，换来的是一次次的失望，斯芬娜仿佛在人间消失了，再没有她的任何音讯。

肖恩 40 岁那年，与一位建筑师结婚了。两人一同走过了 30 年平平静静的婚姻生活，他们没有生育一个孩子，那些散落在城乡间的大大小小的建筑物，凝聚了他们无数的心血，成了他们热爱的孩子。

妻子病逝后，肖恩独自生活了十年后，就搬到了自己设计建造的敬老院里。就在他淡然地望着镜中一天天苍老的面额，等待着去天堂与亲人相聚时，他偶然在一张报纸上读到了一篇署名斯芬娜的文章，作者在文中讲述了自己的初恋，虽然没有写出他的名字，但他还是根据文中所提及的那些细节，断定写文章的斯芬娜就是他苦苦寻觅的恋人。

很快，在报纸编辑的帮助下，肖恩与斯芬娜通上了电话。

原来，斯芬娜的父母带着她避难到了瑞士，她因为心中特别牵挂肖恩，没过多久，她就独自返回了巴黎，却不幸遭到一位纳粹军官的蹂躏。她一时万念俱灰，想纵身跃入塞纳河结束自己年轻的生命，是一位流浪汉救了她。而后，她去了法国南部的一个小山村，做了一名教师，一生未曾婚嫁。

在那场劫难发生之前，她也曾多方打探肖恩的消息，和他一样没能如愿。遭遇了那场不幸以后，她觉得已无法将最纯洁的自己交给最爱的人了，她便将那份深爱埋藏在了心底。只有夜深人静时，她才会一边翻阅肖恩写给她的那些信，一边流着泪默默地为他祈祷和祝福。

世界反法西斯战争胜利60周年前夕，心中一直不曾割合的那份情思，让斯芬娜在耄耋之年拿起笔来，向世人讲述了自己鲜为人知的初恋。而上苍似乎也被他们的爱打动了，于是，命运让他们在别离了67年后，再次惊喜地重逢，让浪漫的爱情经历了那么多坎坷后，终于有了一个美好的结局。

装饰了鲜花的婚车，缓缓地从埃菲尔铁塔前驾过，两个银发飘飘的老人紧握着手，眼睛里满是幸福的泪水。

在巴黎市郊的一座教堂内，神父向许多闻讯赶来见证这一跨世纪婚礼的人们，深情地讲述了他们令人唏嘘不已的爱情故事后，说了下面这样一段话：

什么都无法阻止爱的花朵美丽地绽开，什么都无法摧毁藏在心头的真爱，苍老的只是岁月，而爱会永远年轻。

温暖的赞美诗唱响了，两位老人幸福地相拥而泣。

不要慨叹爱的迟来，90岁的明眸里，流淌的依然是20岁的爱情。面对他们跨越了无数阻隔的爱的相拥，整个世界都应该转过身来，为他们献上敬慕和祝福。

两颗忠贞不变的心，不断书写爱

有一种真爱很凄迷，有一种真爱只能远望，有一种真爱叫做楚痛，有一种真爱叫放弃，有一种真爱叫忍让。

有人说像罗密欧和朱丽叶双双徇情才叫真爱，可谁又能知道他们能不能爱对方一辈子呢？

有人说像梁山伯和祝英台化成蝴蝶才叫真爱，可谁又能保证他们会不会长相厮守呢？

那就是爱了，只那么惊鸿般的一瞥，便注定了这一生一世的相依相守。

彼时，她刚刚结束了一场不堪回首的婚姻，带着两岁的儿子和外人也能看得出的爱的伤痕，在那个大都市里为生活而艰辛地打拼着。而他，刚刚从美国留学归来，受聘于那所著名的大学，正是世人艳羡的青年才俊，许多美女在向他暗送秋波，主动帮他牵红线的媒人也是一个接一个，他却总是以“工作太忙，以后再说”为托辞，谢绝了所有的热情关心和关注。

那个初冬的早晨，他晨练归来的路上，先看到了她那热气缭绕的馄饨摊，待走近了，他的心怦然一动：很奇怪，自己在哪里似曾见过她？努力地回想，却怎么也想不起来。虽然她戴着口罩，但她那浅浅的微笑，仍有着纤尘不染的美。

再见到她时，他一边慢慢品着那碗香气四溢的馄饨，一边与她闲聊起来。

两个月后，他对她已有了很多了解。那天，在她收摊时，他走到她面前站定，目光直直地盯着她的眼睛，很认真地对她说：“我爱上你了，我愿意给你时间，等你了解一下我，然后再决定是否爱我，但我特别希望你也会爱上我。”

“谢谢你！我们不合适，还是不要耽搁你宝贵的时间了。”她直截了当地拒绝，因为那爱的阴影尚未从她心头移开。

“我能够理解你的心思，但我是认真的，你还是考虑考虑，我求你。”他一脸的真诚。

“你那么优秀，我配不上，我和你之间是不可能的。”她看到了他清澈的眸子里盈着真纯，如果是在自己生命最鲜美的时光遇见他，听到他那样的表白，她想自己一定会被感动的，而现在，她只会选择拒绝。

“我相信，我们是最合适的，时间和事实将作证。”他异常坚定地告诉她。

接下来，他便开始了锲而不舍的爱情追求之旅，她一而再、再而三的拒绝，非但没浇灭他心头熊熊的爱情之火，反让他爱得更坚定，更热烈。得知他爱上了她，许多人大跌眼镜，都困惑不解地问他为什么对那么多优秀的女子视而不见，却对她这个带着孩子的离异女人情有独钟，他郑重地告诉人们：“理由只有一个，她是我今生的唯一。”

“她是我今生的唯一”，当她听到他这句掷地有声的爱的告白时，她的眼泪再也忍不住了。其实，她多么想大声地告诉他——“你也是我今生的唯一”，但是，他那么优秀，而自己那么卑微，卑微得快要低到尘埃里了，她一直这么认为。她甚至搬了家，逃开了他。而当他满面憔悴地站到她面前时，她又心疼了。

她感动地说：“你真傻，为什么非要爱一个根本不值得你爱的人？”

他说：“我一点儿都不傻，我遇见了爱，就不能错过了，若是错过了，我会一生扼腕痛惜的。”

他依然那么痴痴地爱着她，一天一天，一个月又一个月，他心甘情愿地被感动自己的爱打败。

终于，她被他赤诚的执著深深打动了。在那个桃花盛开的四月，两人相拥欣悦而泣。

一场盛大的结婚庆典结束了。在撒满温馨的小屋里，他与她对坐，他幸福地望着她，眼里是一朵一朵的花，鲜艳欲滴。她幸福地望着他，眸子里闪着露珠般的晶莹，口中喃喃着：“这是真的，真的，不是梦中，不是在梦中。”

“是的，不是在梦中，我们在用爱演绎着真实。”他握住了她的手。

洞房花烛夜，她不禁又拿过那个鲜红的结婚证书，轻轻地抚摸着。他却把证书拿过来，只那么淡淡地扫了一眼，便随手将它撕碎了。

她惊愕地看着他扔掉那些碎屑，一时不知自己究竟做错了什么。

他笑着将她一下子拥到怀中，紧紧地贴着她的胸口，平静而坚定地告诉她：“亲爱的，结婚证只有离婚的时候才有用，我保证，今生它都不会派上用场了。”

只此一语，便让她的心猛地一震：“好！我也相信它再也用不上了。”那一刻，她感觉自己就是这个世界上最幸福的女人，她听到了一句最朴素也最深沉的爱的誓言。

撕碎了那一纸婚书，他便把一生爱的承诺，留给了静水流深的美好岁月。

此后的日子里，他和她恩恩爱爱，向世人呈现了一份令人羡慕不已的爱情。无论他是成了名教授，还是有了显赫的官位，他始终爱她如初，会牵着她的手逛街，会和她一起去摆摊，会一脸骄傲地向人们介绍她是他好不容易才追到的最好的爱人。而她，也从没有像某些女人那样，对自己的丈夫担心和猜疑过，因为在他撕碎了结婚证的那一刻，她便再也没有对自己的婚姻恐慌过。

20 年的烟尘岁月，增长了年轮，也令他们的爱情更加真醇，如窖藏的老酒。

当闺中密友惊讶他居然撕掉了结婚证，有些担心地问她：“有朝一日，当你美丽不再时，你该用什么拴住他？”

她淡定地笑道：“你认为那一纸婚书，就能够拴住爱情吗？”

女友哑然：是啊，红尘里，有多少男人在灯红酒绿的诱惑中迷失，早就抛却了当初那些信誓旦旦的爱的表白，有多少女人怀揣着结婚证书，也只不过是守着冷清的空房，守着一份清汤挂面般半死不活的婚姻。既然那么多的爱都可以走远，甚至可能由爱转恨，那一纸薄薄的婚书，又能拴住什么？

还是她说得好，比一纸婚书更重要的，是两颗忠贞不变的心，在不断书写爱的浪漫与现实。

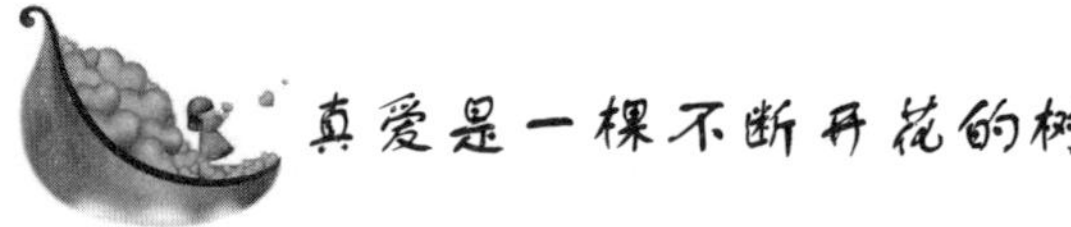

真爱是一棵不断开花的树

人的一生遇到真爱的机会很少，因为人生短短几十年，能恰好碰到一份属于自己的感情真的很不容易。有时候心中一动就已错位，而错过就会再无缘相见就会生死两茫茫。

第一次读到席慕蓉的那首《一棵开花的树》，她一下子就喜欢上了。那一年，她18岁。正值青春之树上缀满了美丽的花蕾，芬芳四溢，迷醉了那么多宠爱的目光。

被爱簇拥的她，变得越发楚楚动人了。而她，没有慌乱，没有迷失，依然静静地朝前走着，她相信梦中的他一定在前面不远的某个地方，在等待着她，在他们相遇的刹那，彼此会同时惊喜地说出——“哦，原来你也在这里。”然后，欣然地伸出手，握住一段尘世间最美的缘。

那样美妙的景象，她不仅在小说里见过，也在遐想中遇见过。为此，她愿意踏遍万水千山去找寻，愿意遥遥地等待，愿意守着心灵中的汪洋，咬紧一个甜蜜得心疼的渴望。

终于，那个她无数次在梦中描摹的他出现了，她美丽灼灼地走到他的面前，笑靥如花地迎向他，几乎就要失声喊出心头藏了许久的秘密。然而，他却只是淡然地从她面前走过，没有一丝想象中的热烈。瞬间，她泪雨纷纷，只觉得满地飘坠的，都是令人伤感的花瓣。

真的无缘吗？就像高高举起的烟花，不曾绚丽地照亮夜空，便骤然熄灭了。她心犹不甘，不愿接受那希望流空的宿命，她还想竭力去挽留。然而，他的目光已被另一片明媚深深吸引，他和那个同样优秀得无可挑剔的女孩似乎更像是前世便已结了良缘。她只能就此站定，站在那个痛心的距离上，看着他们挽着幸福，一路旁若无人地走着。

从此，很长一段日子里，她谢绝了所有的爱情表白。因为她只

相信那一段没有开始便已结束的爱，她久久都难以从心头抹去他的影子，许久都无法倾心再去爱。尽管有很多比那个他还要优秀的男子向她真诚地致意，她却执意地选择错过。

时光匆匆流逝，她的事业繁花锦簇，但她依然孑身一人。也曾有过孤灯独对的落寞，也曾有过刹那间的心旌摇曳，但最终还是黯然地垂下头来，她以为那一树的繁花都已在生命最葳蕤的季节凋谢了，她再也无力去爱了。

然而，就在她 50 岁生日前夕，那个她多次委婉拒绝的他，再次向她坚定地走来。

“我说过的，我们只能做朋友。”她依旧固执地坚持着。眼睛却湿润着，不知是为他的执著，还是为自己莫名的伤感，抑或是兼而有之。

“没关系的，我愿意等。”他递上洁白的纸巾，怜爱地看着她擦拭。

他像一位曾经沧海的老水手，见过了太多的风浪和海市蜃楼，懂得眼前的她，才是他今生的最美。所以，关注她，关爱她，一直一直，默默地。他相信，一定会等到那一天，他欣然地握住她的手，彼此相视一笑，一曲洗尽人生。

她终于被感动了，带着感激和一丝的惶惑走近他：“为什么要那样坚持?”

“因为我听到了心灵的召唤，我必须义无反顾地走向你。”他的眸子里荡漾着真挚。

“可是，我已是一棵开过花的树了，最鲜美的时刻早已经走远了。”她不无惋惜道。

“还可以再次开花啊，还可以再次美丽生命啊。”他热情地牵起她的手。

“再次开花?”她喃喃地重复着，心底似有火焰在升腾，那般地热烈。

“对啊，真爱是一棵不断开花的树，一季季地花开，一季季地花落，才有爱的绚丽与静美，才有爱的忧伤与无奈。谁说过，爱的花朵只开一季？只要心头的爱不凋落，爱的枝头就不会失去美的花朵。”他告诉她，曾经的花朵，无论多么美丽，都属于昨天了，而明天的花，还在酝酿中，唯有尽情地绽开今天的花朵，才爱得真实，爱得美好。

她重重地点头。那一刻，她才恍然发觉：自己仍是一棵开花的树，仍可以开出绚美的花朵，只要愿意。

最美的情话："你坐着，我来干"

男人和女人怎样才会走到一起,男人和女人怎样才会步入婚姻的殿堂,男人和女人怎样才会相扶到老,千言万语道不尽一个“爱”字。

一家女性杂志和一家著名的网站联合举办了主题为“我心中最美的情话”征文大赛。为了吸引更多的参赛者，大赛组织者找来了多家赞助商，不仅为获奖者提供了丰厚的奖金，还为特等奖获得者提供了往返欧洲的“情侣游”机票，再加上网站和杂志的大力宣传，应征的情话雪片般地飞来，其中有许多令人怦然心动的新颖、别致的情话。经过认真的评审，最终摘取“最美的情话”特等奖的，竟是令众人惊讶的一句极为朴素的话语——你坐着，我来干。

那么多柔情似水或甜蜜芬芳的情话，怎么抵不过这“土得掉渣”的六字告白？读者们议论纷纷，网站上的争论也如火如荼。不久，大赛组委会特意邀请到特等奖获得者。通过网络视频，那位摆水果摊的女工，向众人讲述了她那有关“最美的情话”的故事。

那时，她大学刚毕业，拿到那家外贸公司的录用通知书，她兴奋地跟男友找了一家咖啡屋庆贺，两人幸福地描摹着对未来的憧憬。谁也没有想到，在牵手回家的路上，一辆刹车失灵的小货车，从后面撞上了她。从昏迷中醒来时，她惊愕地发现，自己的一条腿被截掉了，另一条腿上也打着石膏。对面病床上的他，头上和胳膊上也都缠满了绷带。

还好，他的伤没有大碍。这是她巨大的伤痛中最欣然的庆幸。

还好，我们还能够牵手。这是他见到她苏醒过来最先想到的。

很快，他便挣扎着下床了，并不顾医生和家人的反对，他把前来照料他和她的亲人都撵回家，固执地坚持要自己来照顾她。她说他也是一个病人，也需要照顾。他笑着说自己的那一点儿轻伤，算不了什么，她可是需要好好关照的，因为自己说过要心疼她一辈子的。

她感动地说自己没了一条腿，工作也因此失去了，已变成了一个废人，不能拖累他。

他便嗔怪她胡思乱想，说她在他眼里永远是最完美的，从前是，现在依然是，以后也一定是。

他勤快地帮她倒水、拿药、削水果，帮她翻身、解手……他的眼睛那么灵敏，仿佛她的每一个心思都能立刻看懂，一见她需要做什么，他总会马上说一句“你坐着，我来干”，拦住她，随即帮她完成想做的事。

看着他勤快、周到地帮她做着一切，她想起了初恋时，他就喜欢这样宠着她，什么大活儿小活儿都抢着干，而且他干得那么心甘情愿，没有丝毫的做作。他的一句口头禅“你坐着，我来干”，是她听到的最甜蜜的爱的表白。于是，被甜蜜的爱情笼罩的她，在大学校园里，习惯了坐在那里等他去排长队给她买回家的车票，习惯了坐在餐桌边看他去埋单，习惯了坐在树阴里看着他一脸汗水地帮她修单车，习惯了坐在旁边看着他手法娴熟地为她削苹果皮……

出院不久，他和她便走进了婚姻的殿堂。婚后，他把那句“你坐着，我来干”用行动诠释得更生动、更具体，更让她幸福无比。其实，婚前和婚后，她也多次像他那样，不容争辩地对他说“你坐着，我来干”，动手帮他整理书稿，帮他填写邮件，帮他熨好衣服，帮他沏好茶……她快乐地做着这一切，感觉自己真的像他赞赏的那样——还是挺优秀的，尽管腿残了，失去了一份体面的工作。

他所在的公司裁员，虽然他很努力，但不幸仍降临到了他的头上。他又在一家文化公司找了一份很辛苦、报酬不高的工作，可是，他整天仍乐呵呵地，他安慰她，说他现在一边当策划编辑，一边开始学习写作，说不定哪一天自己还能策划出畅销的书，或自己写出了畅销书，会名利双收的，她说她相信。知道他特别辛苦，她便抢着做家务，他身子刚要动，她便马上温柔地说一句“你坐着，我来干”，让他多歇息一会儿，集中精力做好手头的工作。

平凡的日子波澜不惊地向前推移着，转眼间，女儿8岁了，一家人在一起欢欢笑笑，尽管他们手头一直拮据，多年蜗居的小屋却始终温馨飘溢，他们成了人们羡慕的恩爱家庭。女儿也受了熏染，很小便学会了做家务，她还时常调皮地模仿他们来一句“你们坐着，我来干”，争着为他们服务，让他和她感觉犹如中了大奖般的开心。

再后来，她在街口上摆了一个水果摊，收入虽然不多，但她很开心。他一有时间，就过来陪她。顾客不多时，他总会很习惯地对她说“你坐着，我来干”，她就乖乖地像恋爱时那样，笑脸盈盈地坐在那里，看着后背微驼的他，那样心满意足地忙来忙去。温柔的阳光，照在小小的水果摊上，那一刻，她感觉自己就像一个幸福无比的公主。

那天，他没在跟前，她试着搬动一个水果箱时，不慎撞翻了那一摞水果箱，那条打了钢板的腿再次被砸伤。他心疼地抚摸着她的伤腿，一遍遍地自责，怪自己没有提前帮她摆好摊，让她遭罪了。她却说是自己一时走神了，正好医生说伤腿里的钢板也该换了。

住院的那些日子里，他对她的照顾比以前还要细心，有时干脆命令她“你坐着，我来干”，把一切都大包大揽了。她说什么都不让她动，她会变得又胖又懒的。他说那也不怕，那你就坐在床上，我照顾你一辈子。

他的语气里满是真诚。她心里暖暖的，眼睛里蓄满了幸福的泪水。

拗不过她，他只得同意她继续摆那个小水果摊，可是他每天都要早早去帮她摆好，晚上再去帮她收好，生怕她再出什么闪失。其实有很多的事，她完全可以轻松地做，他却拦阻她“你坐着，我来干”，不由分说地为她代劳。

她絮絮地讲述着她和他平凡的生活、平凡的爱情，无边的幸福没遮拦地挂在脸上。

很快，众多网友纷纷在网上留言，大家一致赞同评委的英明——的确，那白开水似的六字情话，是最朴素的，是最真诚的，也

是最美的。它来自于爱的心灵，滋润了爱，培育了爱，也收获了爱。

“你坐着，我来干。”一句洗去铅尘的情话，一句浸满人间烟火味的情话，无比的真挚，无限的情意，无数的关切，全都融入了这简单无华的爱的表白，让美丽在艰难中绽放，让富足在清贫中走来，让美好在平凡中诞生。多么愿意有人能对自己说出这样的情话，多么希望自己也能说出这样的情话。

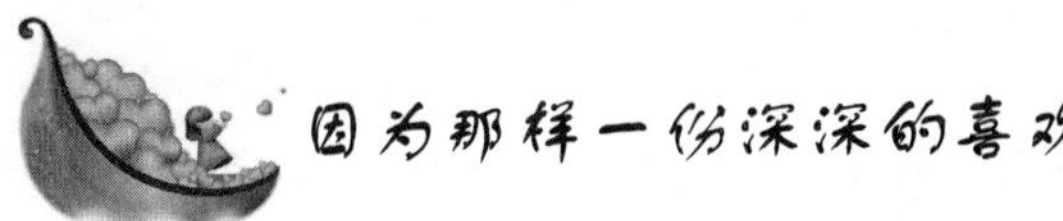

因为那样一份深深的喜欢

爱情是人世间最美的语言，爱情的诗句婉转优美，洋洋洒洒，如雪花般洁白，如细雨般娇柔，如蓝天般宽阔，如白云般潇洒，如大地般深沉，如花朵般娇艳。

那个秋日的午后，几枚心事重重的黄叶在阳光中无声地飘落。穿过人声鼎沸的操场时，只那么不经意的一眼，她的心脏便摇曳起来，没有任何预兆地，那个身着一袭运动装的他，灼灼地闯入了她的心里。一怀的欣喜掩了又掩，还是让脸上的红晕流露出来。是的，18 岁的喜欢，就那么蓬蓬勃勃地生长起来，不讲理由，不讲逻辑。

他是隔壁理科尖子班的物理老师，是刚分来的研究生。他帅，他酷，他那卓然不凡的气质，散发着令人难以抗拒的魅力。他第一次走进教室，那些情窦初开的小女生们便惊喜地尖叫起来，随即在下面唧唧喳喳地交流起来，他故作威严的示意，只是让教室里安静了片刻。

很快，他便无可争议地被评为了“校草”。走到哪里，他都有着极高的回头率，甚至有外班的女生下了课便跑到他上课的教室门口，只为看他一眼。她便是其中的一个，她这个一向对男生板着面孔的骄傲公主，从见到他的第一眼，她就欣然地崩溃了，那一份呼之欲出的喜欢，卑微地低下了头。虽然她那低到尘埃里的那种喜欢，他或许一丁点儿都不知晓，她却清清楚楚。

他讲课很有激情，极有感染力的手势上下翻飞，整个身心都沉

浸其中，那举重若轻的洒脱，那深入浅出的从容，简直将教学变成了富有魔力的艺术，许多对物理头疼的女生，忽然惊讶地发现，原来，物理课还这么有意思，也并非想象的那么枯燥难懂。

她有些后悔，若是当初知道他来，一定不会选择文科的。那样的话，她此刻应当坐在头排，目光追随着他的一举一动，莫名的喜欢，阳光一样活泼地洒落在他的身前背后。可是，她现在只能装作若无其事地，缓缓地走过走廊，听听他那扣动心扉的声音。那一刻，她也听到了青春开花的声音，如此自然而美妙，轻柔中夹着淡淡的忧伤。

一下课，他便被一群花枝招展的学生围在中央，请教问题的、打探信息的、凑热闹的……那些可爱的小女生都故作聪明地用漂亮的借口作掩护，近距离地表白着内心的爱慕和敬佩。她多么想走过去，跟他说一句话，或者送给他一个甜甜的微笑。可是，她不能，她怕自己的轻率，碰碎了心里藏着的晶莹。她就那么不远不近地站定，远远地望着他被簇拥，被喜爱。

那天，在阅览室门口，一位老师惊讶地问他某一篇小说是否是他写的，他笑着点头。那位老师便羡慕地说他真是文理兼备，不愧为名牌大学毕业的研究生。他却谦逊地说那只是他的一个业余爱好，上高中时就特别喜欢语文，原本是准备学文科的，却阴差阳错进了理科班，竟一下子喜欢上了物理，后来便将物理作为首选专业，一路学了下来。就这么简单，青春岁月里的那些波折，被他三言两语就轻描淡写过去了。

没想到，他竟会主动跟她打招呼。他问黑板报上那首小诗的作者是不是她，她羞涩地点头。他大声地赞叹写得好，有清纯的气息，与她这个年龄很契合。她请他说说不足，他便说了自己的感想，但一再强调只是阅读的感受，千万不可当做批评意见的。他怕自己的评论约束了她思想的自由表达。他眸子里的那份认真，语气中的诚恳，多么像一个知心的朋友，她柔柔的心田里涌入了一片特别的温暖。

从此，她更勤奋地写作，她纤密的心思，飘逸的想象，都化作了一行行青春烂漫的文字。她希望有一天能够拿着那些与时光一同流淌的文字，坐到他面前，看着他慢慢地翻阅，还能听到他的表扬和鼓励，哪怕只是微不足道的几句话，在她看来，都是弥足珍贵的金子。

当那个传闻在校园里不胫而走时，她的忧伤是落光了叶子的树干的忧伤，瑟瑟的寒风吹动无助的枝条，她不知道该到哪里去取暖。其实，她曾不无担忧地想知道他更广阔的世界，比如，他有没有在月光下行走的寂寞，有没有风花雪月的美丽，有没有被梦叫醒的伤感。她真的想知道，可现在她极不情愿知道的是，种种分不清来源和真假的据说，都在渲染着理科班那位公认的“校花”米苏已对他落花有意，而他似乎亦是流水有情。他与米苏走到一起，那自然是王子与公主的般配，是最令人羡慕的天公作美。她的心隐隐地疼，可她不能说出一个字，因为她不需要安慰，更不需要悲悯，即使输了，她也情愿输给那似乎算不上恋爱一场的暗暗的喜欢。

同桌是米苏的密友，不断地向她传递米苏和他的故事，那些闭上眼睛就能够想象到的浪漫与甜蜜，在同桌啧啧的讲述里，如此色彩缤纷地摇曳着，让她想拒听又忍不住装作若无其事地记在了心里。于是，她听说他那咖啡色的围巾是米苏买的，他喝的普洱茶是米苏当局长的父亲送的，还有他去米苏的家里给米苏“吃小灶”，他为米苏的生日写了一首诗……虽然不过都是一些的琐琐屑屑的小事，可她还是受了很深的刺激，甚至是无处申辩的伤害。尤其是看到米苏在校园内外那一览无余的欢悦，她更觉得自己像做了什么错事似的，赶紧羞愧地低头快速走开。

她突然开始忧郁起来，那些温暖青春的语句似乎也都叛逃了，常常呆呆地坐在那里，一任重重的伤感弥漫在纸上，她清晰地嗅到了空气里飘的一丝丝的苦涩。

那个飘雪的周末，她送表姐去车站，蓦然回首时，看到他正拎着皮箱立在站台上，雪花轻轻地撒落在他的肩头，他玉树临风的样子，让她的心一阵莫名的悸动。她没有向他走去，只是站在不远处，不时地将目光瞄向他。直到列车要进站了，他才发现候车人流里的她，他兴奋地冲她挥手，大声地喊了一句谢谢。

他为什么要谢谢她呢？是以为她来为他送站？她猜不出来，但

还是有一丝甜蜜在回荡。她猜想他这一定是回老家过年去了，可是，为什么米苏没来送行？难道他们……忽然，她意识到自己有那样的想法不大好，便掸掸身上的雪花，心事重重地转身回家了。

再见到米苏，她并没有发现米苏有丝毫自己想象中的那些落寞，米苏依然是曾经骄傲的公主，以优雅的矜持享受着四面八方投射过来的爱恋的目光，那有些可爱的清高散发出更令人艳羡的魅力。他与米苏似乎并没有大家传闻的那种关系，他依然是那个课堂上神采飞扬的好老师，是篮球场上女孩子目光肆意追逐的对象，是不少女生崇拜的偶像。

对于这些发现，她有说不出的欣喜，她又成了那些缤纷梦幻的主人，成了妙笔生花的作者。她的文章在新概念作文大赛中获奖了，选人专集的样书寄到学校时，还引起了一些小小的喧哗，那么多的惊诧投向了她——因为大家都知道她一向是班级里默默无闻的小女生，都没注意到她还有那样好的文笔。

当然，她不会解释什么，更让她欣喜的是，那天她去收发室取奖金汇款单，正好碰上了他。他说早就从她的那首小诗中看到了她的潜质，他相信她还会写出更多更好的文章。她使劲地点头，巨大的幸福让她感觉到两条腿都有些轻飘了。那个晚上，她在日记里，写下了他的祝贺和期待，也写下了自己玫瑰色的憧憬。

同桌又带来了米苏与邻校的一位帅哥恋爱的消息，有女生为他惋惜，也不无嫉妒地说米苏是在凭借自己各方面的优秀玩着感情游戏。她什么都不说，她只关心他，看到他一脸的阳光，听到他那富有磁性的声音，她都会兴奋许久。

她卑微的心里开始有花蕾绽开，一瓣一瓣，脆脆地绽开，清纯而美丽。

她在忙碌的高考备战期间，仍不忘带着小镜子，偷偷地在洗手间整理一下本来就无可挑剔的头发，她还不时地换一个廉价的发卡，还悄悄地抹上一点淡淡的口红，也暗中自嘲却不会改变地忙里偷闲地“臭美”一下。而她的学习成绩，也在老师和同学们的惊讶中不断地提高着。

那是怎样的一些明媚的日子啊！她有着丑小鸭变成白天鹅的欣

然，不能说出的秘密，让她感觉到青春时光是如此地美好。

当她拿到了和他一样的那所名牌大学的录取通知书时，她想送他一件礼物，想告诉他曾经的那些埋藏在心底的喜欢。当然，她还想在他那澄净的眸子里，发现习惯了低眉的她不曾看到内容。

可是，他没能让她说出心里的感激，甚至没给她一个告别的机会，在那个暑假刚开始时，他便去国外留学了。像一阵清风，他无意间在她年轻的心湖荡起一圈圈的涟漪，便独自离去。

失落，遗憾，怅然……然后是释然，宁静，欣然，她恍然发觉自己突然长大了，因为那样一份深深的喜欢，她变成了自己最希望的那个自己。

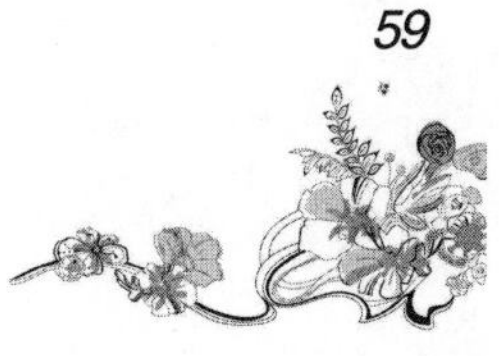

第三章　有了真爱，一切皆有可能

从古至今，表达爱情的文章，如沙粒，如水滴，如繁星，让人感人肺腑，让人浮想联翩，让人魂牵梦萦。

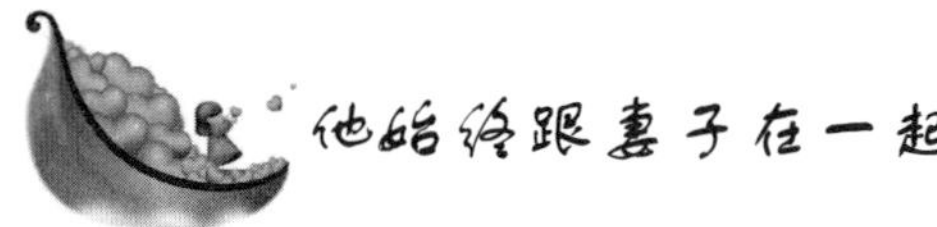

他始终跟妻子在一起

从古至今，表达爱情的文章，如沙粒，如水滴，如繁星，让人感人肺腑，让人浮想联翩，让人魂牵梦莹。

第一次世界大战期间草率结婚的人们当中，有一对性情热烈、引人注目的年轻夫妇克拉拉和弗莱德。1919 年劳动节后的一个晚上，他们争吵起来。尽管他们还相爱，可两人的婚姻却已经岌岌可危。他们甚至认为，两人在一起简直是件蠢事。于是克拉拉打算约查理出去，弗莱德则约了珍妮去参加酒会。

突然，一阵震耳欲聋的汽笛呼啸着打断了他们的争吵。这声音不同寻常，它突然响了起来，接着又戛然而止，令人心惊胆战。一英里以外的铁路上出了什么事，无奈，克拉拉和弗莱德都一无所知。但后来查理、珍妮都取消了与他们的约会。

那天晚上，另一对年轻夫妇正在外散步。他们是威廉・坦纳和玛丽・坦纳。他们结婚的时间比弗莱德和克拉拉长，他们之间存在的那些小芥蒂早被清除。威廉和玛丽深深地相爱。吃了晚饭，他们动身去看电影。在一个火车道口，玛丽左脚滑了一下，插进铁轨和护板之间的缝里去了，既不能抽出脚来，又不能把鞋子脱掉。这时一列火车却越驶越近。

他们本来有足够的时间过道口，可现在由于玛丽的那只鞋捣乱，只有几秒钟时间了。火车司机直到火车离他俩很近了才发现他们。他拉响汽笛，并猛地拉下制动闸，想把火车刹住。起初前边只有两个人影，接着，道口上的铁路信号工约翰・米勒也冲过来帮助玛丽。

威廉跪下来，想一把扯断妻子鞋上的鞋带，但已经没有时间了。于是，他和信号工一起把玛丽往后拽。火车呼啸着，朝他们驶来。

“没希望啦!”信号工尖叫起来，“你救不了她!”玛丽也明白了这一点，于是朝丈夫喊道：“离开我！威廉，快离开我吧!”她竭尽全力想把丈夫从身边推开。

威廉·坦纳还有一秒钟可以选择。救玛丽是不可能了，可他现在还能让自己脱险。在铺天盖地的隆隆火车声里，信号工听见威廉·坦纳喊着：“我跟你在一起，玛丽！”

不久以后，邻居们到弗莱德家做客，把那幕惨剧讲给他们听。

“……丈夫本来可以脱险，可他没有走掉。他用胳膊紧紧抱着妻子，紧紧抱着她。这时候那个信号工听见他说：我跟你在一起，玛丽！他俩紧紧抱在一起——火车前灯的灯光照在他们的脸上。他始终跟妻子在一起。”

听完了故事，克拉拉泪流满面。弗莱德也久久不能平静下来。后来克拉拉和弗莱德成为人人称道的模范夫妻。可以肯定，他们之间关系的好转就是从那个晚上开始的。

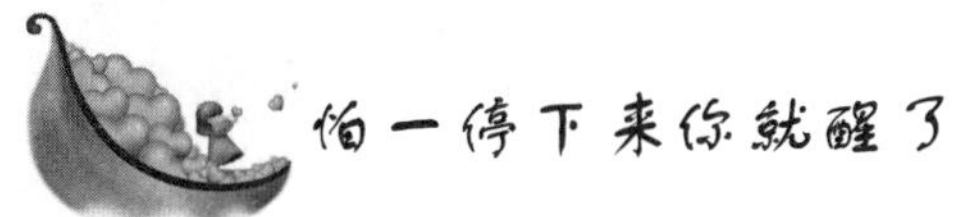

怕一停下来你就醒了

爱情能创造奇迹，爱情可以改变一个人的心态，爱情可以改变一个人的命运，当爱升华的时候，爱不会有分支。爱情是自私的，让人没有一点喘息的机会。

他赶了一夜火车，去看望住院的她，尽管她已经提出分手，但在她生病的时候，他觉得自己有责任去照顾独在异乡的她。

此刻她正靠在床上，望着邻床的老头细心地为老伴擦脸，扶她躺下，掖好被角，她被打动了。想到和他分手后新交的那位热烈奔放、很懂浪漫的男友，在得知她的病可能导致不孕后再无踪影，不禁伤感起来。

正在这时，他风尘仆仆地进来了，手里提着一罐刚从饭店熬出来的墨鱼汤。看着消瘦的她，他只是心疼地摸摸她的脸颊，然后开始喂她喝汤。她几天没有和人说话了，就央求他：“和我说话吧，说说你这段怎么过的。”

他于是开始说话，他说了很多，工作中的趣事和琐事，絮絮叨叨中，几天没睡好的她竟抓着他的手安详地睡着了。

大概有半个小时，她忽然醒了，睁开眼，他还在说话，她歉意地说：“不好意思，你看，你还在说呢，我就睡着了。”

他宽厚地笑笑：“我知道你睡着了，但我不敢停下来，怕一停下来你就醒了。”

隔了一会儿，她忽然发现，自己哭了。

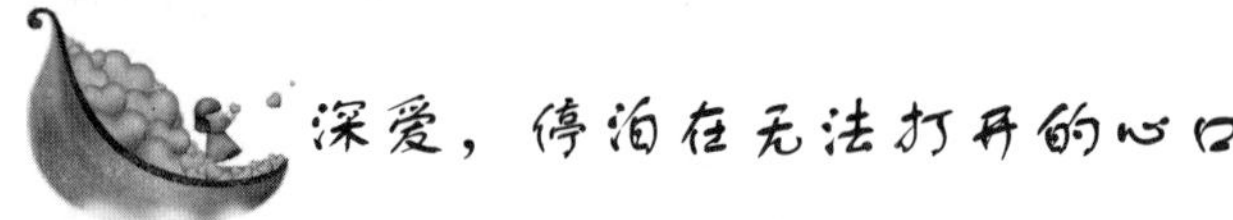

深爱，停泊在无法打开的心口

因爱生情，因为真爱才会永恒，因为真爱才会海枯石烂，因为真爱才会天荒地老。

礼拜天一早，有人敲门。开门一看，竟是多日不见的母亲从乡下来了。母亲像有心事，但见到我，故作轻松地一笑，然后低头换鞋，搁下背上沉沉的布包。妻子迎上前和母亲打招呼：“爸呢?”母亲笑着应道：“在楼下呢。”

父亲蹲在水泥地上抽着劣质的香烟。他那辆破旧的“永久”牌自行车倚在墙边，车的右侧牢牢绑着一袋新碾的大米。我心疼地埋怨他：“天这么热，叫你不要骑车，偏不听!”父亲抹把汗，笑着申辩：“坐中巴一来一去得花20块，够买20斤的大米了!”

将父亲的自行车放进车棚，再转过身，他已一人扛着米袋上楼了。父亲进门时，一抖肩，近百斤的米袋稳稳地落了下来。我追着他爬上6楼，已是大汗淋漓，上气不接下气。

父亲看我两手空空，却是一副狼狈样，忍不住开怀大笑，笑我年纪轻轻，体力竟如此之差。父亲已60开外，却是老当益壮。我不禁汗颜，又暗自为他健康的身体备感欣慰。

未料，母亲在屋内突然冲父亲怒吼：“看你老骨头还硬几天，想找死啦?”像是一记闷棍，对着兴高采烈的父亲迎头痛击。父亲的得意戛然而止，愤然甩出一句：“我死不死，关你什么事。”显然，父亲被激怒了。

后来父亲被妻子劝到楼下散心时，母亲开始断断续续地哭诉，我从中探寻到了缘由。原来父亲的身体只是外强中干。他觉得心口难受已有好长时间，前两天吃饭时突然呕吐，这次硬是母亲逼着进城，准备为他做检查。我这才知道了母亲重重的心事。后来，父亲接受了检查，结果让我们大吃一惊，也证实了母亲的担心——父亲患上了癌症！

母亲知悉后，顿时瘫软在地。半晌，才吐出一句："别让他知道。"那一刻，我恍然惊觉，原来母亲在内心一直深爱着父亲。只是司空见惯的争吵，却将这份惦心挂怀如天衣掩蔽，不见一丝痕迹。

父亲曾在乡下做过赤脚医生，凭其职业敏感，对自己的病情心知肚明。那天，父亲背着母亲对我们说："我的病，别让她知道。"父亲担心的不是自己，却是母亲。他怕她受不了田里的重活，怕她受不了无人拌嘴的清冷和寂寞。父亲继而喟叹："跟我受了这么多年苦累，我竟没有一句中听的言语待过她……"我握着父亲的手，无语凝噎。

别让他（她）知道！就让一切祝福默默埋藏心底，就让自己承受的所有痛苦变成心甘和情愿——这多好！不必说出口，也无需说出口，只有自己知道，对他（她）一生一世的深爱，永远都停泊在无法打开的心口！

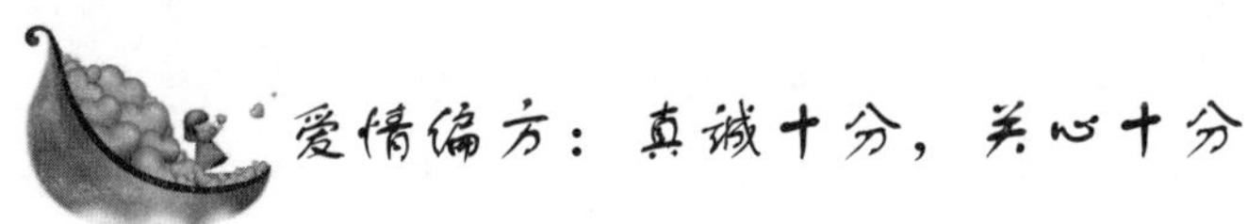

爱情偏方：真诚十分，关心十分

其实，有的时候，我们一直以为自己都有爱，都在为爱付出，可是，当我们仔细回味整个过程，就会发现，根本就不是。

她和他生活了10年，一直没有要孩子。一来因为她身体瘦弱，从小病恹恹的。再者她觉得，女人只有对男人的爱透过了心骨才会心甘情愿为他经历那场血与火的洗礼，可是她觉得自己对他，还没有那份热情。

他很忙，可是他更疼她。他们的生活，最常见的情景就是：他忙前忙后、乐呵呵地为她洗药、煎药。而她则拿了遥控器，搜索每

一个电视频道的文艺剧，在别人的故事里流泪欢笑。日复一日，年复一年。

有时候，她看着他操劳的背影，就禁不住要问：难道这就是爱情的样子？幸福的下落？

她很快就找到了答案。因为她再一次见到了耀文。

耀文是她中专时的同桌，当年朦朦胧胧、若即若离的感情给年轻的岁月留下了美好的回忆。所以，当他把电话打到她的家对她说我是耀文我要见你时，她端着药的碗“啪”的一下就掉在了地上，药渍一圈一圈地慢慢散开。

那段时间，是被她喻为鲜花一样芬芳的岁月。她心情的畅快与愉悦映在脸上，绯红的，如桃花一般灿烂。那天他端来了药，说你最近的脸色好了些，再坚持一段时日，就可以不喝药了。她终于知道爱其实才是女人美丽人生的一剂良药。她一阵风似的从他身边飘过，美丽的裙摆在风中扬起，遮住了他痛楚怜惜的眼神。

可是耀文说：“傻丫头，你该好好和他生活的，他能给你最真实的幸福。”

她回来了，却没想到他走了，只留了简短的一封信：

原来以为我的关心能改变你的苍白，可是映在你脸上的绯红却不是我的所能，如果我连一个桃花一样灿烂的脸色都不能给你，我只能离开。

之后，她开始了一个人的生活，孤独，清冷。有一天她整理旧物，在书柜底层却发现了厚厚一本日记，上面记载的都是这么些年他为她总结的药方子。

爱情偏方：真诚十分，关心十分，加宽容若干，文火煎服。

那一刻，她清晰地看到，一滴晶莹的泪徐徐而下。

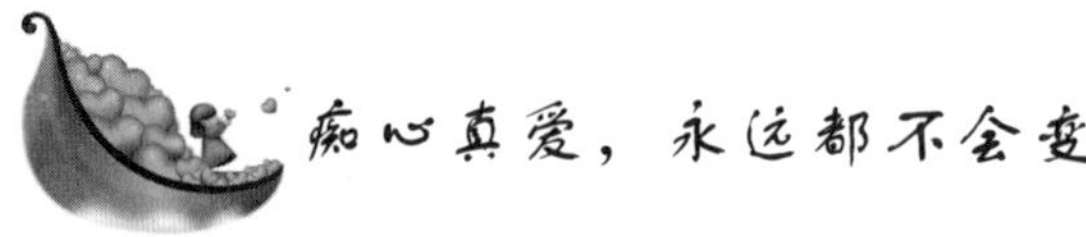

痴心真爱，永远都不会变

爱情犹如一枝娇艳的香槟玫瑰，美丽、浪漫、芬芳，可是当它

面临衰败或在某一刻它无意刺伤了你，你是否仍会不顾一切的喜爱，它给你的感觉是否依旧如初的美好？

他们的相识只是一次偶然。

她是个农村的姑娘，在一家餐厅打工，挣着微薄的工资，供养患病的母亲以及上学的兄弟。而他却有一个富足的家庭，父亲为他安排好了一切，他在一家银行工作，没有任何生活的压力。

他第一次走进餐厅时，就被她的秀丽端庄吸引住了，还有她的气质，她与别的打工妹有根本的不同。他的眼光是对的，她在餐厅打工只是生活所迫，她是个不安于现状的人。她的本科自学考试将要通过了，专业是外贸英语。

他尽一切可能帮助她。在她母亲病重住院的时候，他负担了全部的高额费用。她拿到文凭后，他四处托人为她寻找工作，她被招聘到一家效益很好的外贸公司。凭着她的努力，几年后，她成为主管出口部门的经理，而他仍是一个普通的银行职员。

所有人都认为，他们应该有一个美满的结局。但是，她却对他说："你的人情我一定还。"他总是对她淡淡地笑，然后低下头，神情很落寞。他要的不是钱，而是爱情，他已经等了许多年。

然而她却不能，产生爱情的原因很多，崇拜、喜欢甚至仇恨，唯独负疚不能。他为她做出了许多牺牲，她活在他的影子里，他给她的太贵重了，可以说，她现在的一切都源于他的帮助，这成了她的不能承受之重。

冬天的时候，他对她说："我要结婚了。"她很惊讶。他接着说："你借我一些钱吧，我们即将置办酒席并外出旅游。"晚上，她拿钱来到他的住处，他正和一个漂亮的女孩在看电视，他说："这是英子。"她对那个女孩笑笑。

当她把一大沓钱交给他时，她觉得完全解脱了。后来，她顺利地恋爱、结婚、生子。多年后，有人偶然谈起他，说他都快 40 岁了，还一直单身。她大吃一惊，怎么会这样呢？

后来她知道，那个女孩是他的表妹，他是故意骗她的。因为他的爱只会给她造成痛苦，所以只好离开她，这是他送给她的最后一份爱。

爱情在外人看来往往是有些荒唐的，因为爱情本身，便是一个“痴”字。即使岁月老了，人变了，但那份痴心永远都不会变，这就是真爱。

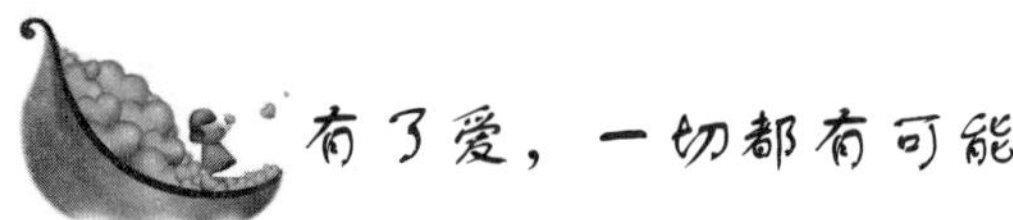

有了爱，一切都有可能

千回百转，峰回路转的爱情，总能令人感动，而这其中所经曲折，无论幸福与痛苦，坚定与动摇，都在爱情的天平上摇摆不定，男人在爱情的天平上是倾斜的，还是女人。

她喜欢美食，却疏于厨艺，如果要下厨，那绝对是一场灾难。他烧得一手好菜，但却给自己定了一个原则——不下厨房，因为这有损他的品牌形象。他们单身时是这样的。

现在，两人的生活，他掌勺。洗、切、煎、炒，以及饭后洗碗，都是他一手包办，她只能在旁边观战，却不能动手。因为，他怕油烟污了她的秀发，伤了她的纤手。

她喜欢看他做菜的样子，神情专注，动作利落，配菜、下锅、装盘，挥洒自如，一气呵成。看得入迷，她总会情不自禁地骚扰他，从背后抱他一下，或是亲他的耳朵，告诉他：“老公，你切菜的样子好帅！”每次，看着透明的锅里蒸气氤氲，鱼肉也渐渐变得雪白，香气慢慢溢出，她总会闭上眼，深呼吸，这味道让她感觉无比幸福。

当然，也有例外，每个月末的休息日，他总要出去一天，回来的时候，会感觉有些异样，他总是异常沉默。去做了什么，他从来不说，被追问得急了，也只是笑。于是每月末那一天他的去向成了一个谜。她还是快乐的，然而快乐中又总有一丝阴影，自己像白开水一样透明，而他，却像一坛陈年老酒，隐约闻得到醇醇的香味，但没开封的时候，却不知那里面到底装着什么。

终于有一天，她还是忍不住跟踪了他。早上 9 点，看着他进了医院，挂号，进了内科，交费，进了治疗室，然后，一直没有出来。

天哪！他会有什么病呢？只要他能健康地活着，她愿意付出任何代价。

她问了走出来正准备下班的大夫，得知，原来他是在做肺泡透析，做完以后两小时内不能发声，刚做完，正在休息。

终于知道，他大学时曾经煤气中毒，引发了帕金森氏病，后来虽然通过手术治疗痊愈，但他的呼吸系统非常脆弱，不能适应烟尘环境，他们在一起以后，他就几乎每个月都过来检查一次，做肺泡透析。

她真的好恨自己，为什么那么笨，居然任他为爱透支自己的身体！那一天，她决定要学着做菜，她相信，总有一天她会有很好的厨艺。

自己是世界上最幸福的男人

爱情是我们人生中的一个阶段，每个人都会经过这个阶段，但是每个人却持不一样的心态，有着不一样的遇见。如同看见一座山，想知道山的后边是什么，翻过那座山，那边还是山，回头看也许觉得这一边更好。但是别人说的总是不会相信，自己不试试是不甘心的。所以有些人永远是长不大的，有些人永远是等不到的，还有一些人是注定要孤独的。

娶她的时候，他觉得自己是世界上最幸福的男人。

35 岁，已经错过了最好的婚期，他兄弟多，人又长得不好看，帮兄弟们娶了媳妇，自己就老了。

她是外省的媳妇，漂亮俊俏，媒人花了 3000 块钱说给他，他像得了宝一样，捧在手里怕掉了，含在嘴里怕化了，那叫个喜欢。

那时，他并不知道她是来骗亲的，她因为貌美，骗了好多男人，骗了就跑，跑了就再也不回来了。

可这次，她露了馅，跑到半路，被他的家人追了回来。

然后有人要打她，骂她是骗子，敢放鸽子。

是他拦住人们，一夜夫妻百日恩，何况，他真是喜欢她，喜欢

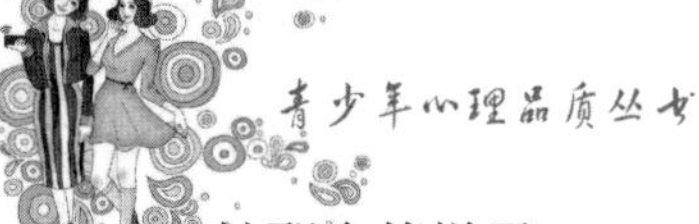

她那个俏样子。

他给了她路费，送她到车站，站在一起，她比他还高半个头。她长发飘飘，他秃了头。她双腿修长，他有点罗圈腿。他站在那里说，跟着我，不会委屈你，可是你嫌我难看，所以，放你走吧。

临上车，他给了她 200 块钱和一袋子东西，有吃的有喝的，还有他买给她的化妆品，廉价的口红与香水，却是他的一片心。

坐到下一站，她下了车，这一辈子，不会再有第二个男人对她这样好。

她回到他身边说，“我们结婚吧。”

结婚后，她仍旧是一派懒散作风，打牌抽烟，而且时不时地闹小脾气。他回到家，总是冷锅冷灶，几年来，一直如此。但是他没有抱怨过，只说她一个外乡人，这样不容易，她本可以嫁得更好。知道他喜欢她，她就没完没了地耍小性，嫌他做的饭凉了热了成了淡了，嫌他洗的衣服不干净，抱怨孩子的奶瓶有味了……

那时他们有了孩子，怕她半夜起来冷，总是他起来，披衣服给孩子热奶，换尿布也是他，他这样卑微，甚至没有了自己。人家说，看他八成一辈子没有娶过媳妇。他就嘿嘿笑，也不解释。

结婚十几年，她依然容貌姣好，他却更老了，连背都驼了。孩子渐渐长大了，责怪他的母亲不会疼父亲，可他总是向着她。她有时和小孩子一样，也和自己的儿子吵架，可最后胜利的总是她，因为，他站在她的一边，无论孩子对与错，用他的话说，你妈永远是对的。

他的爱情原则就是，她永远是对的。

有一次，他们吵了架，他还了几句嘴，她当时就气昏了过去，倒在地上，人都凉了，还吐了白沫，等她缓醒过来后，他说：“我错了我错了，后悔死了。”

她说，别人谁都可以欺负她，唯独他不行，她撒娇使性，认定他是好欺负的人，认定他离不开她，她如何闹如何折腾，她仍是他手中唯一的永远的玫瑰。

50 岁，他的下肢忽然瘫痪了，再也不能出门挣钱了，可她依然年轻，于是，他选择了一条让她没有想到的道路，他上吊了。

幸亏孩子看到，她哭了，问他为什么，他傻傻地说："我不能给你挣钱了，还有何用?"

刹那间，她扑入他怀中，哭得泣不成声，这个男人，只为她，一心全是她。即使到死，也是想的她，怕给她拖累，怕不能给她挣钱了。

15 年来，她手指尖尖，如葱白一样，细嫩光滑。不曾洗过碗不曾摘过菜，是他日出而作日落而息，这一切，她可会做?

煮的饭是夹生的，洗的衣服染了色，可他说："好，好，只要你做的，一切全是好的。"

洗尽了铅华，不见了胭脂色，只见一个粗糙妇人的劳作，别人叫她打牌，她尖声嚷着："不去了，我家老公离不开我。"

她日日守在他身边，开了小卖店，她风里来雨里去地进货，他在家中等着。

有一天，看到她浑身是泥，他问："怎么了?"

她说："遇到劫匪了，想劫我这进货的 300 块钱，我跟他玩了命，结果怎么样，看! 300 块钱还在!"说完，她居然得意地一笑，有小姑娘一样灿烂的笑容，他的老泪哗啦啦就掉了下来。所有的爱情必有回报，所有的卑微必有让你骄傲的一天。

一个洗尽铅华的女人，一个收敛了双翅心甘情愿栖息在红尘中的女人，就这样，为爱情而低微，和劫匪去玩命抢那 300 块钱，重新学习做饭，把家里打理得像模像样。这段情。只与他有关，她的红颜，从此只为他展开。

是他让她明白，爱到深处的人，一定有颗宽容的心。从此，不计较苦与乐，只因为，那深深的日子中，有爱随行。

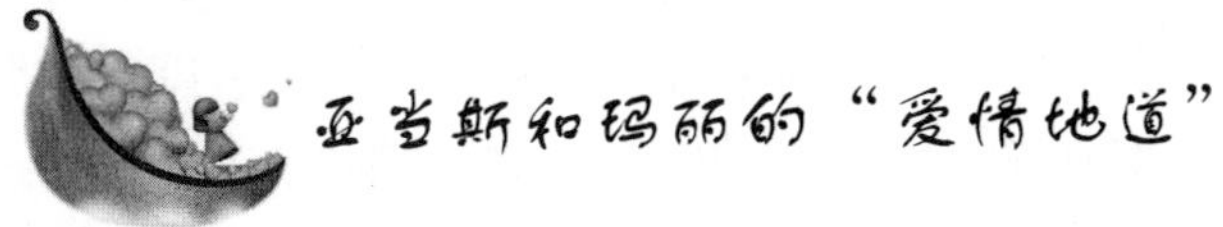

亚当斯和玛丽的"爱情地道"

人的一生会遇见许多的人，或许我们会爱上其中几个，但千万别去爱那些已经有人爱的人。如若不然，结局只有一种，伤痛。

亚当斯和玛丽是一对相恋8年的情人，两周前，他们终于喜结连理。正在度蜜月的时候，玛丽的母亲生病了，她急忙赶回娘家照料母亲。昨天，玛丽给亚当斯发电报说她母亲的病已经好了，她将在今天回到他身边来。亚当斯欣喜若狂，一大早就准备去车站接玛丽。可他刚出门就得到消息：国家爆发了内战，分成了东部和西部两个政权，现在双方所有的交通和联络都中断。他亲爱的玛丽将被永远阻隔在家门外。

听到这个消息，亚当斯一开始不相信。他赶到了火车站，发现车站已经关闭，所有火车全部停开。他又去电信局发电报，也遭到拒绝，因为没有通信联络。他还是不死心，又步行赶往玛丽居住的城市，沿途都有军队把守，看到前面拉起的铁丝网和正在修建的隔离墙，还有双方军队荷枪实弹的对峙，他才不得不相信了这个事实。

亚当斯感觉自己的心不断地沉入一个无底的深渊里，最后终于崩溃了。3个月后，亚当斯才恢复过来，但他对玛丽的思念没有停止过一秒钟。无论如何，他都要见到亲爱的玛丽。

可是，怎么才能穿过隔离墙见到爱人呢？硬闯过去？肯定不行，如果被击毙，他的愿望就永远也无法实现了；飞过去？他曾想过制作一个大风筝，可最后不得不无奈地放弃了，因为目标太大了；最后，他想到了一个办法，挖条地道，从隔离墙下穿过去！这应该是唯一的办法了。主意一定，亚当斯立即着手寻找最佳地点。他很快找到一处离隔离墙最近的房子，租了卜来，开始自己的计划。

亚当斯白天工作，晚上挖地道。没有任何先进的工具，仅有一把铁锹，但这难不倒他，因为他有着满腔爱情的力量。为了不引人怀疑，他把挖出来的土分散倒在城郊的田野上。

但他的行踪还是被人发现了。一天夜里，一个军官突然搜查他的住所，发现了地道。亚当斯知道自己完了，他坦陈了挖地道的用意，准备接受刑罚。没想到军官并没有责罚他，还找来几个士兵帮他一起挖。军官说：“我也希望通过地道见到我的爱人。”

亚当斯和他的支持者用了整整一年时间，终于挖出了一条长达3公里的地道。他不仅和心爱的玛丽团圆了，还开放地道，为其他恋人提供方便，人们给地道取了个名字，叫“爱情地道”。东西双方的对峙持续了30年，虽然时有摩擦和纷争，但所幸“爱情地道”一直畅通无阻。

国家统一的日子终于来临了。隔离墙被推倒的那天，亚当斯和很多支持者泪流满面，他们最后一次从“爱情地道”中走了一次，心里默默祈祷：“希望这条‘爱情地道’成为历史，永远不再出现！”

国家统一一周年时，有位记者撰写了一篇报道，在全国发行量最大的报纸上用整整6个版的篇幅报道了“爱情地道”——在东西分裂的30年间，有10余万恋人或夫妇通过“爱情地道”得以重逢，发生了无数可歌可泣的爱情故事。在民间，没有人借助“爱情地道”走私、偷渡，因为所有人都认为“爱情地道”是专供相爱的人用的，以其他行为使用“爱情地道”是可耻的……

这都是亚当斯知道的，报道里还有他不知道的。其实，“爱情地道”挖成后不久就被双方的军方和政府发现了，但都没有采取任何行动，在双方的作战军事地图上，居然不约而同地把“爱情地道”沿线列入受保护区域。在东西双方对峙的30年间，没有一颗炸弹落在地道上面甚至附近。双方的间谍机构也曾想利用“爱情地道”，但后来都放弃了……亚当斯这才知道，“爱情地道”其实早已是公开的秘密了。

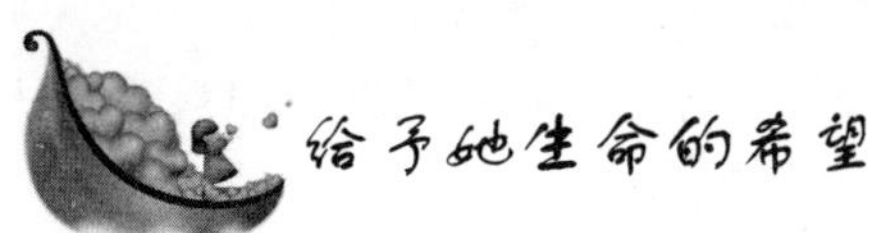

给予她生命的希望

对于我们而言，就是这样的，有的时候，我们的爱情没有那种烛光晚餐式的浪漫，也没有火山爆发般的激烈，它虽然只是在平淡无奇中度去，却终究也是我们我选择爱情的一种方式。有的时候，生活中不光是爱情，还许多的许多不尽如人意，甚至对生命充满无奈，但毕竟它是我们的成长以及岁月的过往，只要用了心的付出过，便无怨无悔。

整整一天，桑德拉都感到心神不定。晚上当她下班回到家，丈夫马克一脸严肃，对她说：“亲爱的，医生说我得了渐进性心衰。”

“那怎么样?”桑德拉不安地问道。马克缓缓地说出了四个字：“心脏移植。”

桑德拉当时眼前一黑，她觉得就像到了世界末日一般。她悲痛得心如刀绞，难道丈夫就这么离她而去吗？不！她一定要让丈夫活下去！

但是活下去的希望又是如此的渺茫。美国每年有 23000 名病人等待心脏移植，其中只有不到一半的病人能够得到匹配的供体，剩下的人只有消极地等待死亡。为此，很久没有祈祷的桑德拉，日日夜夜为自己的丈夫祈祷。也许是她的诚心感动了上帝，马克终于在患病两年之后找到了匹配的供体。

在马克上手术台的那天，桑德拉紧紧拉住马克的手，深深地亲吻了他。他们都有心理准备，这是一个危险系数很高的手术，万一有什么意外，这可能就是他们的最后一吻了……这是在 1997 年 4 月 14 日。

手术很成功，但也伴随着风险。手术第四天，马克的身体开始对心脏有了排异，马克痛苦地在床上挣扎，几次昏厥过去。桑德拉始终站在重症监护的外面，一站就是四天。她后来回忆说：“那段时间对我们来说简直就是一种煎熬，但是我有一种信念，那就是他一定能活下来，健健康康地走回家!”三周之后，马克做到了，他活了下来，并且出了重症监护室。桑德拉自然成了全天候的护士，给马克喂药、喂饭、擦洗身体……在她的细心照料下，马克痊愈得很快，手术后八周，马克就顺利出院了。

但是世事无常。2001 年的一天，桑德拉突然晕倒了。她到医院去检查，曾经威胁过马克生命的疾病这次缠住了她，她也患上了渐进性心衰!

在死亡阴影中痛苦了两年之后，桑德拉和马克终于在 2003 年等到了适合她的供体，接受了手术。

术后，桑德拉虽然没有太强的排异反应，但是却遇到了更加可怕的并发症。在痛苦的时候，桑德拉多次想到了放弃，而此时，像马克躺在重症监护室时她寸步不离一样，马克一直守候在她身边，不停地重复着一句话：“我不管你是否还年轻漂亮，也不管你贫困还是富有，我只希望你能活下来！陪我走过最后一程！”丈夫的呼唤给了桑德拉继续生存的勇气。

和六年前桑德拉在医院里做的一模一样，人们经常能看见马克忙碌的身影——从换药，到吃饭，甚至每天晚上都毫不间断地观察着妻子的病情，直到她健康出院。

桑德拉手术后一年，他们两个去了夏威夷，那是他们曾经度蜜月的地方。在海滩上，他们手挽着手，面对着夕阳，回忆着曾经的幸福岁月……

“她曾经给予我生命的支持，而如今我也要给予她生命的希望。”

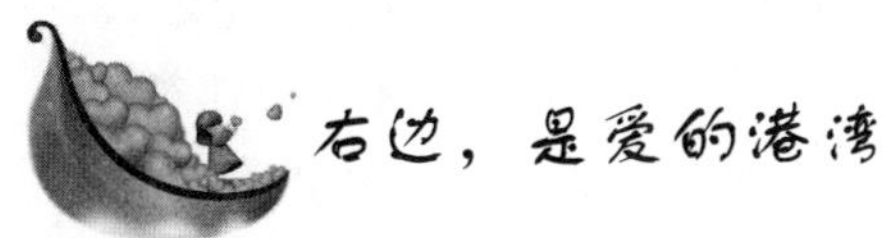

右边，是爱的港湾

在爱之中蕴藏着我们生长的种子。我们爱得越多，我们就离心灵经验越近。那些真爱在心中燃烧的感悟之人，才能战胜一切世俗偏见。他们在歌唱，他们欢笑，他们高声被褥，他们婆娑起舞，他们分享圣徒保罗所说的“圣洁疯狂”。他们是愉快的——真正的爱是一种全部付出的行为。

每次在街上散步的时候，他都走在她的左边。他没有什么话，从来都是默默的，偶尔她走得太靠近马路中间的时候，他才会轻轻地提醒她一句：“往边走，靠右一点。”

她总觉得他有些好笑。左边是车水马龙的大街，车辆和人流川流不息，当然也常常有几个熟识她的人，向她摆手，打招呼。她呢，因为中间隔着他，只好稍前或稍后地探探身，向熟识的人或朋友们摇手致意。

有一次，一个多年不见的男同学在街上遇见了正在散步的他们。男同学很兴奋，远远地就大声喊她的名字，挥着手向她致意。她当然也很高兴，灿烂地笑着，边举手致意，边一个箭步从他的身边闪了出来。忽然，一双大手紧紧地抓住了她的胳膊，很霸气地又一把将她拉到了他的右边。是他拉的。她解释说：“那是我老同学，好多年都没见面了。”他“哦”了一声，没有说什么。

她总觉得他很古怪，每次在一起散步都坚持让她走在右边，如果自己稍稍往左边越雷池半步，他都会毫不客气地把她一把拉回来，就是遇见女朋友或女同事也不行，他只允许她们隔着自己打招呼或说话，似乎左边应该是他雷打不动的位置。她想不明白，如果自己和一个男的打招呼会使他吃醋，那么和女的呢？他同样也那样。她想不明白，一直都没有想明白。

很久以后的一个黄昏，他们又一块儿上街散步，他们的步履已经开始蹒跚了，头发也花白了，他们已成了街头的一对老人。他们在街边散步，他拄着拐杖，当然，还是坚决地走在她的左边。而她呢，自然还是走在他的右边。在一起生活了那么多年，她想不出他这么做是因为什么。走到闹市中的时候，她忽然听到有人在喊她，借着微光一看，远远的有一张似曾相识的脸，她想起来了，那人是她的老同学。她很高兴，一步就从他的右边跨到了他的左边。

忽然，她感觉被一双手紧紧拉了一下，紧接着又被狠狠推了一把，仅一瞬间，她就倒在了路边的马路沿上，而一辆轿车几乎就是擦着她的膝盖呼啸而过。她挣扎着爬起来的时候，他已经静静地躺在血泊中。在医院的急救室里，他最后一次醒来，见她完好无损，才放心地笑了笑，又责怪她说：“记住，别往左边靠，左边是马路，车多，危险。”说完就睡去了，没有醒来。

她突然明白了右边的含义，老泪刷地涌出眼眶，那是安全的位置，不，是爱的港湾。哦，跟了他一辈子，自己现在才蓦然明白。

第四章　一起浇灌这爱情的幼芽

人们选择爱情，正因为它能在无形中形成一种附属的精神寄托，但是，人类永无休止的欲望往往使他们无法对现状满足，为了让错误延续，为了在对方的心目中依旧残留一丝美好。

把最可能实现的，给了最爱的她

人们选择爱情，正因为它能在无形中形成一种附属的精神寄托，但是，人类永无休止的欲望往往使他们无法对现状满足，为了让错误延续，为了在对方的心目中依旧残留一丝美好。

他来自农村，毕业后留在了城市。她能和他谈恋爱，就是觉得他心地善良、诚实稳重，况且妈妈说，这样的男人会疼人，嫁给他不会受委屈。可是，她觉得他一点也不浪漫。

她决定和他分手。没等她找他，他就来找她了。原来，上星期他去购物得了一张奖券，今天是抽奖的日子。她觉得好笑，但还是随他去了。现场人很多，都在翘首等待幸运降临。

公告上写着：一等奖一台彩电，价值3000元；二等奖一部手机，价值2000元；三等奖一张购买服装的优惠券，价值300元；末等奖——也就是许多人都有一份的纪念奖，是一把价值30元的雨伞。

她问他："假如中奖，你怎么办?"

他想了想，认真地说："如果中了一等奖，彩电给父母，他们那台旧电视早该换了；如果是二等奖，手机送给弟弟，他刚参加工作，很需要一部手机。"

他的话听得她的心直发凉。

他接着说："如果中了三等奖，我想买件衣服，因为我经常出差，没有一件像样的衣服。以前舍不得买，有了优惠券，能便宜不少。"

她的心凉透了。显然，那个末等奖，一定是属于她的了。一把廉价的雨伞，她才不稀罕呢。

一二三等奖都抽完了，他无缘中大奖，脸色却很平静。当纪念奖揭晓时，他眼睛一亮，公布的号码，正好和他奖券的尾数相符。他兴奋地领回一把伞。她冷冷地看着他。

他说："我知道你不高兴。你想过没有，这次有几百张奖券参加抽奖，一等奖只有1个，二等奖2个，三等奖5个，就像大海里捞针，哪能轻易得到？既然没把握，我当然不会轻易许诺给你。末等奖有200个，中奖概率很高，几乎胜券在握。我不能给你最贵重的，也不会让你一无所获。"

他眼睛里透着真诚："今天我就是冲着这把伞来的。雨季就要到了，天气说变就变，你上班离家又远，这把雨伞用得上。"

这是一把多么漂亮的雨伞啊——光滑的伞面上，一个小男孩嘴里叼着一根吸管，正把落下的雨滴吹成五彩缤纷的泡泡，多么浪漫的创意！

他低声问："喜欢吗？"

会哄女人的男人随口就说可以为你摘星星、摘月亮，可是，谁能摘得到？既然做不到，谁能保证那不是一句假话？他没有对她说过这些，只是把最可能实现的，给了最爱的她。

她点头说："喜欢，连伞带人都喜欢。"

只要有你有我，我们就有将来

情场新手相信爱情，认为它是人生中最佳保养品，它滋润着年轻的肌肤，使其愈加雪白动人。于是有人发出了这样的感叹："纵使爱是万劫不复的火坑，我也愿意纵身一跳。"看来真爱真的足以有让人迷失的魔力吧！

露丝和杰西是在巴黎的街头相遇的。那时露丝和大部分流浪在巴黎的艺术家一样，几乎快流落街头了，她每天靠着给游人画肖像挣些钱来养活自己。她租不起房子，只能住在阴暗潮湿的地下室里，而杰西的情况和她正好相反，他是富家公子，但喜欢艺术，于是就跑到这个艺术之都来镀镀金。他不仅住在五星级的酒店里，还上了巴黎最好的艺术学院，但他总喜欢每天到香榭丽舍大街上转上一圈，感受一下这里浓烈的艺术气氛。每次来，他都能看到那个穿着牛仔裤黑毛衣围着红围巾的女孩子，她的生意不是很好，因为她画的肖像不是形似而是神似，外行人是看不出来的。当冬天来临的时候，露丝的生意越来越不好，这时她更想家了。她来自澳大利亚，那里正是夏天，可以穿着泳衣去游泳，但此刻她必须把自己今天吃饭的钱挣回来，她已经一天没吃任何东西了。

“小姐，可以给我画一张肖像吗？”背后忽然响起了一个男人磁性的声音，她回过头去，看到了那张熟悉的脸。

他们就这样认识了。杰西和露丝一起回到了她住的地下室。杰西没有说明自己的真实身份，这个来自土耳其的公子，他家非常富有，他不想让露丝产生被怜悯的错觉，所以他谎称自己和露丝一样，也是在巴黎边打工边上学，境况比她好不了多少。那天露丝的心情好极了，她亲自动手做了三明治、罗宋汤，然后把贮藏了很多天的鱼子酱拿了出来，杰西说他刚刚完成了一尊雕塑，如果以后露丝有什么困难可以找他。

在冬天巴黎的街上，从此可以经常看到他们的身影。春天到来的时候，露丝的生意越来越好，加上杰西的帮助，她终于可以去巴黎艺术院校学习了，而他们的爱情也像春天的花朵一样开放了。

坠入爱河的露丝经常对杰西说，相信我有一天一定会成功的，那时我就不用住地下室了，那时我会给你买最好的瑞士表。因为露丝发现杰西从来不戴表，他总是在问别人时间。

她以为他和她一样，因为贫穷，所以从来不戴表，而她根本不知道，他是没有戴表的习惯，从小没有人给过他时间的限制，几点对他来说并不重要。但有了露丝以后，时间变得很重要了，因为他要去赴约会，要跟她一起去听课，去香榭丽舍画像，还要跟着她到地下室煲汤喝。有很多次他想告诉这个美丽的女孩子他的身份，但又怕这样会失去她，因为露丝可是个特别的女孩子，她似乎对金钱有一种恐惧感，对富家公子更是不敢靠近。所以他总是穿着和她差不多的衣服，衣服上永远有油彩，头发也乱乱的，背着一个大背囊来找她。

一年之后，露丝的画艺突飞猛进，而这时杰西却要回国了，因为父亲说公司需要他回去。得知杰西要走，露丝伤心地哭了。她用自己所有积蓄为杰西买了一只瑞士表，她说，当你看到这只表的时候，你就应该明白我分分秒秒都在想你。

而杰西送给她的礼物是一枚银戒指，他自己打的，上面刻着露西的名字。本来他想去巴黎最好的珠宝店为露丝买一枚钻戒的，但他知道露丝更喜欢这枚他亲手打的刻着她名字的银戒指。他低下头吻了她，“亲爱的，等着我，不超过三年我就会回来娶你，那时，我们会有一座豪华的宫殿。”露丝说：“我不要什么豪华的宫殿，只要你能回来。”

他们的约定是三年。因为三年后露丝就毕业了，杰西会把家里的一切都安排好，他要给露丝一个惊喜，他要给露丝在巴黎买那种带花园和露台的房子，然后让她穿上她最喜欢的蕾丝长裙在露台上跳舞，他们还要生几个孩子，像所有童话的结局一样，王子公主过上了美好的生活。

然而三年后，杰西没有来。露丝却成功了，她成了巴黎很有名的年轻画家，举办了个人画展，画价越卖越高。有很多人追求她，但她总是把手上那枚银戒指给他们看，因为她心里一直在等着杰西，她相信他会回来娶她的。

约定的时间到了，那个给她承诺的男人却没来巴黎。其实露丝并不要他的什么花园洋房，她要的只是那份完美而纯真的爱情。

露丝并不知道，这三年对于杰西却如同走过一次人间地狱，回到家就遭遇了父亲公司的破产，转眼之间，他成了一个一文不名的人，接着父亲自杀了，自己又在一次车祸中失去了右腿。此时，他还有什么资格去和心爱的姑娘谈爱情，而在巴黎买一栋花园别墅简直就是天方夜谭！他更没想到如今他身上最值钱的东西就是这块表了，虽然这样，他还是喜欢着艺术，喜欢生命里那些值得他付出的东西。只是，他再也没有勇气去找自己心爱的女孩了。

远在巴黎的露丝并没有死心，三年期限已到，而杰西没有来，她想到的结局有两个：一是杰西根本是个花花公子，早就忘了她；二是杰西发生变故，不论是家庭还是他自己，他没有勇气来面对她了。但无论如何，她一定要给自己一个答案。于是，她拿着杰西留给她唯一的一张小纸条坐上了去土耳其的飞机。那上面只有一个城

市的名字——伊斯坦布尔。只知道杰西的名字，除此之外，她对杰西的事一无所知。她只想去问杰西一句："难道我们的爱情因为时间的逝去就过期了吗？你为什么不遵守约定？"

在伊斯坦布尔，她几乎见人就问，你们知道杰西这个人吗？因为只知道杰西的名字而不知道他的姓，所以这如同大海捞针——她几乎绝望了。这时她想起一个好主意，可以去电视台和报社啊！于是伊斯坦布尔的报纸和电视台上都登了这样一个感人的镜头，她在问着：亲爱的杰西，你在哪里？请你回答我，不论你是贫穷还是富有，不论你遇到了什么样的困难，或者你根本已经结了婚不喜欢我了，但请你一定要告诉我，我们的爱情是不是已经过期了？

坐在电视机前的杰西早已泪流满面。他没想到心爱的女孩会不远万里来找他，对他的爱一直都没有变！

三天之后，杰西把电话打到电视台，他说，我就是露丝要找的那个人。电视台的人说，你真的是吗？因为有好几个人都说自己叫杰西了，他们看上了这个来自巴黎的美丽女孩！杰西笑着说，你可以去问露丝，她是不是给过那个男人一块瑞士表？

见面的瞬间很具有戏剧性。在电话中杰西说，你怕是认不出我来了。露丝听到杰西的声音就流泪了，她说，"为了考验我能不能认出你，你可以在我进门的时候蒙住我的双眼，让我和你的兄弟姐妹们握手，假如我能找到你，那说明我一直在想你，假如没有，那说明我们的缘分未到，好吗？"

她蒙着双眼一双双手握过去，当握到第三双手的时候，她问："后面还有几个人？"有人告诉她，"还有三个。"然后她笑了，"不用再接着去握了，这个人就是杰西！因为只有他的手那么细那么长，而且因为激动有些颤抖，手心里有汗！"当她揭开面纱的时候，看到的却是一个坐在轮椅上的杰西！那一刻，两人百感交集，杰西问："你确定你还要嫁给我吗？我一无所有，而且腿有了残疾，你确定吗？"

露丝却问他："我一直想问你的是，三年过去了，我们的爱情过期了吗？"他们的答案都是肯定的，因为爱神在他们中间。不管杰西从前是富可敌国的公子，还是现在一文不名的穷人，在露丝的眼里，

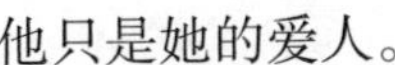

他只是她的爱人。

当露丝知道了杰西的故事后，她没有表示出太多的惊奇，而是说：“只要有爱情，只要有你有我，我们就有将来。”几天之后，他们一起飞回了巴黎。

一起浇灌这爱情的幼芽

只有真爱，才能永恒，因为他们知道爱的可贵与难求。

他们知道怎样珍惜，怎样维持，怎样拥有。

冬日，寒风呼啸的街头，他在礼品店外徘徊。她的生日即将来临，他多么想给心仪的女孩买个礼物，表明他暗恋她的心迹啊！他终于鼓足勇气，迈进了那家装饰精美的小店。看着柜台里时尚的礼品，又看看数目不菲的价格，囊中羞涩的他只能竖起衣领尴尬离开。

“买个青草娃娃吧，只要两元。”一位中年妇女迎面走过来。他看到她的篮子里满是青草娃娃，用各色的花布和橡皮筋扎成娃娃的样子，面部还缝了黑黑的眼睛、红红的嘴巴，很可爱。花布里面包着泥土，最顶上撒着花籽草种。

“你每天给它浇水，大约半个月以后，种子就会发芽，长出青青的草，很讨女孩子喜欢的。”妇女似乎看出了他的心思，一个劲儿地怂恿他。他想，她的年龄足够做他的母亲了，应该不会骗他吧，于是他拿出攥了很久的钱，数了两个 1 元的硬币给她。

回到宿舍，他把青草娃娃放在窗台上。每天用自己的茶杯浇水时，他都怀着虔诚的心祈祷：快点儿发芽吧，快点儿长出一片青草吧。是啊，在这灰暗的严冬，他送她一片绿色的春意，这样别致的礼物，肯定能打动她的心，然后，他们将甜蜜相爱……

在她的生日聚会上，她的追求者们送来了许多礼物，有生日蛋糕，有高档时装，有芬芳的鲜花，甚至有人送了昂贵的首饰，摆在桌上，琳琅满目。

他也来了，两手空空地来了，他的青草娃娃没有发芽。她满怀

期待地望着他，她其实早已注意到他灼热的目光，而且他的才学、他的气质都令她怦然心动。她等待着今天晚上他当众向她表白，她就可以幸福地挽住他的手臂，谢绝其他人的追求。然而，他不敢迎接她的目光，在这一大堆豪华的礼物面前，他自惭形秽，如坐针毡，躲到了最阴暗的角落。终于，晚会还未结束，他就离开了。他甚至没有告别，起身就匆匆地来到门口，当然，他也没有看见她暗藏的幽怨和伤心。

他心灰意冷，再也没给青草娃娃浇水。

紧接着就要期末考试，他忙于复习功课，把每天的时间都排得满满的，压抑自己不去想她。他暗暗发誓：等他将来有钱了，一定要给她买最昂贵的礼物。

放寒假了，大家都收拾行囊，准备回家。他突然发现窗台上有一片绿，仔细一看，青草娃娃的头上竟然真的长出了一片嫩绿的青草！压抑很久的思念，突然像这些青草一样蓬勃起来。自从那天晚上起，他一直没去找她。他把青草娃娃揣在怀里，飞也似的跑去找她。

他顾不上等车和坐电梯，一路飞跑，当他大汗淋漓地跑进她的宿舍，已经人去楼空！她的老师告诉他，学校已于前天放假，她和男朋友一起走的。

他只觉得心里一下空荡荡的，一直等待着欣赏青草娃娃的好时机，与所爱的女孩儿共赏这生命最甜美的一场盛宴。然而，好不容易等到青草娃娃发芽了，心爱的人却已去了远方。早知如此，应该在生日那天就送给她，两人一起浇灌这爱情的幼芽。

爱恋中的人总免不了许多莫名的顾忌，以为还有时间可供挥霍，还有机会可以重来。因为自己还不够好，不够富有或者有势，在自卑里悄悄逃避着对方的眼睛，一味认定未来才是最佳时机……生活存在多少变数，等到所有的期待都成空，才明白，幸福当初离得那么近，等你终于有勇气正视，幸福早已从你怯弱的指缝间溜走……

根，相握在地下；叶，相触在云里

有一首情歌《月亮代表我的心》中有这样几句："你问我爱你有多深，我爱你有几分……"这种爱情是我不认可的，因为爱的深浅及分量岂能有具体的答案？就算有那也是对方的不确定性。真爱是不知道自己到底爱的有多深的。

那年，李君和方芸在北方一所重点大学里读书，他们是一对让人羡慕的情侣，他写一手好诗，她画一手好画，人们都说他们是"金童玉女"。

李君来自江南小镇，方芸是地道的北京女孩，他们初见，就如宝玉初见黛玉："这个妹妹，我是见过的。"

相恋四年，毕业的时候，方芸把李君带回家。母亲问他的家世，李君一五一十说了。方芸惊觉自己的母亲变了脸色，然后拂袖而去，下了逐客令。

"怎么了？"方芸心里忐忑地问母亲。

母亲说，"文化大革命"的时候搞武斗，是李君的父亲把她父亲搞死的，那时，方芸还小。母亲说："你能嫁给他吗？你嫁给他，我宁可撞死。"

李君不相信，回到南方小城，疯了似的去问父亲。父亲沉默很久才说："'文化大革命'那阵太乱了，有些事，说不清……"之后是长久的沉默。

刹那间江河逆转，一对相恋的人，因为上一辈人的恩怨就要画上句号。

怎肯心甘？方芸跪在母亲面前，求母亲放爱一条生路。母亲说："除非我死，否则永远不可能。"母亲为她守了20多年寡，她如何舍得这如血亲情？

方芸绝望了，哭着对李君说分手："除了你，我一辈子不嫁。我等你，哪怕，从青丝，到白头。"李君泪流满面地抱着她："除了你，

我谁也不娶，哪怕等到来世。”那是在20世纪80年代，那是爱情誓言。他们相约，一辈子不分开，永远为对方坚守爱情。

毕业五年后，他们依然我行我素，根本不理父母相逼。有人提亲，他们都一一拒绝，他们心中的恋人只是对方。后来，他们偷偷约会，背着双方父母，因为，空间怎么会隔断彼此间的爱情啊！

这五年，方芸在北方，李君在南方。每隔两个月，她就会坐火车去找他，从北京坐到那个小城，有时只买一张硬座，只为省下点钱为他买些补品。他太瘦了，她看着心疼。

这一奔波，就是五年。

五年，从北京到小城，有着方芸一路的爱和欢喜，她背着母亲做这一切，只说是出差，其实，不过是看一眼远在南方的恋人。

28岁那年，李君来找她了：“我们私奔，或者一起殉情吧！”原来，他家里出了事，母亲去世了，他是独子，父亲给他跪下说：“儿子，你结婚吧，我求求你，咱家的香火不能断了呀！”为了让他结婚，父亲长跪不起！李君坐了十几小时的火车来找她，想和她一起私奔。

方芸沉默了。这份爱情，代价太大了，她不能因为自己的爱情伤了他父亲的心，这样的固执虽然忠贞，但多么自私呀！

“不！”方芸说，“我不和你私奔，你没那个自由！我也不和你殉情，你必须照顾风烛残年的老父亲。去吧，找个好姑娘结婚吧，我不怪你。因为，你的幸福，就是我的幸福。”

李君抱住她，放声痛哭，似杜鹃的啼血呜咽。他没有想到，自己心爱的姑娘是这样的大度，为了他一家人的幸福，居然对爱放了手，他劝她：“你也结婚吧，别等我了，来生吧，来生，我一定娶你。”

方芸摇摇头：“此一生，再难与他人相逢相知。我就当棵守望的木棉，站在风中，等你！”

最后一面，李君送给方芸一枚双玉蝉，珍贵的祖母绿，是他家的传世珍宝。两只蝉，并肩而立，那样痴情地看着对方，李君说：“虽然不是价值连城，等你老了，不能动了，就把它卖掉，它可以养着你！看到它，就是看到我了。”

方芸扑入他的怀中恸哭，这个男人，连她的老年都想到了，怕她一个人过不下去，把传世珍宝给了她。这一生，爱一场，值了！

方芸送给李君的礼物是一幅画，那是她画得最好的一幅画——两棵木棉树，开满了花萼，一朵又一朵。她深情地说："那是我的盼望，盼望来生，我是其中一朵，而你把我摘下。"

结婚那天，李君把画挂在新房里，泪流满面。那两棵木棉树，一棵是他，一棵是她呀。她没有离开，在他的心里，在他的灵魂里。

两个相爱的人相约永不再见，永不再联系。因为善良的方芸想让他把一颗心扑到家里。

之后20年，他们再无任何联系，一个在南方，一个在北方，从此，真正的天各一方。这20年，方芸做生意，成了北方著名的画商，她在北京开了一家特别大的画廊，而且长期去国外买画卖画。不过，她还是一个人，虽然有很多追求的男子，可她总是微笑着摇头。

此时，方芸的母亲早已经过世，弥留时拉着她的手说："孩子，妈对不起你，耽误了你的一生。你去找他吧。"方芸哭了，这话，晚了20年，他已有妻有子，她还能去找他吗?

20年后，方芸已经是快50岁的人了，头发里有了银丝，额头上有了皱纹，她不再年轻，可是，她的心还是20多岁的样子，她的心里，还是他，全是他。

那天，接到电话时，方芸正在去俄罗斯谈生意的火车上，是一个陌生女人的电话。"我是李君的妻子。"女人说，"他不行了，一直呼喊你的名字。我知道你，因为，他常常在梦中喊你的名字。"

刹那间，方芸崩溃了，浑身哆嗦着中途下车，然后赶往飞机场，她必须去见他，不管别人说什么，她都要去见他。春闺梦里相思又相知的人，你要等等我啊!

看到对方的刹那，他们都呆了：少年子弟江湖老，红粉佳人两鬓斑啊!

在医院白被子里的李君骨瘦如柴，面目早就全非——他得了肝癌，晚期，如果不是等待她来，早就魂去他乡了。

"你怎么可以这样？谁让你变成这样的了。"方芸扑过去，满是

委屈，“你说过要活到80岁，你说过你必须是我近旁的那棵树！”

李君已经说不出话，只微微伸出手，想摸一下她的脸。她把脸埋在他的手心里，那手心里，有了一捧一捧的泪。

他的妻子、女儿站在旁边，泪如雨下。

几小时后，李君离世。方芸心痛如死，去布置他的葬礼。他的寿衣，是她给他亲自穿上的。为他穿那件贴身衬衣时，她呆住了。他的胸口上有刺青，是一朵莲花，清秀无敌。她泪如雨下，她的名字原本是青莲。

青莲，那是一朵刺青的莲花呀。

而她的刺青在心里，他的人、他的名字、他的容貌，全在她的心里，也是一道道刺青，一生无法抹掉。

葬礼之后，去李君的家，方芸才知道，他过得那样清贫，做了一辈子中学教师，仍家徒四壁，妻子下了岗，女儿上大学没钱，而他如果有钱，也不至于把病拖到这时候。他明明知道她有钱啊，她的消息在网上有多少啊，好多拍卖会都有她的身影，她一出手就是几千万元啊，可是他居然没有张过口。这才是他呀！只是一棵朴素的树，远远地望着她，绝不纠缠她。

方芸做了让所有人都想不到的事情，给他妻子买了一栋当地最好的别墅，送他女儿出国留学，然后留下一大笔钱，悄然离去。

方芸明白，如果爱这个人，会爱他的所有——他的妻他的子，她都会爱。原来，爱到最后，全是心疼，全是怜悯，全是那一丝丝一缕缕剪不断理还乱的真情！

李君走了，这世界显得多么空旷而无聊。他走了，方芸的心也空了。两棵树，本来就是连在一起，盘根错节多少年！但现在，他走了，一个人去了另一个世界。从此，方芸再也没有出现在各种拍卖会上，再也没有锦衣玉貌地出现过。不久，她的葬礼在北京举行。她和他死在一年，相隔不到六个月。

方芸是忧郁而死的，她无儿无女。亲戚说，死时，她手里握着一枚玉，那枚玉叫双玉蝉。

是李君的妻埋葬了方芸，把她葬在他的身边，葬在了江南的那个小镇上。那是她向往了多少年的地方吧？

“让他们永远在一起吧，”李君的妻说，“坟前种上相思树，坟后种上同心花，让他们在天堂里相爱吧。”

那两棵相思树，是两棵木棉树根，相握在地下。叶，相触在云里。

我爱的人从没有跟我说过他爱我

当真爱出现的那一回眸，我们能做的就是珍惜彼此，因为，你是我生命中最美丽的邂逅……

女孩说我爱你，男孩笑了。女孩又说我真的爱你，男孩还是笑。女孩说你根本不爱我，男孩沉默了，女孩哭着离开了，跑得很远很远。男孩站在原地，怔怔地，他自言自语道，其实我也爱你，只是不知道怎么爱你。

女孩坐在秋千上，男孩用力地推啊推啊。

男孩篮球比赛，女孩叫破了嗓子，第二天依然出现在男孩面前说昨天你真逊。女孩说我要最漂亮的那朵，男孩奋不顾身地爬上树，然后遍体鳞伤地对女孩说给你。

男孩的头上出现了一点点的红色，女孩紧张半天却还说着我才不在乎。

女孩说我累了，男孩蹲下身子，说上来吧，我背你。

男孩一次成绩超过了女孩，女孩心底高兴依然说下不为例。女孩第一次学滑板，摔得体无完肤，男孩一边骂着小傻瓜，一边用手小心地擦拭着伤口。然后眼眶中满是眼泪。

男孩在全校获奖，女孩摇摇头说你还差点。

女孩知道男孩喜欢她，所以她不会自己开口。

男孩知道女孩喜欢他，可是他不知怎么开口。

女孩说我们明天去海边。男孩今天就搞到了所有的地图。

男孩想喝一口开水，女孩为他捧来了整桶饮料。

男孩说明天想喝咖啡。女孩今天就买好了所有品种的咖啡。

女孩说我不会跟自己不喜欢的男孩要求太多。男孩说还好你对我要求很少。

男孩说我不会让自己不喜欢的女孩坐上自己的单车。

女孩说如果我遇见喜欢的男孩，一定用眼神杀死他。男孩说怪不得你从没有对我放过电。

男孩说如果我遇见我喜欢的女孩一定背着她满世界地跑。女孩说还好你背我的路程只够地球半径的四分之一。

女孩说我喜欢的男孩一定是最棒的，他一定会骑着白马来找我。男孩说现在已经不允许私自贩卖马匹。

女孩说我喜欢的男孩一定要会在新年的12点打电话对我说我爱你。男孩说每年这样，电话费会很贵。

男孩说我喜欢的女孩一定要会在我沮丧的时候给我安慰。女孩说现在连个保姆都会给你安慰，因为你给她钱。

女孩说如果他爱我，就算我到天涯海角，他都找得着我。男孩说那你一定要找个地理知识很好的人，不然你没有找到倒把自己弄丢了。

女孩说你的英语很酷，男孩就在暑假报了五个暑期培训班。

男孩说女孩不够淑女。女孩暑假逼着自己去学习礼仪。

女孩知道男孩很在乎她的话。所以她想总有一天男孩会跟她说的。

男孩知道女孩很在乎他的话。所以他想即使不说女孩也是会明白的。

女孩认识了比男孩高的男孩，男孩说我爱你。女孩笑着拒绝了。

男孩认识了比女孩好的女孩，女孩说我爱你。男孩笑着拒绝了。

比男孩高的男孩说你在等什么？女孩说他会说的。

比女孩好的女孩说你在等什么？男孩说她明白的。

女孩说花都谢了。男孩说它还会开的。

男孩说花又开了。女孩说它还是要谢的。

女孩说我要走了，去美国。男孩说听说外国男孩都很帅。

男孩说我会留下，因为我热爱中国。女孩说还是中国的美女最多。

女孩去机场的时候男孩送了她。女孩希望男孩留下她，可是男孩没有。

男孩留在了中国。男孩希望女孩留下，可是他没有说。

女孩哭了，说我一定找个高鼻子，蓝眼睛的。

男孩笑了，说祝你好运。

女孩走了。

男孩哭了。

女孩不停地写信。男孩不停地回信。

一年后，女孩回来了。男孩去机场接她。可是身边已多了一个女人。

男孩长大了。女孩没有。

女孩说祝你幸福。男孩说谢谢。

女孩又走了，带着眼泪。男孩身边的女人说弟弟，我们走吧！

男孩又哭了。她一定会比我幸福的。

手术台前，男孩痛苦地抓住医生说一定要让她幸福。

男孩坟前，女孩悲伤地抓住丈夫说他原本可以给我幸福的。

丈夫抱着她，轻轻地。丈夫就是最后的那个医生。

男孩从没有对女孩说过一句我爱你。因为他一直以为女孩明白。

女孩从没有对男孩说过一句我爱你。因为她一直以为男孩会说。

等男孩真正想说的时候女孩走了。

等女孩真正想说的时候男孩死了。

男孩还是一个人，女孩却是两个人。女孩一直以为男孩是两个人。男孩一直以为女孩是一个人。

女孩问男孩下辈子你要几个人生活？男孩笑着说两个人，我和我爱的人。

男孩问女孩下辈子你要几个人生活？女孩笑着说一个人，因为我爱的人从没有跟我说过他爱我。

这颗孩子般的心，就是天堂

真爱如此，不枉此生，但也因此决定了女孩在以后无数个孤独的岁月里将承受无尽的孤寂。

大家都说他是个坏人，坏得已经无药可救了。他也承认自己够坏，又偷、又抢、又打架，什么坏事都干了，每次都徘徊在法律的边缘上，拘留所的每一寸地板都认识他。

因为他坏，所以没有一个朋友，所有的人看见他都远远躲开，所有的亲戚都和他断绝了关系。

他无所谓，这样岂不是正好？

世界上只有一个人，无论他做什么坏事，都始终认为他是个好人。

这个人是他的妻子。

他妻子自从3岁那年出了一场车祸，智力就一直比较低下，但是像他这样的坏人，有哪个女孩愿意嫁给他呢？

他在外面打架受了伤，妻子一边眼泪汪汪地给他洗伤口，一边安慰他；他偷了别人的东西，别人找上门来，妻子赶紧凑足了钱补上，并且再三告诉人家说他不是坏人；他成天什么活都不干，到处惹是生非，妻子捡破烂来供养他。

她做这一切都毫无怨言。

他想这是因为她实在太笨，否则世界上有哪个女人肯这样吃亏呢？

但是像她这么笨的女人也会有自己的秘密。

他已经发现很多次了，每当他欺负她、打她，她总会跑到房里，打开那个厚厚的木箱，对着木箱发一会儿呆，然后就一个人笑起来。

他无数次尝试着要看看木箱里是什么，却始终没有成功。妻子什么都答应他，唯独这件事情毫无商量的余地。

他也曾想撬开锁来看看，无奈那木箱是他岳父留下来的，板壁

极厚，锁也极坚固。

他渐渐怀疑箱子里装着什么宝物。

有一次，他赌输了钱，跑到家里来找妻子要钱。妻子身上的钱全部给他也不够还赌债，他便打起了这木箱的主意。他强迫妻子把木箱打开。

但是妻子无论如何也不答应，他将她的头往墙上撞，将她全身打得伤痕累累，她始终不肯答应。

他打得兴起，忘了注意轻重，终于将妻子打得没力气了。他从妻子手中抢过了钥匙。妻子挣扎着想阻止他，但是已没有力气。

他打开箱子，愣住了。

箱子里什么也没有，只有一对白色的翅膀，小小的，是儿童表演时常用的那种假翅膀。

妻子看见他拿出这对翅膀，不知从哪里来的力气，扑过来将翅膀紧紧抱在怀里，一边流泪，一边低声哀求："不要走，不要走，我知道你要飞走了，不要走好吗？"

"你说什么？"他完全没有听懂。

"我知道你是天使，你拿了你的翅膀要飞走了，对不对？"妻子眼泪汪汪地说。

他觉得莫名其妙："我是天使？我会飞？你这个笨女人在说什么？"

"我知道你是天使，"妻子说，"我记得4岁的时候看见你带着这对翅膀，大家都说你是天使。"

他完全不记得有这么回事，认定了妻子是在发疯。这时他看见箱子底部有一张薄薄的照片，拿出来一看，上面是一个大约7岁的男孩，背上背着一对天使的翅膀，眉清目秀，目光清澈，显得天真无邪。这是他小时候的照片。

他终于回忆起来，自己7岁的时候，在学校里的话剧表演中曾经扮演天使。

而他这弱智的妻子，不了解世界上的事情有真假之分，自从看见他的天使造型后，就认定了他是天使。为了不让他"飞走"，她将这对翅膀好好保存了下来。

他说不出心里是什么滋味，大声对妻子吼道："我这么坏，怎么会是天使？你见过这么坏的天使吗？"

"你是天使，只不过你自己不记得了，但是我知道你总有一天会记起来的！"

他忽然很想哭。

这么久以来，所有的人都认为他是坏人，连他自己也这么认为。没有人记得他小时候曾经是个天使。只有这个世界上最笨的女人，忍受一切委屈，始终对他不离不弃，就是因为相信他是个天使。

在这个弱智女人的心里，他不会因岁月而变老，也不会因人世沉浮而玷污，永远都是那个背上有翅膀的小男孩，纯洁、善良、美好！

这颗孩子般的心，其实就是他的天堂！

第五章　被心灵珍藏着的爱情

真爱是无法删除的。因为，你已经成了他的空气，弥漫在他的世界里，没你，他就会无法呼吸。因为，他已经习惯了有你，就像习惯了白开水。没你的日子，他会觉得缺少了什么，把你换成别人，他会觉得不习惯，觉得自己好孤独好凄惨。

不要怀疑真爱，有一种爱叫残酷

真爱是无法删除的。因为，你已经成了他的空气，弥漫在他的世界里，没你，他就会无法呼吸。因为，他已经习惯了有你，就像习惯了白开水。没你的日子，他会觉得缺少了什么，把你换成别人，他会觉得不习惯，觉得自己好孤独好凄惨。

男人对女人一直很好，呵护有加，只要他在家就不让她做一点家务。买菜、做饭、洗衣、拖地、洗碗等等，他都会做得又快又好。女人喜欢什么东西，不用撒娇耍赖，他总会当成礼物买回来。用他自己的话说，女人是用来疼爱的。

女人柔美妩媚，她的幸福全写在脸上，阳光般灿烂。她一直以为日子就可以这样，执子之手，与子偕老。她将一直做他怀里的羔羊，他将是她一生的依靠。

天有不测风云。一天，她在电脑前加了一夜的班，早晨站起来时，忽然觉得天旋地转，一瞬间黑暗将她彻底击倒。当她醒来时，已经在医院的病床上，男人正红着眼圈守在她身旁，她的眼泪当时就下来了，伸手摸他的脸。猛然，她的心僵住了，这一刻的冰冷竟然比晕倒时的黑暗更让她心惊——她的右臂竟然无法动弹！她吸入的一口气就那样闷在了喉咙里，她瞪着疑惑而惊恐的眼又试一下自己的右腿，同样的麻木，毫无知觉。她的右半身，已经不属于她了。

常年的伏案与过度劳累让她付出了代价，她突发脑溢血。一直以为这是老年病，总要七老八十才有可能会得，而她才刚刚三十九岁啊！她彻底失控了，歇斯底里，哭得天昏地暗，以后可怎么办呢？自己从此成了一个废人了，不能工作，不能持家，不能再带心爱的女儿去公园，不能再挽着他的胳膊散步，终身都要躺在床上了，要躺多久？十年？二十年？她无法想象，她无法忍受，她所有的幸福就这么灰飞烟火了。

男人不停地鼓励她，医院也开始给她做康复治疗。四十天过去

了，两个月过去了，终于有些好转，她的手和脚有了些知觉，可以做些简单的活动，但是病情没有进一步的好转，任他怎么努力给她做按摩也没有起色。她无法自己穿衣服，扣扣子，吃饭时拿不住筷子，饭菜掉得满身满床都是。她无法自己去洗手间，没有人搀扶着，她什么也做不了。她再次陷入崩溃，自己不可能回到健康的状态了。

就在这时，她明显感到了男人的变化。以前不等她口渴，男人便会拿了吸管递到她嘴边，她想吃什么，只要眼光看到床头柜，男人便会问："要苹果？我帮你削皮。"她到洗手间，他会像当年一样抱着她。而现在，男人陪护她的时候，更多时间是在看自己的专业书，或者到走廊和其他病人家属聊天，间或看她一眼而已。这次更加过分，已经晚上七点了，他还没有像平时那样送饭过来。她已经很饿了，肚子咕咕叫了半天，床头柜上有同事看她时送的糕点，她想自己伸过手去，可努力了半天，手还是僵在半空。她忽然想到一个严重的问题：男人，还会留在她身边吗？四个月了，哪个男人能熬过如此的一百二十天？自己这半残的身体还有哪点值得他留恋？四十二岁的男人，正是如日中天的时候，谁会把大好时光浪费在一个缠绵病榻的女人身上？

男人来了，带了一大盒刚出锅的排骨汤，她猛一挥手，那冒着热气的排骨便落了一地，汤汁洒了男人一身。男人没有像平时那样安慰她，反而皱眉说了一句："你爱吃不吃！"她被噎住，差点喘不过气来。过了一会，她想去洗手间，赌气不叫他，左手撑着床向旁边蹭，然后再用左手扳起自己的右腿放到地下，鼓足了劲儿试着要站起来，却终于没成功。男人斜着眼睛装作没看见，仍旧忙着用手机发短信。女人的血在那一刻涌向头顶。她已不再是他眼中的珍宝！她狠狠用手撑住床头柜，摇摇晃晃站起来，男人这时才赶过来扶住她，递上手杖。她甩手推开他，把手杖紧紧握在手里，现在，这个没有知觉的木头，才是她的真正依靠。在洗手间里，她看到自己蓬头垢面，哪里还有当初的美丽与娇媚？

男人越来越过分了，扶她在走廊里散步的时候，总是粗声大气地吼："你倒是自己拿着外衣啊！就不能再走快一步？自己走，老扯着我干什么？你不是要上厕所吗？再不走快点，尿了裤子我可不给你洗……”当着走廊里那么多人，女人低下头一声不吭，机械地挪动自己的脚，从小到大，她何时被别人如此呵斥过？自从嫁给他，哪一天他不是轻言慢语，百般呵护？

什么一日夫妻百日恩，什么柔情蜜意山盟海誓，什么永生永世不离不弃，全是鬼话。男人越来越明显的漠不关心，让女人彻底失去了依赖。虽然她看起来柔弱，骨子里却是坚韧的，所有的冷落与白眼，都成了她努力锻炼的动力，你不是不按时给我送饭吗？我自己吃上回剩下的。你不是不给我换衣服吗？我自己花一个小时解开衣扣，再花一个小时脱下。你不是不扶我散步吗？有这根拐杖就行！不知流了多少汗，咽了多少泪，她的病情竟然有了转机。这次的康复不再是被动的，而是主动的，女人被伤害的自尊成了一座喷发的火山，她自己都感觉到自己的进步，手越来越灵活了，腿也渐渐有力了，她的眼里又跳动着希望的火花。日子如流水般过去，她习惯了男人一次一次的迟到与漠视，积聚起所有的潜能与毅力，来康复自己，等待着出院，也等待着男人对她说出那两个字：离婚。

连医生都很难相信她竟然可以恢复得这么好，除了右腿还有些僵硬，其他地方几乎都和正常人一样了。医生笑着说她创造了一个奇迹，女人也含泪笑了，却笑得有些苍凉。

男人来接她出院了，两个人在路上都很沉默。她仍旧固执地不让男人搀扶，眼看快到家了，她的心快跳出了胸膛，以后这里还是她的家吗？男人开门的时候，她定定地看着男人微低的头，他的脑后竟然有隐约的白发了。他是不是就要和她摊牌？她闭上眼，深吸一口气，忍住即将滑落的眼泪。

“丫头，睁开眼看看。”是男人充满温存的声音。女人疑惑地睁开眼，她惊呆了——家里堆满了玫瑰花瓣！餐厅桌上已经摆好了饭菜，全是她最爱吃的。她苦笑：“怎么？最后的晚餐？”男人看着她，忽然泪流满面：“丫头，我的傻丫头，你知不知道我等你站起来等得有多辛苦？你知不知道看你受苦我有多难过？你知不知道我硬着心肠骂你时有多痛苦？可如果不这样，你就会一直依赖我，永远也没办法再站起来了。”

第二年开春的时候，女人已经可以重新工作了。看上去，她比

大病之前略显老了一些，但脸上的灿烂却没变。是这个男人让她明白，不要怀疑真爱，有时候，有一种爱叫残酷。

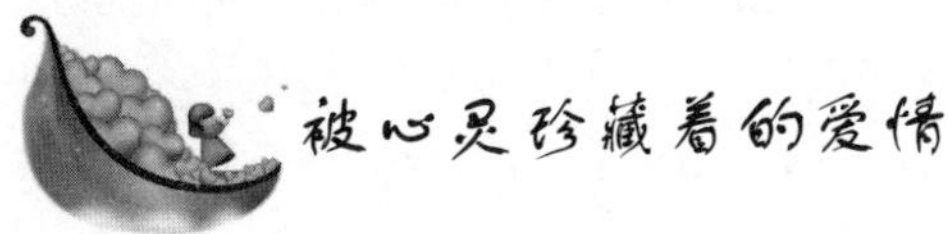

被心灵珍藏着的爱情

有时候，最美最美的爱情，我们往往看不到，因为它被心灵珍藏着，我们自己都无法把它展开。

6 年前，她在一家电台主持夜间热线节目，节目有一个很好听的名字——《相约到黎明》。那时，她只有 23 岁，年轻漂亮，青春迷人。每天清晨，她从电台的石阶上走下来，然后就在 28 路车的站台上等车。

28 路车的第一班车总在清晨的 6：30 开来。他选了她后排的一个位置，他默默地看着她，就像听她的节目。

对此，她却一无所知。她的男朋友刚去日本，男朋友 24 岁，一表人才，在一家日资公司做策划，能说一口流利的日语和韩语。他去日本时，她送他并对他说："不管你什么时候回来，我都会等你。"

有一天，他拨通了她的热线电话。他问她："我很爱一个女孩子，但我并不知道她是否喜欢我，我该怎么办？"她的答案通过电波传到他的耳际："告诉她爱不能错过。"

终于有一天，车晚点了。那时已是冬天，她在站台上等车，有点焦急。因为风大，她穿得很单薄，她走过来问他几点了？他告诉了她准确的时间。站台上只有他们俩。她哈着寒气，他对她说："很喜欢你主持的节目。"她就笑："真的？"他说："真的，听你的节目已有一年了。"他还说："我问过你一个问题的，但你不会记得。"于是他就说了那个问题。她说："原来是你。"就问他："后来你有没有告诉那个人呢？"他摇摇头说："怕拒绝。"她又说："不问，你怎么会知道呢？"她还告诉他我的男朋友追我时，也像你一样。后来他对我说了，我就答应了。现在他去了日本，三年后他就回来……

车来了，乘客也多了。在老地方，她下了车，这次他却没有下，

心中的寒冷比冬天还深。

故事好像就这样该结束了。但在次年春天的一个午后，她答应他去一家叫“惊鸿”的茶坊。因为他说他要离开这个城市，很想和她聊聊，聊完之后，他就会遗忘这个城市。她觉得这个男孩子满腹心思，有点痴情有点可爱，只是她怎么也没有想到他会说他爱的人是她。她确实惊呆了，但还是没有接受。她说：“不可能的，因为我对男朋友说过，不管他什么时候回来，我都会等他……我们是没有可能的。”他并没有觉得伤心。很久以前他就知道会有这样的结局。“我走了，爱情留在这个城市里。”他说。

午后，冬天的阳光暖暖地洒在大街上，他像一滴水一样在人群中消失……

爱情有时候就是这样，相遇了，是缘；散了，也是缘，只是浅了。她继续做她的热线节目。

她的男朋友终于回国了，带着一位韩国济州岛上的女孩。他约她出来，在曾经常见的地方。他神不守舍地说了一些不着边际的话。“我想和你说一件事……”他终于说。无奈的荒凉在那一刻迅速蔓延，像潮水一样，她只恨到现在才知道。痴心付诸流水，只是太晚了，覆水难收。

她请了一段时间的假，待在家里，只是睡，太疲倦了。一起走过的大街，看过的街景，说过的话……爱过、疼过的故事都淡了。

她心如止水地上班去。

其实，他并没有离开这个城市，只是不再乘 28 路车。他依旧听她的热线，是她最忠实的听众，甚至于有点迷恋从前的那种绝望。

有近一个星期，他没有听到她的声音，以为她出差了，或举行婚礼了……有些牵挂。

3 年后，一个很偶然的机会，他读到她的一本自传——《晚上醒着的女人》，书中写了她失败的初恋。也写了一个像他的男孩，还有那家叫“惊鸿”的茶坊……那时他结婚刚一年，妻子是他的同事，一个很听话的女孩。

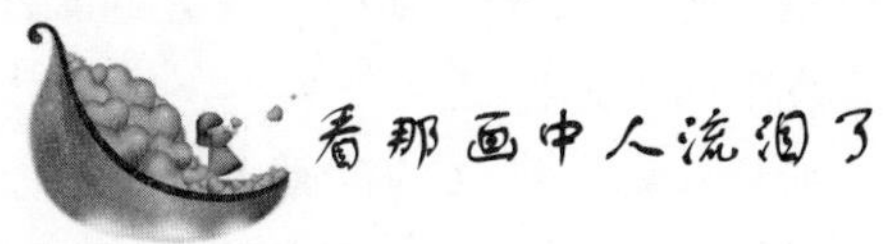

看那画中人流泪了

什么是真爱，这个词正离我们真实的生活越来越远。

每当我们在爱里受到伤害，就会哭诉，这世上没有真爱了。

到底什么样的爱才是真爱？凡俗如我们，配得到真爱吗？

我们总是想寻找和得到真爱，但我们又付出什么了？

画师初出道时，一文不名。整天画呀，画呀，画得成堆的宣纸在墙角发霉。日子过得很艰难。

妻子对他说："为何不去市中心办个画展？"

画师的心动了动。

画师一无所有，却欣慰有一位美丽贤惠的妻子。

画师说："一个无名的画师，办画展会成功吗？"

妻子说："没试试怎么会知道呢？"

两天后，妻子让画师画了一幅她的肖像。

妻子说："不要画眼睛。"

画师不解其意。没眼睛的肖像画算什么呢？

画展在妻子的帮助下布置妥当了。那幅身高体形跟妻子一模一样的肖像画就放置在展览厅的一角。

参展这天，来了很多很多人，画师还在怀疑，没有眼睛的肖像画会不会令所有的来宾笑掉大牙呢？

寻找妻子，妻子却已不见。

画展办得并不是很成功。其实那无非是一些平庸之作，缺少灵气。

但来宾们还是在大厅一角那幅少妇肖像画前驻足了。

"好！"禁不住传过一阵阵喝彩声。

一幅没眼睛的画有啥好呀？看来这帮家伙不懂艺术！画师愤愤不平地想，无精打采地挤上前去。

画师不禁呆了呆。

这哪里是一幅没有眼睛的肖像画呀？整个画面线条优美、色彩逼真，特别是那一双清澈、明亮、凝重、隽秀的水汪汪的眼睛，简直就跟真人一样，飞来的神笔！

画展成功了，画师获得了极大的荣誉。只是暗暗揣摩没眼睛的肖像画怎么会有了任何绝妙丹青高手也画不出的那种眼睛呢？

但画师已没闲心去细究这些细枝末节了。有好多画坛盛会等候他去参加哩。

一年后，画师已成了画家。成了画家的画师拿出了一纸离婚协议书。

妻子握笔的手很平静。

妻子说："从搞画展的那一天起，我便知道这一天迟早会来临。"

两人分居了，约好一个月后上法庭。

没想到画师初生牛犊，大肆诽谤一位画坛泰斗而陷入一场危机。

画坛各种谣言一齐向他泼来：心胸狭窄、眼光势利、目中无人……更让人气愤的竟有人说，什么画家呀，三流画师都不如哩！

画师的画开始无人问津。

画师重陷窘困之中，日日烦闷，开始与烈酒为伴。

有一天，妻子来了。

妻子平静地说："有什么呢？大不了重新来过。"

妻子又说："再去参加一个画展。还是画我的肖像，依然不要画眼睛。"

画展这天，因了画师的名声，参观者寥寥无几。但是这一天，却给寥寥无几的参观者留下震撼人心的印象。

他们驻足在肖像画前，如痴如狂。那是一幅美艳绝伦的少妇画像，少妇的面容美丽、善良，挂一丝淡淡的忧伤……突然间，那清澈明丽的眼睛里竟有一滴滴泪珠滴落，一滴滴，一滴滴，顺画布缓缓流淌……

"看哪，画中人流泪了！"所有参观者无不震撼。

所有参观者都离去了，画师仍呆站着。空荡荡的展览厅仅剩下他一人。忽地，他冲上前去，掀开了画布。

画布后，呆站着妻子。

那一刻，他没敢抬头

真爱，其实是最简单的爱，爱得简单才真挚，纯粹。我们一方面想得到很多东西，一方面又在向往得到真爱，这永远是矛盾的所在。要得多了，复杂了，还是真爱吗?

不知从什么时候起，他和她之间就很少说话了。恋爱的时候，他们俩有着说不完的知心话，整日浸泡在甜蜜的情话中，仿佛蜜罐里的甜桃。

每当想起那时的情景，他就很感慨。

婚后不久，那种甜美的生活如同过了保质期，他和她之间开始出现无休止的吵闹，从小吵到大吵，甚至气昏了头时还动起手来。

妻子会在他身上又捶又打，这种击打对他而言更像是按摩。他嘲笑她的不自量力，但紧接着就笑不出来了，妻子用她平时保养得很好的指甲抓破了他的脸。恼羞成怒之下他狠狠地推了她一把，弱不禁风的妻一下子就倒在了沙发上，随即，泪水“哗哗”地从眼中落下，流也流不完，像装满水的暖水袋摔坏了。他有点心疼，想过去安慰一下妻子，伸出去的手却被情绪激动的她一把打开。在她抽抽搭搭的哭声中，他渐渐变得六神无主、心烦意乱，看着披头散发、蛮不讲理的妻子，突然感到她是那么的陌生。“母老虎、梅超风”的形象在他的脑海中盘旋……

还有一次，他和她打架的时候，3 岁的孩子也在场，孩子吓哭了：爸爸、妈妈别打架，宝宝听话！孩子的话如同给他和妻子施了定身法。看到孩子那惊恐的眼神，他羞愧难当。以后他们俩仿佛多了一种默契，即使有了矛盾，在孩子面前也不会吵闹，直接就进入冷战状态。

冷战后，妻子总会带着孩子回娘家，他也重新过起了单身生活。他是家中独子，从小娇生惯养，既不会洗衣服，也不会做饭。

但这难不倒他，平时就去附近的父母家蹭饭，衣服穿脏了就扔

进洗衣机，直到把所有的衣服都穿个遍，家变成了睡觉的地方。即使这样，他也坚持不接妻子回家，认为这样做只会惯坏她的脾气。通常情况下，过不了10天妻子就会带着孩子回来。在孩子乖巧而聪明的拉拢下，他和妻子才慢慢开始艰难地对话。

如果没有孩子，这个家早就散伙了。他和她都这么认为。

后来即使孩子不在场，他和妻也很少吵架了，可能是吵累了，也感觉吵架解决不了任何问题。冷战的次数多了，妻子也不会再带孩子回娘家，他们逐渐变得越来越无话可说。家庭生活的沉闷令他感到窒息与悲哀，婚姻真的是爱情的坟墓啊！他有时甚至开始怀念过去吵架的时光，即使有争执，却也会迸出火花。而如今他和妻子各吃各的饭，他仍旧去父母家蹭饭，妻子带着孩子到娘家吃。晚上睡在一间屋子里，妻子和孩子一张床，他自己睡一张床。深夜里无法入睡，他想到自己的婚姻，感觉既绝望又可笑。

有一天，她下岗了。晚上，他正在看足球比赛。妻子忧伤地说出这个消息。“好，很好啊。”他视线没离开电视屏幕，没听清她说什么就应付道。“你说什么呀，我下岗了，没有工作了!”妻子抬高了声调，眼里有了泪水。

他睁大眼睛有点吃惊地看着妻子，“噢，是吗?”

他有着一份平凡的工作和同样普通的收入。他知道凭自己一个人的收入只能勉强养活一家人。但他还是安慰道，“没事，你就在家带孩子吧，我的工资够一家人吃饭了。”

他的一句言不由衷的话感动了她，她噙着泪水点了点头。

但她并没有在家闲着，而是找了一份编帽子的活，每日在家工作，再将成品集中送到公司。这种手工活并不轻松，每天要做十几个小时，一个月也只能领到几百元钱。她娇嫩的手开始变得粗糙不堪。他劝她别干了，她说在家待着太轻闲了也不习惯。半年后，那家公司不再收这种草编的帽子，妻子又变得无事可做了。

不久之后，她没有和他商量，就在离家不远的十字路口摆摊卖起了餐点。孩子被送进幼儿园，晚上到奶奶或姥姥家去住。虽然知道卖餐点是份起早贪黑、非常辛苦的工作，他仍认为妻子做小买卖让自己很没面子。他从来没帮过她，虽然也知道自己这样做并不对。

他在单位的工作很清闲，没事的时候他总在想，自己的婚姻是彻底地完了，没有交流，死气沉沉。对妻子他渐渐有了“更新换代”的想法。于是，一向沉稳老实的他开始在单位和漂亮的女同事开起很荤的玩笑。下班后也经常和朋友一起喝酒，喝到酩酊大醉，他会肆无忌惮地盯着街上或酒店里性感的女人。他寻找着出轨的机会，希望重新收获一份爱情。然而酒醒后的他心里非常清楚，那些漂亮的女孩子都务实得很，根本就不会看上工资不多、职务不高的他。孤枕难眠的夜，他变得更加痛苦、迷惘……

一天晚上，一位刚离婚的朋友约他一起喝酒。走出围城的朋友一脸的轻松和洒脱。解放了，终于解放了！这是朋友说得最多的一句话。他打心眼里羡慕朋友。那天，他和朋友喝了一夜的酒，一直喝到次日凌晨4点。他还能自己走路，朋友却已经站不起来了。

他送朋友回家的路上，朋友突然号啕大哭。他问怎么了，朋友呜咽道，“我他妈的心里痛啊，离婚前没觉得老婆好，可现在总想她。她就是我的一条腿啊，有这条腿的时候，没觉得怎么着，少了她我痛啊，痛得我受不了！没有这条腿，我今后的路怎么走哇?”紧接着酒劲上涌，吐了他一身。

朋友的酒后真言，让他一下子怔住了。是啊，他怎么忘记了妻子的好呢？像他这样和妻子各走各的路，最终伤害的是自己啊！

他把朋友送回家中安顿好，洗了把脸，找了件外衣换上。

快到家的时候，他突然在空旷无人的十字路口看到了一个忙碌而又熟悉的身影。那么大的一锅粥是她自己在家熬好，骑着自行车带过来的。此时她正在捅开炉子。他突然感到一阵心酸，妻子在家也是最小，从小娇生惯养长大的呀。他快步走到妻子面前。

妻子头也没抬地问，“先生，你想吃点什么?”没有听到回应，妻子又问，“先生，你要什么?”

“我，我想要你歇会儿！让我来干吧！”他的泪水大滴大滴地落在妻子的秀发上。

妻子惊愕地抬起头，额头上还有一抹炭灰。

“怎么了你，喝了一夜酒?”她的泪水扑簌扑簌地落了下来。

他点了点头，又摇了摇头。

“昨晚也没吃饭吧？”妻子问过后，不等他回答，就用自己带的快餐杯盛了满满一杯粥。“你慢点喝，包子马上就好。”妻子抹着眼泪，一边欢快地忙碌着，一边不时心满意足地回头看他。

那一刻，他没敢抬头，眼泪不争气地又流了出来……

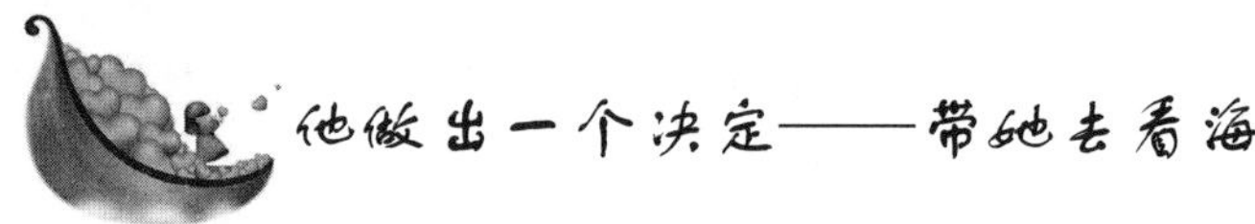

他做出一个决定——带她去看海

真正的爱情是什么？它是一种给予，不是索取，一味的强占和索取，只会让对方感到压抑可怕。

在楼下，她给他打电话。

他暂时结束了会议，去办公室拿了钥匙，然后坐电梯，从18楼下来。

她忘记了带家里的钥匙，过来取。

那段时间，他们的感情出现了一点问题。没有确切的原因，如果非要找一个原因的话，就是他们已经结婚十年。

十年，住在同一个屋檐下，睡在同一张床上，吃着同一个锅里的饭菜，看着同一台电视节目。出一点问题，也是正常的。

十年，他始终奔波忙碌着，为一份所谓的事业，或者说，为一份能保证全家安稳生活的薪水。她则在家中做了十年的家庭主妇，接送孩子上学，打扫卫生，做饭，洗衣……和所有主妇们的生活一模一样。与别的女人有所不同的是，对此她从没抱怨过。

没有抱怨，也就没了争吵，日子像宽阔的河流一样，平稳而迅速地流逝。

马路对面，公交车站上，她站在那里。阳光很刺眼，她撑着一把遮阳伞。自行车、公交车、小轿车……飞快地形成一道流动的屏障。站在路对面，隔着车流看她，一瞬间，他那颗僵硬的心像被针刺一般，疼痛过后，是悸动。他忽然意识到，对面等他送钥匙过去的那个人，是他曾经爱过的少女，十多年前，她美丽的样子，几乎是他全部的梦想。

他记得，在他们确定走进婚姻殿堂的那天，也是一个阳光灿烂的正午，她同样撑一把遮阳伞在马路对面等他。那时青春的尾巴还残存在他身上，他对着车辆打着暂停的手势，飞快地穿过了马路。在车站边上，一把将她抱起来，转了几圈，两个人快乐得像两个合谋去做一件坏事的孩子。

而现在，他经常说自己老了，其实他知道，自己只不过是疲惫了。

她也看见了他。恋爱的时候，遇到这样的情景，她一定会激动兴奋地向他挥手，并急不可待地尝试走进车流迎接他，然后在他的呵斥中收回迈出去的步子，焦急地转着圈儿，直到他顺利地到达身旁，才会小鸟依人地依偎上去。

而现在，她没有任何举动，身边每一个人都脚步匆匆，只有她静立街边，任风吹着她的裙角，像一棵树。这个姿势明白无误地告诉别人，她在等人。

当他意识到她在等他的时候，内心久违的温柔涌了出来。周围所有的事物仿佛变得恍惚起来，曾经熟悉得不能再熟悉的公交车站，也好像成了一个陌生的站台，她也似乎不再是她——不再是一个前来取钥匙的主妇，而是一个来赴约会的少女或新婚的妻子。

在一串尖声鸣叫的喇叭声中，他快速地跑向她。

“那么着急干吗？多危险！”她嗔怪。

“怎么搞的，钥匙怎么会锁家里？”他略带责备。

她接过钥匙，沉默不语。

“回去路上小心点。”他叮嘱。

“嗯，你去上班吧。”说完这句话，她准备走向开来的公交车。

他把她拉住，轻轻地拥抱了一下。

回到办公室的时候，他做出一个决定——带她去看海。

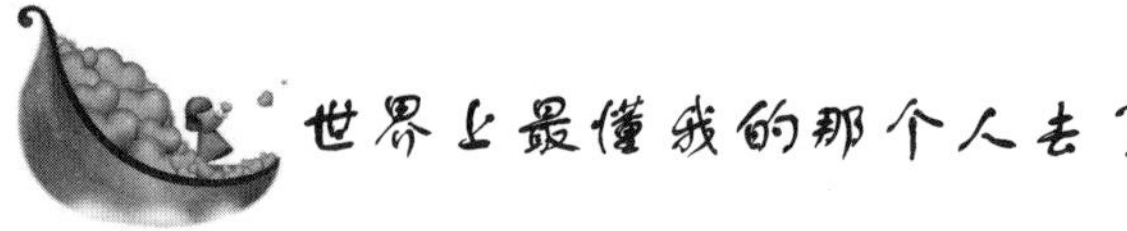

世界上最懂我的那个人去了

真正的爱情是什么？它是一种感应，不是外在，为追求般配而结合，只会给彼此造成终生遗憾。

林生是朋友的同事，朋友参加过他太太的葬礼。朋友告诉我，葬礼上林生只说了一句话："世界上最懂我的那个人去了。"那句话让所有在场的人都流下了眼泪。

见到林生是在初春的午后，林生高高瘦瘦的，煦暖的阳光下他依旧显得落寞而伤感。

我永远都会记得那个晚上，我像平时一样在看体育新闻，妻子洗了澡出来对我说："我的身上怎么多了几颗黑痣？"

我是一个毫无医学常识的人，觉得女人都喜欢大惊小怪的，就没有理会她。

我们的生活应该说是很和谐，很安逸的。自从我在公司任了高职之后，她就当起了全职太太。我的工作三天两头要加班，还经常出差，有时候一走就是三个星期。出差在外，别人都会担心家里老人身体如何，孩子功课怎么样。而我，总是悠闲笃定的，我知道，她会去照顾我父母，她会辅导儿子的功课。事实上，羡慕她的人和羡慕我的人一样多，在别人眼里，她不用朝九晚五看老板脸色，我们早就买了车，住进了位于西区的三室两厅。我们虽然都不知道浪漫是怎么回事，但感情一直很好。

我太太以前是一个药剂师，有一点医学常识，她知道这种莫名其妙，不痛不痒，忽然长出来的黑痣很可能是有问题的。她自己去看了医生，诊断结果下来是皮肤癌。

这个结果把我们一下子吓蒙了。那些日子，我陪她跑遍了沪上最有名的大医院。所有的诊断结果都是一样的，一位很有名的医生告诉我，她得的这种癌症的死亡率是90%，是皮肤癌中最最凶险的一种！

不久，就像医生预言的，她的腿上、胳膊上、背上也不断长出新的黑痣来。她的身体和精神也渐渐开始衰颓。

在我的印象中，我还会偶尔感冒发烧肚子疼，而我太太几乎没有生病的时候。可是现在，从来闲不住的她终于躺到了医院的病床上。

没有了她的家变得冷冷清清的。厨房里没有了热气，卫生间的浴缸脏了，家具上都蒙了灰。以前明亮的温暖的、回来就感觉舒服的地方变成了一个我几乎不认识的地方。我对家里的许多东西居然是陌生的，用微波炉解冻、蒸饭，我搞了半天不知道分别用哪一档冲一杯咖啡或者茶，煮一碗速食面，热一碗汤，弄出来的味道怎么就是同她弄的不一样。以前，她轻而易举就递给我的日用品，现在我翻遍了抽屉也没有找到。

从她住院起，我就开始休公假、请事假，尽量多陪她。因为这时候我才明白，如果没有一个家，如果家里没有一个体贴的妻子，男人挣再多的钱，在外面再风光也是空的。

就在她病情趋向恶化的当日，一位熟人告诉我广州有一个专门治疗这类皮肤癌的医院，有类似的病例在那儿被治愈过，但费用很高，一个疗程三个月，大约要三十多万元，治愈率大概有30%。当我把这个消息告诉妻子的时候，被病痛折磨得近乎失神的她对我清清楚楚地说了三个字：我要活！说到此，林生的眼泪掉下来了。

真的，我以前从来没有觉得我们是多么恩爱的夫妻，可是，那一刻，我觉得我们是世界上最最相爱、最最适合做夫妻的男女，我们能够生活在一起是多么好。她要活，我要她活。我们要一起老，一起等儿子长大，一起听儿子的儿子喊我们“爷爷、奶奶”。

我下了决心陪她去广州。我去公司请事假的时候，听到有同事在轻声说：“如果是我，就省省了，30万唉，万一没治好，不是人财两空吗。”

说这些话的人没有体会过亲人将要离去的悲哀，也不知道这一线生机带给我们的希望。当时我想，哪怕是60万、100万，把房子卖了把车卖了，只要她能够活，我也心甘情愿。

去广州之前，我到附近的超市去买一些需要的日用品。中秋节

的前夕，超市里到处都是兴高采烈的脸，人们说着笑着。我忽然觉得，我同那群快乐的人隔离了，所有的欢声笑语从妻子得病那刻起就已经同我没有关系了。

我按照她开给我的单子买了许多日用品，当我提着袋子出门的时候觉得很重，这么多年来，家里吃的用的一切都由她安排得妥妥帖帖的，我从来不知道米多少钱一袋，油多少钱一桶，我从来不知道这些东西从超市运到家里其实也是一件很累的事情。我一度觉得家里的顶梁柱是我，当她骤然倒下的时候，我才意识到，她才是家里的主心骨。

我们在广州度过了结婚以来最最亲密的日子。那三个月里，我们朝夕相处寸步不离，常常一起笑一起哭，我也想不起来有多久我们没有这样倾心交谈了。开头的一个月治疗下来，她似乎觉得好一点了。偶尔，我还搀着她在花园里散散步。我们回忆在人民公园门口的第一次见面，第一次看电影是在胜利电影院，是一部叫《最后的情感》的意大利影片，她还记得是索菲亚·罗兰主演的。她告诉我，其实我约她看这部电影的时候，她已经与同学一起看过了，但她不忍心回绝我，所以陪我一起又看了一遍。这个情节我们似乎只在蜜月的时候回忆过，现在说起来，只觉得伤感。结婚这么多年来，我们从来没有在一起说那么多的话。

三个月里，我眼看着她慢慢地憔悴，特殊治疗对她不起作用，她终于连一碗粥也喝不下了。到了后来，她跟我说："我想回家。"

就这样，我们怀着绝望的心情回到了家。

回家之后，她的身体越来越弱，癌症病人最害怕的疼痛症状也开始显现出来。她整夜整夜地睡不着，整夜整夜地辗转反侧痛苦呻吟，止痛针也不起作用了。我恨不得去代她受苦，代她痛。

我实在没有办法用个人的力量来承受这种痛苦了。

偶尔她觉得好一点儿的时候，就开始向我交代家事。我这才知道，家务事那么多那么繁琐，她平时一个人在家里有多么忙碌。她还告诉我，我爱吃的糟蹄是在哪家饭店买的，我平常穿的内衣要买哪一个牌子，到哪家超市去买。去世的前三天，她甚至教我怎么使用洗衣机，那台已经用了好几年的洗衣机当时是我同她一起去买的，买来之后就一直是她在操作的。林生说到此再一次泣不成声。

临终前几天，她一直说同我结婚，她很幸福，我们在广州的三个月，是她一生最幸福的日子。那三个月也会是我一生的珍藏，虽然，因为这三个月，我失去了提升的机会，损失了许多物质的东西，但同与妻子的相守比起来，所有的东西都成了身外之物。幸好有了那三个月，否则我一生都会良心不安的。

她去世的那天，很平静。我告诉儿子，妈妈是去了另一个地方等我们，将来我们会在那里团聚的，那时候，妈妈还是妈妈，爸爸还是爸爸，他依旧是我们的孩子。

现在，我最怕看到快快乐乐的一家三口，每次路过人民公园，路过原来的胜利电影院，路过我们一起去过的超市、商店，我都忍不住要哭。用洗衣机的时候，按微波炉的时候，为儿子找换季衣服的时候，加班回家晚了，为自己泡方便面的时候，半夜里醒来，一个人睡在那张大床上的时候，我都想哭。她在的时候，我并没有感觉到有什么特别的幸福，她就是我结婚多年感情还不错的妻子，是孩子的妈妈。她不在的时候，仿佛天塌了。以前看到电视剧里的男人在爱人去世之后大哭，我觉得是煽情的表演，现在我跟着他一起流泪。

那天在马路上看到一辆无偿献血车，我又想到她了。记得有一次，单位里组织献血，正好轮到我，她听说后曾一本正经地问我：“可不可以让我代替你去？反正我不上班，可以在家里休息。”我还笑她：“有病，让人家知道了不要笑死我？”我献完血回家，她为我做了菠菜猪肝汤和赤豆莲子粥。她常常对儿子说：“家里爸爸赚钱最辛苦，所以爸爸最重要。”其实，她才是最重要的，没有了她，我们父子俩已经失去了世界上最重要的东西——快乐。

我为她在佘山买了一处墓，我用红笔在墓碑上涂上“爱妻”两个字的时候，心里特别难过。我不是一个善于表达感情的人，谈恋爱的时候，我也不曾对她说过“爱”这个词。看到她有时候翻琼瑶小说，为电视剧里的爱情流泪，还要笑她。

现在，“爱”这个字，我居然只能书写在她的墓碑上。我的爱妻，如果，她能重新活过来，我愿意千百遍地对她说这个“爱”字，这个所有的女人都愿意从自己爱人的嘴里无数次地听到的字。为什么，我没有在她希望我说的时候，在她健康的时候对她多说几次啊！

我就想告诉健康而幸福地生活在一起的夫妻，好好地爱惜你的妻子，多留一点时间给妻子，不要忽视她为你做的一切。有许多东西，不要到失去了才懂得它的美好。妻子，是世界上最爱你的，最懂你的，最愿意为你付出一切的女人，此外任何一种男女之情都不能同夫妻之间的真情相比。

林生的眼泪又掉下来了。听说以前在公司里从来不被人特别注目的林生在失去了妻子之后成了大家关注的人。许多未婚女子说，找男朋友就要找他那么专情的，而许多已婚的妇人拿了他的故事去问自己的老公："如果我得了重病，你会像林生待他老婆那样待我吗?"而几乎所有的丈夫都问太太："你，难道愿意用生命的代价来证明我对你的爱情吗?"其实，平常日子里的彼此珍惜，才是林生和他去世的太太真正愿意看到的。

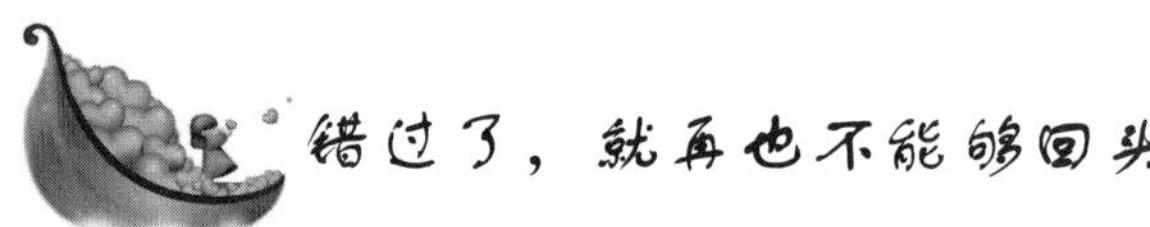

错过了，就再也不能够回头

真正的爱情是什么？它是一种信任，不是猜疑，懦弱的心理和猜疑，只会让对方离你越来越远。

在我们平凡的生命里，本来就没有那么多琼瑶式的一见钟情，没有那么多甜蜜得催人泪下、痛苦得山崩地裂的爱情故事。在百丈红尘中，我们扮演的是自己，一个平平凡凡地生生死死的普通人。

他对她一见钟情。

他跟她是大学同届同系不同班的同学，在大一新生报到那天，几千名新生排队等候办理注册，他穿着蓝色格子衬衫，恰巧排在她后方，从那天起他就对她一见钟情了。

四年来，他从来不敢去表达他对她的爱慕，他只能用他的沉默跟陪伴来表达他对她的爱，成为她最要好的朋友。

她参加合唱团的高音部，他则是钢琴伴奏；她在学校谈了几场恋爱，他就成为忠实的听众；她毕业后出国留学，他就在当兵时写了一封封的信件到美国去鼓励她；她回国后没几年就结了婚，可惜新郎不是他。

她不是嫌他不够优秀，也不是不知道他对她的好，只是因为彼此太熟了，她无法想象，哪一天她跟他从朋友变成情人后会是什么样的情况，所以她跟他之间一直在友情与爱情的模糊地带来回摆荡。

她始终坚持她跟他之间只是好朋友，不愿正视却依赖着他对她的好。而他却因为缺乏勇气加上一向温吞的个性就这么错过彼此的缘分。

在她的婚礼上，他上台致词祝福她幸福快乐。

一个月后，他悄悄地瘦了五公斤。

从此，她失去了他的消息。

她的婚姻并不如想象中的幸福。

因为她个性好强加上事业心旺盛，她根本没有多少心思去经营她的婚姻。加上她以前习惯了他的细心、体贴及陪伴，让她不由地拿丈夫对待她的方式去跟他的好作比较，她开始怀疑当初怎么会看上现在的丈夫，她开始生气觉得丈夫还不如一个好朋友了解她关心她疼惜她爱护她。

一年后，她主动提出离婚。

单身后的她在工作上更有活力，在职场上更有魅力，经过几年的努力，她终于在广告界挣出一片天空，占有一席之地。

功成名就后她开始觉得生活空虚寂寞，开始怀念他对她的好，可是，她没有勇气回头去找他。

因为，她不知道他这几年来过得如何。

因为，她不再像以前一样年轻。

因为，她收到了他寄给她的喜帖。

在他结婚前一个月的某个周末，他约她出来吃顿晚饭，她很疑惑为什么他即将结婚，却还要约她出来见面吃饭。

那顿饭其实吃得很愉快，他跟她好像回到了学生时代：她唱女高音他弹钢琴；社团的同学、彼此的老师、参加过的活动……

许多过往回忆在彼此的记忆间流动激扬，许多的陈年逸事在两人的对谈间重见天日，他跟她都觉得好像回到了那个纯真的学生时代。

“下个星期，我要结婚了。”他放下刀叉，突然冒出这句话。

“嗯，恭喜你。对方一定很不错，才会让你愿意跟她结婚。”

“有件事我想告诉你。”他的表情突然变得严肃了起来。

他说：很久很久以前，有一个男生刚考上大学。在注册那天他慌慌张张地跑到学校的时候，看到注册的新生们排成长龙，他心里又急又慌正在不知所措的时候，有个女生很亲切地向他走来，问他是不是要办理注册。他发现那个女生竟然跟他是同系不同班的同学，他好高兴，觉得这个女生真是个善良的人。

他发现那个女生有双明亮的眼睛，笑起来有对可爱的小虎牙和酒窝，从那天开始，他对她一见钟情。

可是，他一直不知道该怎么去表达对她的爱意，她是那么纯真、那么善良、那么慧黠、那么讨人喜欢，他的个性一向温吞又不善言辞，只好默默在她身边陪着她，做她的好朋友。

就这样大学四年过去了，他准备在毕业典礼那天告诉她：他爱她。可是她却在毕业典礼的前一天在电话中告诉他说，她要出国念书了。

他刚萌生的勇气一下子消失得无影无踪。他心想，毕业后他当兵她出国念书，他实在不忍心挑这个时候向她告白，要她等他两年的时间，所以就等她念完书回国后再说吧。

她出国念书他当兵的那段日子，对他来说是最难挨的岁月。

不单是因为他不在她身边，而是她在美国认识了一个中国台湾留学生。

他知道一个人在异乡的日子是很寂寞孤独的，而她又是个怕寂寞的人，所以他尽可能地每个星期写信到美国去问候她、鼓励她、给她打气，可是她在回信中除了抱怨在美国生活种种的不方便之外，有很大的篇幅在谈论她在美国如何认识的一位中国台湾留学生，她在信中告诉他，她又恋爱了。

她在信中告诉他，那个中国台湾留学生对她有多好、有多爱她，最后她写信告诉他，回国后她准备跟那个中国台湾留学生结婚。

他好难过，事情怎么会变成这样？

就算他没有亲口向她表白，可是他一直用行动去关心她、照顾她、爱她，难道她就真的完全没有看到他的努力，真的不知道他爱她吗？

还是从一开始就全都是他自己一厢情愿、自作多情？

当他收到她的喜帖时，他听到自己的心“哐”一声，碎了。

他鼓起最后的勇气去参加她的婚礼，看见她穿着婚纱一脸幸福甜蜜的样子，也看见那个中国台湾留学生——现在的新郎。他本来想看她一眼就先走人，却被眼尖的她瞧见，磨着他要他上台讲几句祝福的话。

他站在台上望着底下坐着的新郎新娘，突然觉得他跟她之间的距离变得很遥远，遥远到她不再是那个在大一新生注册时，在他前面排队的那个女孩。他不记得他是如何狼狈地逃离会场，只知道他后来在床上整整躺了一个星期，一个月瘦了五公斤。

他决定要忘记她。他向公司办理留职停薪，一个人躲到日本东京去念书。

在那，他认识了一个同样是中国台湾去东京念书的女生。

那个女生在他最失意的时候鼓励他重新站起来，那个女生温柔细心地陪伴他、照顾他，包容他的过去，那个女生让他重拾信心，再度相信爱情，那个女生后来就成为他现在即将结婚的妻子。

虽然他很爱他现在的妻子，可是她在他心底还是占有一席之地。

所以他今天才会约她出来见面，告诉她这个故事，一方面把这段他跟她的过去做个结束，一方面把他的心从过去的记忆中解放出来。现在，他终于能够放开对她的眷恋，全心全意去爱他新婚的妻子。

她听完这个故事后沉默不语，只能礼貌性地恭喜他终于找到了他的幸福。

她跟他举杯祝福彼此之后，她就推说还有点事要先走了。他要送她回家，她不肯。她要他赶紧回家多陪陪他的老婆。

在回家的路上，她不由自主呜呜地哭了起来，完全不理会脸上花掉的妆跟计程车司机投来的异样的眼光。

她所有的坚强自信在那一刹那全部崩溃，她一直都告诉自己，他是她最好的朋友，什么话都可以对他说。

她有时候觉得她跟他的关系好像是相恋很久的恋人，彼此有着完美的默契。

她心底其实一直在等待着，有一天他会对她说出那三个字“我爱你。”

她心底一直不能原谅他为什么不会像其他男生一样，主动积极地去追求她。

她一直觉得女生应该等男生来追求，而不能够主动去追求心仪的男生。

错过了，一切都错过了。

缘分就这么擦肩而过，再怎么不情不愿不甘不舍，一切都结束了。

是她自己放弃了对他的追求，是她不懂得倾听他的沉默，是她不相信自己的心，是她忽略了爱一个人其实是有很多种方式，是她在心底要求他说出他爱她的时候，她其实已经深深地爱上他了。

错过了，就再也不能够回头，无法回到过去重新开始。

一切都是她自己造成的结果，再怎么后悔伤心难过怨懑都已经来不及了！

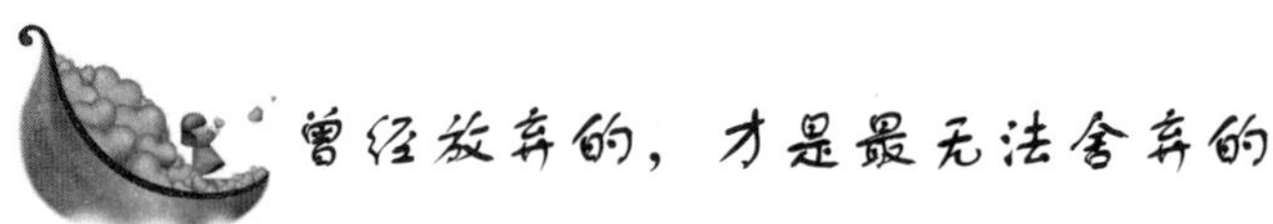

曾经放弃的，才是最无法舍弃的

真正的爱情是什么？它是一种互动，不是施舍，因报恩或其他而给予，只会让对方越陷越痛苦。

她记得与他分手的时候，彼此哭得肝肠寸断，却还是分开了。遥远的距离，也许，她没有勇气去穿越吧。印象中，这样的一程，太多艰辛与坎坷。无论曾经爱得多么轰轰烈烈，终还是散了。她留在了大城市里，他，则回到了偏僻的县城。各自开始了各自的生活。

她漂亮而优秀，很快进了一家航空公司做了空姐。来来往往地在各个城市上空飞过，穿越在蓝天白云永恒的湛蓝里，她也时常会想起他来。单纯的岁月里，这份情爱，纵是难得，也许就这样了吧。什么，都会被时间遗忘在身后吧——在有限的生命里。她这样想。

日子也就这样平缓地流过了。这几年，有人为她介绍了一个门当户对的男友。旁人都笑说，这两个人是金童玉女，很是般配。她也笑，觉得这就是生活，自己想要的生活。于是，她就这样，与他恋爱，然后顺理成章地结婚，生活下去。

她偶尔还是会想念他，却觉得终是远了，如一个恍惚的梦，不甚清晰。也听得同学们说起，他在县城里教书，不曾恋爱结婚。他们都猜测，他仍然在爱着她，所以不肯有别人。她想，谁知道呢。从前种种，仿佛就这样子，都渐渐地，已经走得远了呢。

如果没有意外的话，相信一切都会如此下去，沿着一条所谓的康庄大道，以世人以为的既定轨迹，一直前行。

只是，生活会转身对你说，记住：生活，没有如果。

有一天的清晨，她独自在家时，突然头痛欲裂，又吐了一地。打了电话给丈夫，他匆匆赶回来，送她进了医院做了细致的检查。然后，静静在家中等待结果。几天后的检查结果出来了，却大出两人的意料：她竟然长了脑瘤。

她那么年轻，那么美丽。有着让人艳羡的生活、爱情、事业。繁华种种，却都被隔阻在了那一扇浅绿色的手术室门外。

浅绿色的门外，仍然是那个喧嚣的世界、繁华的世界，一切都没有变化。而一门之隔的手术室里，她在沉睡。甚至，间或，她还会听到手术器械发生碰撞的清晰的声音。

她在那个沉沉的梦境里飞翔，她总是不停地梦到一个片断，她一直都在拼命地追赶着一个背影。他若即若离，明明是在她的身边，却可望而不可即。有时，也有一些久远的，不甚清晰明丽的场景。当年，那些青春逼人时两情相悦的画面，一帧一帧，在梦境里渐渐鲜活。那个场景的片断，却总是在鲜活的时刻，便灰暗暗地闪现了出来。她知道这个模糊的背影是谁，却从来都触不到他的脸，无论她以为这距离有多么近，一伸出手时，手里只是一团虚无的空气。于是，梦境里的一颗心，就开始沉甸甸地，不停地下坠，往深深的黑底下坠。

等到她再醒来的时候，正是一个下午时分。暮秋清冷，落英缤纷，点点如雪。

几个昼夜的手术很成功，医生们开颅取走了威胁她生命的肿瘤。在生与死的边缘，她终于挣扎着回来。转头望向窗外，有明媚的阳光，透过镂空的窗棂，倾泻在她的脸上。一切都很美好。不是么？梦境仍历历在目一般，提醒着她，浮生如梦，转瞬即逝，这生命里，你最眷恋的，到底是什么？

接着，她开口对着丈夫说出了获得重生后的第一句话，对不起，我想去找他。

她真的就这样，毫不犹豫地辞去了体面的工作，离开了自己一直认为很般配的丈夫。也流着眼泪，为父母留下一纸书信：如果，没有这一次几乎灭顶的灾难，我从来不知道自己的内心里，到底最想要什么。别人眼里的自己生活得很幸福，应该知足。在那样的时刻，在生死的线上，我想到了他，我想到这一生里唯一的遗憾就是不能和他在一起。请原谅我，我要去找他！

她给他打去电话。她听见了他仿佛来自梦里的充满磁性的声音，千里迢迢，她叫着他的名字，泪如雨下。她哽咽着，只对他说了一句话。电话那头的他就明白了一切，其实，我一直都在等你，我一直爱你，他轻轻地说。

繁华有时，祸福有时，生命有时……从来，她都以为自己活得很好，如旁人所羡。唯有在生死之际，才发现，原来这曾经放弃的，才是命里最无法舍弃的。

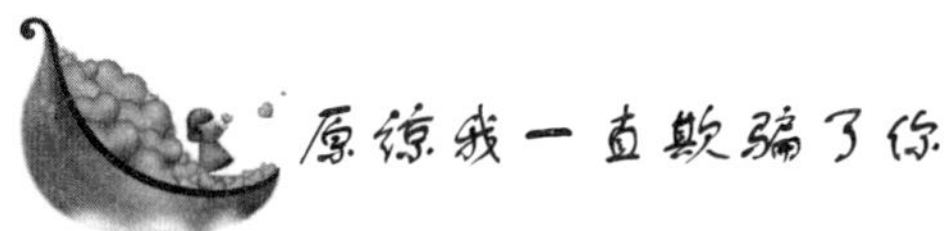

原谅我一直欺骗了你

在我们的身边常常发生着令人为之动容的故事，也许就在你的身边。

他和她相识在一个宴会上，那时的她年轻美丽，身边有许多的追求者，而他却是一个很普通的人。因此当宴会结束，他邀请她一块去喝咖啡的时候，她很吃惊，然而，出于礼貌，她还是答应了。

坐在咖啡馆里，两个人之间的气氛很是尴尬，没有什么话题，她只想尽快结束，好回去。但是当小姐把咖啡端上来的时候，他却突然说："麻烦你拿点盐过来，我喝咖啡习惯放点盐。"当时，她愣了，小姐也愣了，大家的目光都集中到了他身上，以至于他的脸都红了。

小姐把盐拿过来了，他放了点进去，慢慢地喝着。她是好奇心很重的女子，于是很好奇地问："你为什么要加盐呢？"他沉默了一会儿，很慢地几乎是一字一顿地说："小时候，我家住在海边，我老是在海里泡着，海浪打过来，海水涌进嘴里，又苦又咸。现在，很久没有回家了，在咖啡里加点盐，就算是想家的一种表现吧，把距离拉近一点。"

她突然被打动了，因为，这是她第一次听一个男人在她面前说想家。她认为，想家的男人必定是顾家的男人，而顾家的男人必定是爱家的男人。她忽然有一种倾诉的欲望，跟他说起了远在千里之外的故乡，冷冰冰的气氛渐渐变得融洽起来。两个人聊了很久，并且，她没有拒绝他送她回家。

再以后，两个人频繁地约会，她发现他其实是一个很好的男人，大度、细心、体贴。她暗自庆幸，幸亏当时的礼貌，才没有和他擦肩而过。她带他去遍了城里的每家咖啡馆，每次都是她说："请拿些盐来好吗？我的朋友喜欢在咖啡里放盐。"再后来，就像童话书里写的一样，"王子和公主结婚了，从此过着幸福的生活"。他们确实过着幸福的生活，而且一过就是四十多年，直到前不久他得病去世。

故事似乎要结束了，如果没有那封信的话。

那封信是他临终前写的，写给她的："原谅我一直欺骗了你，还记得第一次请你喝咖啡吗？当时气氛差极了，我很难受，也很紧张，不知怎么想的，竟然对小姐说拿些盐来，当时既然说出来了，只好将错就错了。没想到竟然引起了你的好奇心，这一下，让我喝了半辈子加盐的咖啡。有好多次，我都想告诉你，可我怕你会生气，更怕你会因此离开我。现在我终于不怕了，因为我就要死了，死人总是很容易被原谅的，对不对？今生得到你是我最大的幸福，如果有来生，我希望还能再娶到你，只是，我不想再喝加盐的咖啡了，你不知道，那味道是多么的难喝，我真不知道当时是怎么想出来的。”信的内容让她吃惊，同时有一种被骗的感觉。然而，他不知道，她多想告诉他：“我是多么的高兴，有人为了我，能够做出这样的一生一世的欺骗……”

两粒沙之间可怜简单的爱情

很久很久以前，在寂静的海底躺着两粒沙。他们相距两尺，一粒沙爱上了另外一粒。他凝视着两尺开外的意中沙，平安幸福地过了好多年。水下风平浪静，沙粒觉得自己很幸福，因为他知道有自己爱的沙可以让自己凝视，不用管水面上的台榭焦土，沧海桑田。

沙滩上现出恐龙的脚印。潮水涌来，脚印消失了，没有留下任何痕迹。这与海底的沙粒无关，但是在这一时刻他忽然冒出了一个念头：要到自己所爱的沙粒面前对她说爱她。于是沙粒开始了漫长的旅途，他一点一点地滚动，不放过任何一点动力，不管是细如发丝的暗流，还是鱼们搅起的微弱漩涡。每当有这种力量时他总是觉得很感谢上苍。

沙滩上的脚印换成了剑齿虎的，潮水仍然无声地抹去了这个生物留下的印记。沙粒距离他所爱的另一粒沙只有三寸了。再往后，沙滩上出现了人类的脚印，当潮水再一次将这些脚印抹掉的时候，沙粒终于来到了意中沙的面前。他痴痴地看着自己所爱的沙，想想在两亿年间所走过的漫长的两尺，瞬间感到天上地下所有的幸福全部都堆砌到了自己身上。两粒沙互相看着，不说什么。过了很久，沙粒终于决定要开口了。

正在这时一股水流涌来，巨大的吸力使沙粒漂起来，被吸进了一个洞里。他最后一眼看了看自己漫长的旅程，看了看自己爱着的沙粒，不知道该说什么。这时洞口合上了，顿时一片黑暗。他知道自己被一个蚌捕获了。

在以后的岁月里蚌偶尔会张开壳，沙粒还能看看外面的世界，这时他就看到那另一粒沙也在不远的地方凝视着自己。沙粒知道，世界是美好的。因为在光阴无法侵袭的海底，有另一粒沙在等待着自己。

某个时刻沙粒忽然觉得蚌有一点摇动，不久蚌壳张开了，映入眼帘的是海面、阳光、船和人类，人类用欣喜若狂的眼神望着他，他环视一下自身，知道自己已经变成了珍珠。这粒珍珠圆润硕大，对人类而言是无价之宝，可是对珍珠的制造者、死去的蚌来说只是一个带了些痛苦的意外。很快珍珠就被镶嵌到了王冠上。已经变成珍珠的沙粒觉得很悲哀，但是并不绝望，因为他知道，另一粒沙在海底，痴痴地永远地等待着他。

沙粒在王冠的顶端看着百官朝拜，看着国王老去，看着帝国衰落下去，随后国王终于死去了。王冠被用来陪葬。当王冠被放到棺材里的时候他听着墓穴门被关上，心里想着的是在海底等待自己的另一粒沙。他并不惊慌，因为他有的是时间。他为了两尺距离整整旅行了两亿年。

黑暗的墓穴并不寂寞，时常有老鼠之类的来和他做伴。他独自待着，不知道光阴的流逝。后来墓穴被打开了，两个盗墓者偷走了王冠，还有王冠上的珍珠。很不幸，他们在一条河边为了这粒最大的珍珠开始相互斗殴，双双死亡，珍珠掉到了河边。珍珠中的沙粒燃起了一辈子从未有过的希望，他知道世界上的很多河水最终都要流到海里。等雨季来临，他就可以随着河水流下，到海里去寻找她。也许要经过无穷岁月才能达到最初的地方，可是有什么关系呢？他知道另一粒沙一定会在海底做永远的等待，望穿秋水。

很快雨季来了，可是来临的不是暴涨的河水而是泥石流。珍珠和珍珠之中的沙粒一同被埋到了浅浅的地下。沙粒非常失望，可是他知道自己还有机会，因为陆地也是运动的，而且比自己快得多。

又是一段漫长的岁月。珍珠层已经被剥离得没有了，沙粒又露出了自己的本色，他觉得很干净，自己可以一尘不染地去见另一粒沙了。上面传来沉重的隆隆声，这是一个金矿，沙粒和其他石头、泥土等一起被扔到了一个酷热的罐子里。直到这时他才发觉自己原来是一粒金沙。很快，他和其他金子被熔合到了一起，炼成一块金砖，运到了什么地方的金库收藏起来。沙粒在悲伤中度过了很多年，想到海底的另一粒沙就觉得心如刀绞，但是他安慰自己说：还会有机会的。不可预知的未来也许会再次把他恢复成一粒沙，并且把他带回大海，那样他就可以做长久的搜寻，为了茫茫大海之中的另一粒沙，为了在海底等待他的那一粒沙。

有一天金砖和金砖之中的沙粒被一起取出，他不知道自己将会怎么样，金砖被做成了一张唱片，记录下了地球上的各种语言和声音，包括大海的波涛。直到唱片被安装在发射架上的火箭里时沙粒才觉得有些惊慌，他问身边的黄金：我们这是去哪里？

要飞向宇宙，向其他可能存在的智慧生命传达地球人类的信息。其他黄金骄傲地回答：不是每个黄金分子都有这样的机会的。正在这时火箭发射了。

沙粒看着越来越远的地球，在宇宙中地球美丽而脆弱。他忽然问明白自己永远也不可能回到大海，回到没有任何诺言就在海底无尽等待自己的那一粒沙面前了。他有极为值得骄傲的历史，他曾经是世界上最美丽的珍珠，最纯的黄金，现在他是一粒飞上了茫茫宇宙的沙粒，是一个星球向宇宙所做的标记。可是比起这一切来他宁愿在海底做一粒沙，哪怕在自己所爱的沙粒身边待上一个小时，就灰飞烟灭，仅仅是为了两粒沙之间可怜简单的爱情。

宇宙空间之中传出一粒沙的哭声，飘荡着良久不绝。

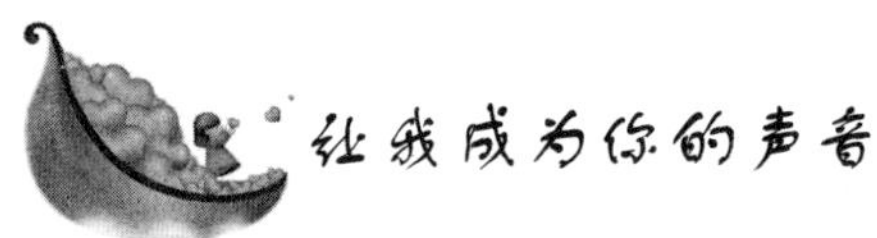

让我成为你的声音

真正的爱情是什么？它既不是甜蜜的话语，也不是亲切的笑容，更不是海誓山盟的誓言。

最初，女孩的家人极力反对她同那个男孩约会。反对的理由是，女孩必须得仔细考虑男孩的家庭背景，因为男孩的家庭远比不上她家。如果女孩执意要与男孩生活在一起的话，那么女孩的下半生只有受苦的命了。由于家人的强烈反对，女孩也常与男孩拌嘴。

尽管女孩深爱着那个男孩，但她还是忍不住经常问他：“你到底爱我有多深?”而男孩又不善于言辞，不会拿甜言蜜语来哄女孩开心，这经常引起女孩的不高兴。由于这个原因以及女孩家人的反对，女孩常迁怒于男孩。每当这时，男孩只有默默地承受。

经过几年的交往后，男孩最终大学毕业并决定到海外继续深造。在出国之前，男孩对女孩说：“我不太会讲话，但是我知道我最爱的人是你。如果你答应的话，我会好好照顾你的下半生的。至于你的家人，我会尽我最大的努力去说服他们。你愿意嫁给我吗?”

女孩同意了。在男孩的一再坚持以及耐心说服下，女孩的家人最终做出了让步，同意他们两人今后结婚。于是，男孩在出国之前同女孩订了婚。

不久，女孩就参加工作了。男孩在国外孜孜以求，继续着他的学业。他们两人经常通过电子邮件和电话诉说衷肠。尽管这样维持爱情很是受累，但他们坚持不懈，从没想过要放弃。

一天，女孩在去上班的路上被一辆失去控制的汽车撞倒了。当她醒来时，她看到父母守候在她的病床边，立刻意识到自己的伤势不轻。看到妈妈在哭，她想安慰几句，但是她发现自己已说不出话来了。她失声了。

医生说，她的大脑受到了剧烈的撞击，夺去了说话的功能。听着父母在一旁不停地安慰自己，而自己却一句话也讲不出来时，她绝望了。住院期间，她除了无声的哭泣外，还是无声的哭泣。回家后，一切仍是老样子。每次男孩打来电话的铃声响起时，她都觉得一阵撕心裂肺般难受。她无法也不能去接听电话，因为她不想让男孩知道这件事，也不希望成为他终生的负担。于是她就给男孩写了封信，说她再也不愿等他了。

男孩接到信后给她写了无数封回信，也打了无数个电话，却始终得不到她的回音。女孩的父母决定搬家换一个环境，希望女孩在新的生活环境里能将这一切忘掉，过得开心一些，重新开始一种新的生活。

女孩在新的环境里也在极力使自己忘掉男孩。一天，女孩的朋友来到她家，告诉她男孩已经学成回国。她要求好朋友不要把自己的一切告诉男孩。从那以后，她就听不到有关男孩的任何消息了。

一年后，女孩的朋友来看她时给她带来了一个信封，信封里装的是男孩的结婚请帖，女孩的心一下子碎了。当她打开请帖时，却发现新娘的名字竟是她。当她惊讶地要问朋友这究竟是怎么一回事的时候，忽然发现男孩已站在了她的面前。

他用手语对她说："我花了一年的时间学习手语，现在终于学会了。我来到这里只是想告诉你，我从来没有忘记我们的爱情誓言。请给我一次机会吧，让我成为你的声音。我爱你。"话音刚落，他便把结婚戒指戴在了女孩的手指上。女孩终于绽开了醉人的笑容，激动和幸福的泪水模糊了她的双眼。

第六章　真爱如花，谢了还会开

每个人心中都有一盏灯，如果把灯芯拔得长一些，火光便可以燃的旺一些，璀璨一些。可是每盏灯的油都是有限的，燃烧着的夺目的东西，熄灭的也会很快。烟花瞬间的灿烂过后，是无尽的黑暗。绚烂走过一时，平淡走完一世。

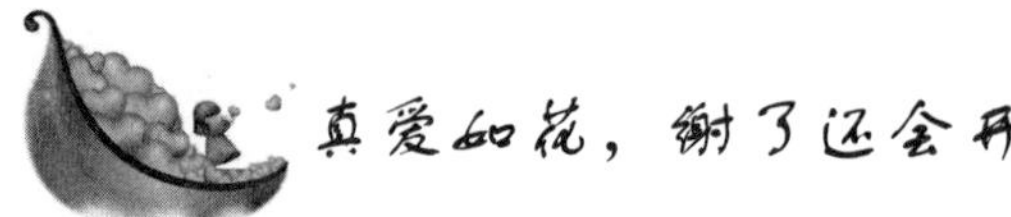

真爱如花，谢了还会开

每个人心中都有一盏灯，如果把灯芯拔得长一些，火光便可以燃的旺一些，璀璨一些。可是每盏灯的油都是有限的，燃烧着的夺目的东西，熄灭的也会很快。烟花瞬间的灿烂过后，是无尽的黑暗。绚烂走过一时，平淡走完一世。

她天生就是为爱而开的花，拥抱过那么多繁丽的春，也直面过那么多清寂的秋。

18 岁那年，情窦初开的她，便怂恿青梅竹马的表哥，与她一道踏上了甜蜜而慌乱的私奔之旅。三个月后，他们被家人双双找回，表哥被送往澳洲求学，从此扎根在那里。青葱岁月里的那一段情殇，非但没有冷落她的那颗向爱而生的心，反让她义无反顾地扑向爱，一次又一次，犹如投身火光的飞蛾。

与表哥被迫分开后，她又爱上了一个英俊的外科医生，尽管他年长她十岁，且已有了家室，她仍毅然地投向他的怀抱，全然不管身前背后人们的指指点点。他在她爱的激流中也昏了头脑，令妻子带着幼女含泪而去，他与她很快成婚。但两人的幸福只维持了不到两年，他又移情别恋，她头也不回地转身而去，那般自然、洒脱，像是去听一场音乐会，曲终人散，了无牵绊。

那年，她才 21 岁，那场不幸的婚姻，带给她的最大收获就是她的情感和心智都成熟了许多。当那座小城里的人们都已习惯了波澜不惊的日子时，她孤身南下，只揣了连回程车票都不够的一点儿钱，便如江湖女侠一般，英雄豪迈地奔向了商潮乍起的深圳。没人知道，她经历了怎样的颠簸，大家只是惊讶，她在外面闯荡了不到三年，便回家为父母翻盖起一栋漂亮的二层小楼，直让街坊邻居对她刮目相看。

遇见一身儒雅的他时，他还只是一家刚刚创办的小报的记者，他的主要工作不是采写新闻稿，而是东奔西走地四处拉广告。而她，

那时已是颇有些名气的商界女杰，能够搞到当时颇为紧俏的火车皮，能够把北方优质的粮食源源不断地运送到南方，谈笑之间，便有大笔的进账，她的生意正做得风生水起。

她慷慨地一出手，他便拿到了那份让他惊喜得张大嘴巴的合同，一次便从报社拿到了两万元的广告提成。而他当时的工资，不过是每月 600 元。他兴奋地约请她吃饭，想为她写一篇大文章。她嫣然一笑："做生意是我的事情，写文章是你的事情，我只对你这个人感兴趣。"

"对我感兴趣？"望着丽质如画的她，他不禁受宠若惊得有些手足无措了。

"是的，从看到你的第一眼，我便爱上了你。"她单刀直入，没有丝毫的拖泥带水。

"可是，我……"上周还在为生计犯愁的他，突然撞上财运，已令他欣喜若狂了，没想到随后还有这样美妙的桃花运，他简直要晕倒了。

很快，她和他结婚了。本来就很聪慧的他，经过她的指点和提携，没过多久，便成为商界的后起之秀，能够轻松地独当一面了。而自从生了那一对可爱的儿女后，她便从纵横驰骋的商场，退回到温馨的家庭生活中，安心地经营她幸福的小家。有了大量的闲暇，她便兴致勃勃地去学习烹饪，去健身房，只是偶尔会随他参加一些商务活动。

在她悠然地度过 12 年的幸福时光后，她的爱情却再次亮起了红灯。随着财富数字的不断攀升，他的欲望也在不断地扩大。虽然她平素特别注重保养，依旧魅力不减，但岁月还是在她的身上留下了苍老的印痕，与她激情退却后，他又开始寻找新的激情和刺激。她是何等聪慧的女子啊，尽管他开始极力掩饰，终是没能逃过她敏锐的眼睛。于是，她与他心平气和地坐下来，不争不吵，拿了一份不算多的财产，她与他分道扬镳。

好友为她愤愤不平，说她不该那么轻易地便宜了那个男人，至少应该让过错在先的他多付出一些金钱。

她淡然一笑："爱情都不在了，还计较什么金钱呢？"她不想让

那些身外之物，辱了她心中美丽的爱情，宁肯自己多吃一些苦，多承受一些委屈。

后来，她炒股票，时赔时赚，她租了一个门市，专做韩国的一个品牌代理。冷冷清清了一年多以后，财运再度光临她的头顶，一部部韩剧在中国大陆的热播，为她的生意做了很好的免费广告，代理的产品销量骤增。不久，她便成了七八个韩国名牌服饰的总代理商。

她又遇到了新的爱情，而且毫不犹豫地挺身而出，绝不肯轻易地错过。面对友人戏谑地探问："会变心的男人那么多，不担心与你牵手的这个人还会离去？"

她洞若世事般平静答道："我只听从自己心灵的召唤，从一个爱字走来，向那个爱字走去，从不担心爱情的聚散。爱如花，谢了还会开，就像春天会绕满枝头的飘香，秋日也会有无声的凋落。"

"真爱如花，谢了还会开。"唯因洞穿了爱情的秘密，知晓了爱情的真谛，才能这般热烈地追逐爱情，而一旦当爱情离开时，亦能从容地转身。

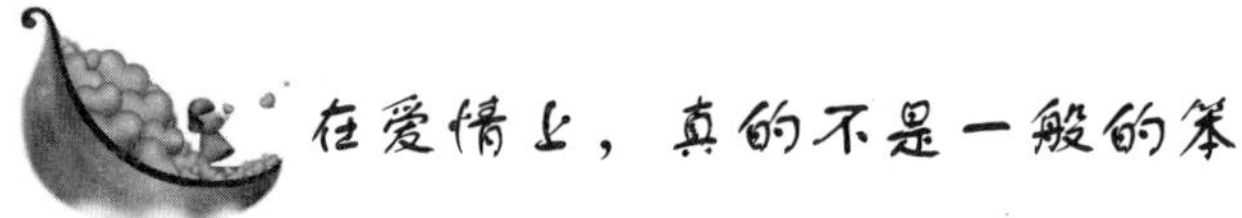

在爱情上，真的不是一般的笨

古往今来，多少痴男怨女用一生追求"画眉深浅入时无"的境界，但又有多少人能够真的如愿。"无眠后夜月，留记远钟声"正是道出了他们的凄楚和怅惘！

他和她是青梅竹马，从小学到中学一直是同学，成长的岁月里留下了许多共同的秘密。中学毕业，他和她都回到了那个农场。

她开了一个食杂店。其实，她即使什么都不做，也可以一辈子衣食无忧。因为她母亲是远近闻名的千万富翁，她是母亲唯一的女儿，是母亲心头的宝贝。

他清寒的家境，自然无法与她优越的家庭相比，这让成年后的他，在她面前多了不少的自卑。尽管她看他的目光，仍一如从前那样盈盈的，像清澈的湖水。

他爱上了她，可是他不敢表白，生怕外人说他爱上了她的家庭，尤其是听说和他条件差不多的春山，那天大胆地向她求爱，被她当场拒绝了。他担心自己说出心里的喜欢，她也会不接受的。

他竭力压抑着心中一天天生长的爱，再见到她时，他便不自觉地脸红了，甚至不敢与她的目光对接，她就笑着说他变得比大姑娘还腼腆了。

终于，在决定外出打工的前一天，他找到了她，鼓了半天的勇气，他向她说了一大堆废话，还没把那三个简单的字说出来。

她有些失望地对他说："你真笨！"

"是的，我这个人特别笨！"他也觉得自己很不男子汉。

她面带微笑地说："到外面闯荡，要是觉得不如意，就早点儿回来吧。"

他摇摇头："再难，我咬牙也要挺住，因为我要挣很多的钱。"

"挣那么多的钱干什么？"

"回来娶你啊！"他被她引出了心里话。

"你敢肯定你一定能挣到很多钱吗？还有，你会争得我母亲的支持吗？"她有些调皮地望着他。

他有些心虚地说："我不敢肯定，因为我挺笨的。"

临走前，他去见了她的母亲，那个丈夫去世多年后，靠着敏锐的眼光和果敢的魄力，成了许多男人都敬佩不已的女强人，听他懦懦地请求她把女儿嫁给他，呵呵地笑道："我的女儿，可不是随便嫁的。"

他什么也没说，转头就走。上了火车，他还一再暗暗地告诉自己：一定要在外面打出一片天地，带着成功来见她和她的母亲。

他在大上海立住了脚，并幸运地掘到了人生的第一桶金。接下来，急于获得成功的他，又不顾风险地将手里的钱全买了股票。老天对他似乎格外偏爱，看不懂那些红线蓝线，也弄不懂那些上证指数之类术语的他，居然让手里的钱转瞬间便翻了两番。他一听到股市要跌的小道消息，便赶紧撤出。结果，他又成功地躲过了后来持续的熊市。后来，他投资房地产，又狠赚了一笔。

谁也不会想到，在爱情上自卑、胆小的他，在投资方面却出奇的大胆。四年后，他已变成了一个富商。

刚一回到家中，他便听说她刚刚结婚一周，她嫁的那个人，竟然是当初被她拒绝的春山。

他去见她，见她正红妆艳艳地在院子里嗑瓜子，看到他一身的名牌，她没有丝毫的惊讶。

“为什么要嫁给他？”他不解地问她。

“为什么不能嫁给他？这些年你都干什么去了？”语气里含着一丝幽怨。

“我只想着挣足够多的钱，再回来娶你。”

“你以为有钱了就能娶我吗？我缺少的是钱吗？你还是那么笨呀，你根本就不知道我最想要的是什么。”她的眼睛里有泪花闪烁。

“是啊，你根本就不缺钱啊，我怎么就没有想到呢？”他有些沮丧地捶头。

“还有，当初你只要稍稍坚持一下，我就会说服母亲，让她同意我嫁给你，我是她的掌上明珠，她什么都会依我的，何况她看着我们两个一起长大，她对你的印象也不坏，那天她也没说不同意啊。”她叹了口气，背转过身去。

原来如此！

他失魂落魄地沿着小路往前走着，远远地看到春山正在稻田里忙碌着。他恍然明白了：与其说是笨笨的春山用真诚、勇敢和执著，最终打动了她，不如说是一时聪明的自己用自卑、怯懦和误解，伤了那颗爱的心。

“我不是一般的笨呀！”一向自以为很聪明的他，发现自己在爱情上真的像她说的那样，实在是笨得要命。

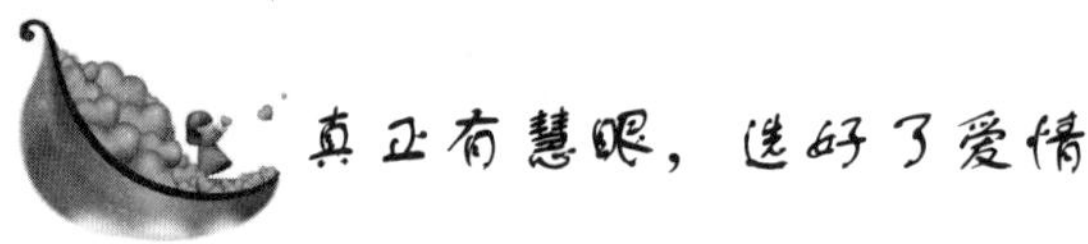

真正有慧眼，选好了爱情绩优股

在我眼中，爱情是欣赏。相爱的两个人不一定是完美的，但由于生死不渝的爱使我们有勇气去追寻彼此的完美，并愿意奉献自己的完美给深爱的人。

芷若和虹影一直是形影不离的好友，高考时两人填报的志愿都一模一样。天遂人愿，她们不仅成了大学同窗，还成了同一寝室上下铺的姐妹。两人长得都漂亮，又冰雪聪明，自然遇到了许多爱恋的目光包围。但她们没有像某些小女生那样，轻易地就被那些热烈的爱冲昏了头，而是理智地观察着、等待着、寻觅着，她们私下里已达成共识——爱情像选股票，一定要选一个绩优股，而不能草率地挑了垃圾股；爱情也像拣麦穗，她们决不会轻易地把碰见的麦穗扔到篮子里，一定要耐心地找到那个最大的麦穗。

大学毕业后，虹影爱上了家世显赫的陈恕，陈恕的父母据说有数亿的资产，他大学一毕业便执掌一家公司，短短两年间，身家便已过千万。陈恕帅气、干练、随和，他从不在她面前炫富，这颇令虹影心动。最重要的是，陈恕先爱上了虹影，他那富有情调的爱的表白，让虹影无法拒绝地爱了，爱得激情荡漾，仿佛听从了上苍美好的安排。

彼时，芷若还没找到梦中的那个他，便经常被虹影邀请去参加他们的约会，因为是多年的闺中密友，虹影也愿意让芷若分享自己的幸福。而芷若，在与陈恕的多次接触后，隐约地感觉到，他滴水不漏的合适里面，似乎有什么不对劲儿的东西。芷若起初以为是自己的错觉，越来越熟悉了，她终于意识到那是陈恕琢磨不透的城府，表现在爱情上便是颇有心计，便有了一种虚假的意味。

芷若将自己的感受说给虹影，善意地提醒她，不妨在看似完美的陈恕身上，发现一些缺憾。而此时正沉浸在爱的甜蜜中的虹影，笑着说："他当然不会十全十美了，自然有不足了，我愿意看主流。"

"你一向是谨慎的，为什么不思量一下恋爱里的一些细节呢？也许从某些细微里，可以看出一个人的品性，而一个人的品性，可以影响一个人的发展。"芷若直言不讳。

"你谨慎过度了吧？像陈恕这样的好男人，现在实在是太难找了，遇见了，就不能轻易地错过。"热恋中的女人智商是最低的，虹影也不例外。

“不轻易地错过，很对，但一定看准了对象，别忘了我们当年说过的话，收获幸福的爱情，绝不能靠赌，而要靠眼光和智慧。”芷若再次提醒道。

“我当然记得，我也不是一个小女生了，也见识过不少的爱恨情仇，也阅人不少，懂得爱情的复杂与奥妙。”虹影一副命运在握的自信。

“那就好，但愿你能把握住自己的幸福。”芷若了解虹影的个性，她看准的事情，别人是很难劝阻的。

“你就等着看我幸福的未来吧。当然，我也期待着你能早日遇到幸福的爱情。”虹影一脸的灿然，觉得自己比芷若要幸运一些，猜想芷若善意的提醒里面，或许是羡慕中夹了一丝嫉妒呢，但那只是一闪念，虹影接下来想到的是，尽快帮芷若找到爱的另一半。

虹影进入了陈恕的交际圈，认识了许多成功的男人，她热情地为芷若牵线搭桥，希望促成一段美好的姻缘。遗憾的是，芷若见了几位虹影推荐的优秀男人，却没有撞出一点儿爱的火花。虹影有些急了，不解地问芷若：“你到底要找什么样子的？你觉得大学校园里的男生稚嫩，又感觉社会上的男人过于成熟，不要挑花眼了。”

“当然要找一个让我心动的好男人了。”芷若依旧那么淡定，笑呵呵地，似乎一点儿也不着急。

“抓紧时间吧，希望你在自己最光鲜的时候，遇见自己最心仪的爱人。”虹影真切地感受到找到一个理想的爱人，是一件很不容易的事情。

“如果在自己不光鲜的时候，还能遇到最美的爱，那该是怎样的幸福啊？”芷若眼睛里闪着热切的憧憬。

“别玩你的小资情调了，那样的浪漫，只有童话里才有。”虹影立刻打击道。

“那我就把生活演绎成童话呗。”芷若笑嘻嘻地拉着虹影的手。

“真是服了你！都什么年月了，还像一个长不大的小孩儿。”虹影也被芷若逗乐了。

虹影披上婚纱，举办了堪称奢华的婚礼，风光无限地接受了众人的羡慕和赞叹。

谁都不会想到，对爱的对象那么挑剔的芷若，居然会令人大惑不解地爱上那个落魄的佟辉。那时，喜欢舞文弄墨的佟辉，刚刚结束了一段婚姻，父母还帮他带着一个两岁的女儿，他苦苦支撑的那个算上他只有三个人的文化公司，随时都可能在激烈的市场竞争中湮灭得无影无踪。

虹影自然不会眼睁睁看着芷若往“火坑”里面跳了，她措辞激烈：“你的脑子不是灌水了吧？你现在到大街上随便找一个男人，都比佟辉强上十倍。”

“我脑子还很清醒啊。”芷若知道虹影是发自内心地为自己好，就像自己至今仍公然宣告对她的爱情持谨慎的怀疑。

“可是，他身上哪有什么优点啊？相貌、家庭、才气、事业……他哪一方面都不出众啊，还有过一次婚姻，还带着一个孩子。”虹影实在想不通，那么聪明的芷若，怎么偏偏鬼迷心窍地爱上了佟辉。

“他还有梦想，有激情，有眼光，有胆识，还肯吃苦……”芷若一下子列出了他那么多的优点。

“你不觉得你说的那些很缥缈吗？你难道要把一生的幸福，都压在你期望的未来上面吗？你也说过，幸福的爱情不能靠赌。”虹影都有些声色疾厉了。

“我没有赌，我只是相信自己选的是绩优股。”一向随和的芷若，也有着可怕的固执。

“他哪里算得上绩优股，我看纯粹是垃圾股。你现在是一朵鲜花，插在了牛粪上，还在臭美呢。”虹影简直对芷若有些“哀其不幸，怒其不争”了。

“是不是绩优股，时间会给出答案。鲜花选择了牛粪，至少不用担心营养不足了。”芷若笑呵呵地，摆出“咬定佟辉不放松”的坚定，让人焦急又无可奈何。

芷若令人大跌眼镜的爱情选择，遭遇了来自父母、亲人、朋友们近乎一致的反对，他们都认为，佟辉根本配不上芷若，她要爱上佟辉，简直就是公主爱上了流浪汉。虹影后来又没少对芷若苦口婆心或直面打击，但都没奏效，芷若还是义无反顾地嫁给了佟辉，让众人惋惜地看着癞蛤蟆吃到了天鹅肉。

婚后不久，芷若便辞去了那份不错的工作，和佟辉一道去北京打拼。虹影则始终没有离开南京，两人一南一北，各自忙碌自己的事业和婚姻，联系渐渐少了起来。

七年后，佟辉和芷若的文化公司成为京城有名的民营文化公司之一，每年策划出版的图书码洋达数亿元，他们在北京西三环买了两栋大房子，将双方的老人都接到北京。佟辉一直心怀感激地说，他能够拥有今天的成功，应该特别感谢芷若，在他最困窘的时候，她的爱，给了他信心和力量，从彼此相爱的那一刻，他便告诉自己——必须努力奋斗，要一辈子好好地爱她，给她一生的幸福。

芷若则骄傲地告诉人们，其实，在见到佟辉的第一眼，她就看出了佟辉身上蕴藏的那些非凡的品性，她坚信他是值得托付一生的人，爱上了他，一定是爱上了幸福。

那天，芷若去南京参加一个大型书展。约了虹影在自己下榻的酒店相聚。令她愕然的是，几年不见，比她小一岁的虹影竟苍老得令人心酸。

在虹影伤感的叙述中，芷若得知：虹影的幸福婚姻只维持了半年多，她便发现陈恕与别的女人不清不白地暧昧着，她用了聪明去阻拦，流着泪跪地央求，拼死地去捍卫，可终不能留住陈恕的心。她人前装欢、人后咽泪，将貌合神离的婚姻对付了五年，她最后只得选择了离婚。虽然她拿到了一笔可观的分手费，衣食无忧，可一个人住在一栋大房子里，那份冰凉的寂寞，那样的刻骨铭心，让她再不敢相信爱情了。

“真后悔，当初没有听你的劝告，被陈恕的假情假意迷住了眼睛，迷乱了心，还自以为遇见了今生最不该错过的幸福。”因为懊悔，因为沮丧，虹影把那些苦楚藏在心里，始终没告诉芷若，甚至在与芷若通电话时还故作轻松呢。

“我当时也是出于一种直觉，没想到他真的不可救药，早一点儿离开那个不重情义的人也好。”当初的预感成真了，芷若的心里涌来的却是悲苦。

“就算是看走眼了一次，选了一只垃圾股，抛掉了，就不去想了。”虹影向芷若倾诉了淤积许久的伤痛，一下子感到轻松了许多。

“这样想是最好的了，我相信你会遇到真正爱你的人。”芷若握紧了虹影的手。

“我也相信，这回我一定要请你帮我参谋，像你一样选择爱情绩优股。”虹影更加敬佩芷若的慧眼和慧心了。

“我可能是命好吧？老天看我整天傻呵呵的，就给我送来了一个好男人。”

“别自己幸福了，就忘了好朋友啊。”

“怎么会呢？我们是一生一世的好朋友，你的忧伤就是我的忧伤，你的幸福就是我的幸福。”

“没错，我们不仅要好好地寻觅幸福，还要懂得好好地经营幸福。”

再后来，虹影也遇到了像故事一样美丽的爱情。当四个人快乐地纵情山水间时，虹影骄傲地说自己也选到了爱情绩优股，佟辉和虹影的老公却都幸福地大喊，两个聪明的小傻瓜，他们才是真正有慧眼，选好了爱情绩优股。

曾经多么地爱你，清清纯纯的

爱情是报答。“诗人感木瓜，乃欲答琼瑶”赠送的是木瓜，回报的却是美玉。不仅仅为的是回报，而是表白自己永远和她相好的心意。

那一年，你刚刚大学毕业，便成了我们的英语老师。我原来对英语没多大兴趣，成绩也很差，可是，听了你的一节课，我便暗下决心，一定要学好英语，倒不是因为你的课讲得多么好，而是我莫名其妙地一下子喜欢上了你。

那会儿，我就读的是县城里的一所普通高中，大多是升学无望的学生，在那里混一张高中毕业证。班级里有两个淘小子，他俩不喜欢学习，却喜欢捉弄老师，有一个老师被他俩气病了，有一个老师气得找校长，坚决不再教我们，非要调去教了另一个班。

你初登讲台，我最担心的事情，很快便发生了——那两个让校长也头疼的同学，一唱一和地气你。开始，你板起脸来，严肃认真地跟他们理论，见他们一直在胡搅蛮缠，你恼怒地威吓了一句："再这样蛮不讲理，你们就出去。"

那两个同学是最不怕吓唬的，他们就是要等着看你生气。他们抓住你那一句因激动而欠斟酌的话，开始阴阳怪气地反击："出去？我们往哪里出去啊？我们是来上学的，你怎么能剥夺我们受教育的权利啊？老师，您没有学习过《教育法》吗？用不用我们教教您啊？"

"你们还懂法啊？还知道来学校是受教育的？"你的眼泪都要气出来了。

"那当然了，不为了学习，我们到学校干什么？"两个同学调皮地挤眉弄眼。

"真没见过你们这样的学生！"你气愤地一摔书，让我们自己看书，自己气鼓鼓地望着那两个调皮的同学。

"我们怎么了？我们也没干啥啊。"两个人摆出一副无辜的样子。

"老师，您别跟他们生气，不值得的。"坐在前排的我，传给你一个纸条。那其实已是我所能对你做的最勇敢的支持了，那些班级干部，甚至班主任也对那两个学生无可奈何。

再上课时，那两个家伙又捣乱了，班长劝了一句，他们便转移目标开始攻击班长，把女班长都气哭了。你再训斥那两个家伙，他们又跟你胡搅蛮缠，课堂上乱成了一锅粥，你的眼泪气得流下来了。

看到你那委屈的泪水，我真想冲过去，狠狠地揍那两个家伙一顿，但最后还是忍住了。

下班的时间到了，我从门缝里看到你还呆呆地坐在办公室里。我进去想安慰你一下，你却很有信心地告诉我，你一定会想办法改变那两个淘小子的。

我有些不相信，连男班主任老师都收拾不了的淘小子，他们会怕你一个柔弱的女子？

但令我惊讶的是，仅仅过了两周，那两个有名的"刺头儿"居然变得像换了人似的，对你服服帖帖起来，上课再也不捣乱了，偶尔有别的学生扰乱课堂纪律，他们还主动站出来予以制止。看到你灿烂的笑容绽放在每一节课里，我别提多么敬佩你了。

我曾好奇地问你用什么妙计管好了那两个淘小子，你笑着说那是一个秘密。

云淡风轻的日子飞快地流逝，一学年很快结束了，我的英语成绩有了明显的提高，对于未来的高考又燃起了希望。我内心里对你充满了感激，觉得你就是上苍派来的带给我幸福的女神。

高三那年，听说你恋爱了，我心里有一种说不出的难受。我的心情一天天坏起来，经常莫名其妙地发脾气，有同学戏称我得了“青春期更年症”，我不置可否，只知道我的喜怒哀乐与你有关。

见到你很帅气的男朋友骑了摩托车，等在校门口接你，见到你揽着他的腰，一骑绝尘而去，我心里酸酸的，却只能装作若无其事的样子。

也许你察觉到了我的情绪波动，那天你约我到办公室，希望我珍惜最后的高中时光，一定要考上理想的大学。望着你满眼的真诚，我使劲地点点头，弥漫心头的伤感也淡了许多。

接到大学录取通知书时，我也得知了你结婚的消息。那天，我远远地看到那辆漂亮的婚车，载着你驶向县城中心那座豪华酒店。我的心似被刀狠狠地刺了一下，那剧烈的疼，如此真切，我仿佛听到了心脏碎裂的声音。

去大学报到后，我想到的第一件事，就是要给你写一封信。但铺开信纸，我却不知道该写些什么。默默地坐在那里，体味着隐秘在青春岁月里的那种无法言说的伤痛。

大学生活是充实而忙碌的。我沉浸在那些文字散发出的迷人的氛围里，感受着生命流淌的美丽。多愁善感的我，开始喜欢诗歌，喜欢将自己细腻的情感，变成一行行有滋味的诗句。

又到了辞旧迎新的时候，我为你精心挑选了一张明信片，上面是一片落叶金黄的白桦林。我在寄语处写下了祝福，又写了几句诗，我认为那几句含蓄的话语，似乎更能传递我那时的心曲。

你也回了一张贺卡，整个画面上都是郁郁葱葱的绿草地，你用英语写给我的祝福是一愿你的梦想和生活里永远有着葱茏的生机。

那你呢？我希望你也一样。但很快，我便从家乡的同学那里得知那个他对你很不好，结婚不久便在外面与别的女人不清不白的，被你发现了，他还打了你。我曾看到你走向爱情和婚姻的幸福样子，你又那么美丽、聪颖，怎么会……开始我还不肯相信，可没多久便听到你离婚的消息，得知你带着一岁的女儿，离开了给了你快乐和伤心的小县城，去了另一座城市。我有好长一段时间，再没有关于你的消息。

大学四年，我没有谈一次恋爱，说出来令人很难置信——你一直都不曾走出我的心海。我也知道，或许那根本不是爱，只是一种喜欢，青春岁月里的一种单纯的喜欢。可是，谁又能简单地说那不是一种爱呢？

与你邂逅，是大学毕业两年后的一个冬日黄昏，拥挤的公交车迟到地驶来，一大群人发疯地拥挤在车门前，都想早一点儿赶回家。有两个男人挤到了你的女儿，你大嗓门地跟那两个男人吵起来，像一个泼辣的村妇，完全没了记忆中的淑女风度。

猛然看到我站在身旁，你脸上立刻闪出了慌乱和羞涩。得知我在省城找到了工作，你向我祝贺，并告诉我，你现在在一所私立学校当老师，很辛苦，但工资稍微高一些，就是离住处远了一些。

你还问我是否有女朋友了，我苦涩地摇摇头。你说应该考虑了，我说是的，是应该考虑了。

回单身宿舍的路上，我的脑海里不断地晃动着你那明显疲惫的身影，不禁感慨命运无常，美好的时光总是走得那么匆匆，总有那么多的不如意遍布在生活的各个角落。

我忍不住给你打电话，似乎有特别多的话想跟你说，可握着话筒，我却一时找不到一个让我们畅快交流的合适话题。我们那更像是寒暄的无主题通话，让我心中生出一股悲凉：明明离你那么近，为何偏偏像是隔了高高的山梁？

后来，因为我们在相同的一个站台等公交车，很自然地有了更多的相遇，也有了更多自然的交流。你又变回了我记忆中的那个“淑女加书女”，你的精神似乎也一天天地好起来，眼睛里多了一份历经沧桑的成熟，人也似乎更美了。

原来，爱是一株不断生长的树，从最初鹅黄的绿芽，随着春夏秋冬的更替，变得越来越枝繁叶茂。

可是，当我向你吐露心声时，你却连连摇头："谢谢你的认真！我已曾经沧海了，不会再相信婚姻了。"

"你依然年轻，依然美丽，难道你真的不再相信还会有真爱走来?"我深情地望着你。

"我相信，但我已经无法走回青春灼灼的从前了。"你的眼里掠过一抹怅然。

"为什么非要回到从前呢？应该快乐地从现在开始，朝幸福的未来走去啊。"我热切地说。

"我现在带着女儿生活，很知足，很幸福，不想再涉爱河了。"你一脸的决绝。

又苦苦地等待了两年，还是没能等来你的爱，却等来了你突然去江南一座小城就职的消息。你说，你找到了一份更合适的工作，也可以借机感受一下江南文化，还可以让女儿的童年记忆里多一些色彩。

那我就只有深深地祝福了，尽管我不知道促使你毅然远走的真正原因，但我相信你心里肯定想过逃避的问题，因为送别的站台上，你那故作的轻松里面，我看到了一缕灼痛心灵的忧伤，淡淡的，像阳光里斑驳的树影。

再后来，我恋爱，结婚，为房子和车子忙忙碌碌。偶尔，还会想起你，还会打探关于你的点点滴滴。知道你和我一样，在过着苦辣酸甜皆有的日子。

只是，或许你永远也不会知道，我曾经多么地爱你，清清纯纯的，在生命最青翠的那一段，你曾是我心陌上最美的花，悄悄地绽开，无声地馨香。

摇曳在生命深处的白桦林之恋

爱是不后悔。认识你是我一生中所发生的最好的一件事。相爱时的幸福和满足会让我感激你一生。

那是遥远的故乡，低矮的山岗上，散落着一棵又一棵的白桦树。

正值豆蔻年华，我常常在落叶金黄的秋天，一个人跑到幽静的山岗上，坐在那个裸露的巨大树根上，倚着一棵高大的白桦树，沉浸于情节曲折的小说之中。倦了，便以书作枕，躺在那吸纳了阳光的柔软的树叶上，仰望蓝蓝天空中那一朵一朵的白云，任思绪悠悠。

那是20世纪80年代初，我读书的乡村中学破败不堪，升学的前景极其渺茫，不少学生断断续续地离开了学校，没走的也大多是“三天打鱼两天晒网”，学习空气稀薄得能淡出水来。偶尔还能用功读读书的，只有李虹、韩晓旭和我，但李虹喜欢的是言情小说，我则迷恋武侠小说，唯有韩晓旭爱捧着课本，背啊，算啊，是一个很特殊的“另类”。

那天，李虹悄悄地跟我说，你带我去山上一起读书吧。我看到她脸上有一抹好看的红霞，那件花格的小衫好像刚刚洗过，有淡淡的肥皂味，很好闻。

我和你？那样不好吧？我支支吾吾。一个17岁的女孩，与一个同龄的男孩上山，这在那闭塞的山村，虽然算不上什么大惊小怪的事，但我毕竟囫囵吞枣地读过不少小说，知晓不少情啊爱啊之类的故事，心里偶尔也会荡起一些情感涟漪，而李虹似乎比我懂的更多。

“我们可以分开走，你在前面走，我悄悄地跟在后面。”李虹似乎早已有了充分的考虑，她那双可爱的大眼睛热切地望着我，令我不忍拒绝。

“那好吧，但你一定要保密，不要跟其他人说啊。”我谨慎地提醒她，那一刻，我想若是韩晓旭让我带她到山上读书，我一定会愉快地答应的。但她从来不说，她好像已陷入了那些我已疏远的课本

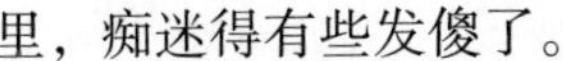

里，痴迷得有些发傻了。

“我听你的，九点准时出发，我先回去拿书了。”李虹像一只快乐的小鸟跑开了。

十几分钟后，围拢小村的那些庄稼地便被甩开了。走了一段杂草萋萋的山间小径，我回头看到李虹不远不近地跟在身后，看看前后左右空无一人，我便停下来冲她摆手，她便小跑到我身边。

“背那么大的兜，里面装的都是什么?”我指着她背上那个花布兜好奇地问道。

“小说，干粮，还有水。”她好像是去旅游，两条小辫上还用红绸子扎了漂亮的蝴蝶结。

“哦，这里风景好迷人啊！怪不得你喜欢到这里看书。”李虹兴奋地奔跑在白桦树之间，摸摸这儿，拍拍那儿，像初进大观园似的，瞧哪里都惊奇和欢喜。

“这是我发现的‘世外桃源’，你千万不要告诉其他人啊。”我骄傲地看着李虹，看着她一脸的崇拜，有一种很舒服的感觉，像微微的山风轻轻拂面。

“哎，将来你想干什么?”李虹拿出她总是看不完的港台作家的言情小说。

“我准备去当兵，最好能到大西北，或者是海南，越远越好。”小说里面的那些我喜爱的飘逸如风的侠客们，给了我仗剑走天涯的梦想和激情。

“可惜，不在咱们农村招收女兵。”李虹不无遗憾地慨叹，转而一笑，“若是有机会去当演员也挺好的，我有一个表姐，就是演员，挺轻松的，还可以到处走走。”李虹的语气里满是羡慕。

好好地做梦吧。我摊开书，心想：谁将来如果娶了李虹也不错，她有着农家女孩的聪明和勤快，还有一些可爱的天真和浪漫。

李虹忽然将书扔到厚厚的落叶上，趴在那里，翻拣一枚枚形状怪异、颜色鲜亮的叶子，细细地察看，像一个认真的植物学家。

“哦，我的眼睛迷了，快来帮我看看。”李虹忽然冲我喊道。

眼睛怎么会迷？也没起风啊？我放下书本，蹲在她面前，看着她慢慢地翻着上眼皮。

“帮我吹吹，磨得慌，是不是有灰尘落进去了？”有泪水从李虹的左眼滚落，我却没看到任何不洁物。

“你帮我翻翻眼皮吧。”李虹躺在那里向我求援。我迟疑了一下，便跪在她头前，俯下身来，笨手笨脚地帮她翻眼皮。失败了好几次，好容易翻开了，在那红红的眼睑和黑黑的瞳仁上，都没有发现异物。

“没有，什么都没有。”我失望地想直起身来。

“再好好看看嘛。”李虹撒娇，两只手慢慢地环住了我的腰，那么轻轻一拉，我的脸便一下子贴到她红扑扑的脸上。

那一刻，整个世界都沉入了一片静谧之中。只有眩晕的两人贴紧的唇，彼此怦怦的心跳和那激动的喘息，在白桦林中清晰地响着。

不知过了多长时间，两人坐起来。李虹摘下扎入头发的树叶，羞涩地说她一直在暗暗地喜欢我，现在知道了我也喜欢她，她说自己感到特别地幸福。

“什么？我也喜欢你？”我怔怔地坐在那里，恍若梦中一般。

“是啊，你刚才亲了我，就表示你喜欢我，以后我就是你的人了。”李虹如释重负地帮我擦掉头顶的汗珠。

“可是，可是……”我想说我虽然挺喜欢她的，可心里丝毫没有娶她的打算呀，之所以没说出口，是因为我不敢突然浇灭她满眼盈盈的热望。

“没什么‘可是’的了，以后我就缠住你了。”李虹使出了小女孩的任性。

第二天，碰见韩晓旭，一向低眉顺眼的她，竟用那样陌生的目光狠狠地剜了我一下，便肩膀一耸一耸地走开了。

平素温温婉婉的韩晓旭，与我相遇，总是嫣然一笑，怎么突然对我横眉冷对了？我困惑不已。问李虹，李虹不以为然地说，她可能是学习走火入魔了，不用在意。

“胡说，她可不是那样的人。”我没好气地甩开李虹，独自去了白桦林。

哦，那棵最高大的白桦树上，是谁用小刀刻下了我的名字，后面还紧跟着三个字——我爱你。我惊讶地环顾四周，没有任何人影。是李虹吗？不大像，看那刀痕，似乎有好多天了。

抚摸着白桦树如疤的黑眼睛旁边那句毫不遮掩的爱的表白，我心里暖暖的，仿佛深秋的骄阳烘烤着前胸后背。

第二次和李虹去那片白桦林时，她依旧蹦蹦跳跳地东瞧西看，片刻的沉寂后，她突然把我喊到那几个字跟前，一字一顿地大声念给我听。

我问那些字是她写的吗？她点点头。我猛地揽住她的腰，将她与那棵白桦树一起抱住。

云淡风轻的日子一晃而过。李虹比我早三个月辍学了，我还在坚持着，准备混到一张毕业证，以便实现当兵的梦想。李虹对我的好男儿志在四方的理想明显地不支持，她更希望我们早早地成家。

韩晓旭读书似乎更用功了，老师都说她或许要创造一个奇迹。我关心地提醒她，别累坏了身体。她并不领情地冷冷回敬我，多去关心你的小对象吧，我累不累坏跟你没关系。

“韩晓旭，我哪里做错了？”我被她的奚落弄糊涂了。

“你哪里有错啊？错的是我，是我有眼无珠。”她一脸凄楚的幽怨。

北方漫长的冬季和短暂的春天过去了，我已经快半年没去白桦林了。周末，我一个人再次走进熟悉的白桦林。令我惊讶万分的是，几十棵白桦树上，都用小刀刻下了与前面一样的爱的誓言。是谁？肯定不是李虹，我认得李虹的字。仔细地端详着那一模一样的笔迹，我希望找到书写者的名字，但没能如愿。

我没跟李虹说这件事，因为她已对去白桦林不感兴趣了，她更喜欢的是在村里村外张扬我们亲密的关系，生怕别人不知道似的。我说她，她依然如故。我便觉得她那天眼睛被迷，像是她的一个聪明伎俩，但我已懒得戳穿她，因为两家的大人也认下了那门亲。

那个八月，邮递员送来韩晓旭的中师录取通知书，寂静的小村热闹起来，她成了全乡第一个进省城读书的人。赞叹、祝福、羡慕、嫉妒……一起向她和她的家人涌来。

我送给她一个蓝封皮的日记本，上面写了一行字：愿你走得更远走得更好。

她眸子里闪过一丝的苦涩，轻轻地说，无论走多远，我都忘不

了家乡，忘不了青春的白桦林。

白桦林？那惊雷般的三个字，骤然令我僵住：“难道那些字是你……”

“都已经是曾经了。”韩晓旭转过头去，分明有晶莹的泪珠滴落。

是的，都已经是曾经了。多少年以后，那片白桦林都已被砍伐了，那片山冈已变成了耕地，韩晓旭毕业后留在了省城，嫁给了一个局长的儿子，过了一段挺幸福的日子，后来离了，身边有一个聪明的女儿。李虹没能等我到从部队复员，便嫁给了村支书的儿子，一直是村里人羡慕的对象。我几经折腾，成了一位作家，并在一所高校兼职。

“青葱的少年，不管怎样的苦涩与甜蜜，都在记忆的深处闪着美好的光泽。”看到那张明信片上的这句话，我的思绪又飞向了那些落叶金黄的白桦树，飞向了那些默默无语的如疤的黑眼睛。

谁能读懂岁月厚重的箴言呢？那些渐渐远去的，都是美好的旧时光，是摇曳在生命深处的白桦林，如此清晰，又如此模糊，一如我再也无法挥霍的翩翩少年。

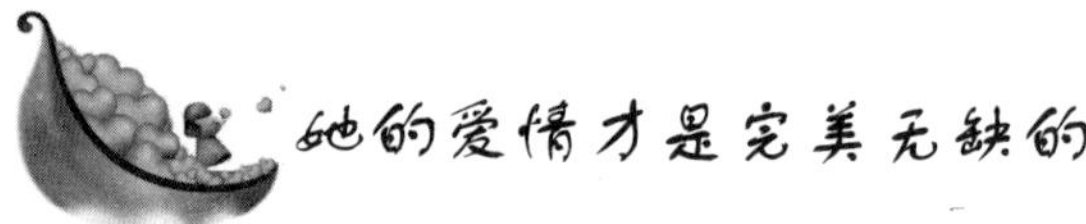

她的爱情才是完美无缺的

真正的爱情，它是一种能力，不是依附，一个人必须有自己才能有真正的爱情。只有经过平凡而漫长的岁月，只有永无休止地重复柴米油盐酱醋，只有经过努力和奋斗的考验，才能体会它的丰富内涵。

那天是情人节，大街上的节日气氛正浓，花甲之年的他也受了感染，破天荒地也要浪漫一回——给相濡以沫了40年的老伴买了一束玫瑰。花店的女老板得知他是第一次给爱人送花，热情地帮他选了一束最大、最鲜艳的玫瑰，还细心地替他剪去上面那些扎手的小刺。

白发飘飘的他手捧玫瑰，穿行在人流喧嚷的大街上，引来许多惊奇的目光。起初他还真有几许羞涩，有人得知这是他给妻子买的玫瑰后，便纷纷夸奖他心态年轻，跟上了时尚，懂得生活情调。那语气、那眼神里，满是赞赏和羡慕，反让他不禁有些欣欣然了。

走到自家楼前，几位同龄人撞见了笑容满面的他，更是啧啧地称赞他不愧是有文化的人，连洋节都过得这么有情致。听到那么多的溢美之词，一缕愧疚涌至心头一看来这束玫瑰买得太迟了，这么多年来，老伴已跟他念叨过无数遍了，让他也学学别的男人，逢年过节时给她买点儿小礼物。每每这时，他总是书呆子气十足地说我把钱全交给你了，你喜欢啥就自己买啥呗，你知道我又不会买东西。

当然，他们年轻时的日子确实窘迫得很，可后来生活条件好了，从来就不喜欢逛街的他，还是没学会给老伴买什么节日礼物，更不要说给她过情人节了。

这一天，他那束鲜艳欲滴的玫瑰，真的给老伴带来了一个天大的惊喜。老伴把玫瑰捧在怀里，面颊贴在上面，陶醉似的尽情地闻着，偶尔嗔怪他一句，让两人情不自禁地仿佛又回到了初恋时节。

老伴找出家里最漂亮的一个花瓶，灌了一些清水，悉心地把玫瑰一枝枝地插好了，小心翼翼地放到床头，又意犹未尽地端详起来。

瞧着母亲那由衷的喜悦和那份认真的神态，从上高中起案头的玫瑰就从未间断过的女儿，在那一瞬间有些感动了——自己曾收到了那么多的玫瑰，竟没有一束让她像母亲这样深情地凝注过。

母亲带着一脸的幸福，又走下楼去，喜滋滋地跟左邻右舍宣讲：我还以为我那老头子，啃了一辈子书本都啃呆了，谁知老了老了，倒学会浪漫了，想起给我买玫瑰了。

夜深人静时，母亲再也无法安眠，她轻轻地爬起来，望着黑暗中的玫瑰，嗅着那淡淡的花香，夫妻恩爱40年的情景一幕幕闪现在眼前——她想起他那个贫穷的大家庭，老的老、弱的弱，她一嫁过去就起早贪黑地没闲着；想起当年他因出身不好，被发配到偏远的山村放牛，她腆着大肚子跟他住在那阴冷潮湿的茅草屋里，一住就是七八年；想起为了他第一本书能出版，她毅然典当了祖母留给她的一对祖传的翡翠镯子；想起了跟着他回城后租住在那个十多平方米的小屋里，拉扯两个孩子缝缝补补的日子……真是的，自从嫁给他以后，无论生活多么艰难，她都没抱怨过什么，而是跟着他一心一意地把那份普通百姓的生活，经营得有声有色。因她辛勤的操持，她成了公婆眼中最贤惠的儿媳，成了儿女心中最敬佩的母亲。

是的，她昔日美丽的容颜，已被日复一日的柴米油盐无声地改变，满脸的皱纹中藏满了生活的苦辣酸甜，可她对自己这一生却相当满意，因为她和他无论日子过得艰难还是顺畅，两人始终恩爱有加。如果说还有什么遗憾的话，那就是这一束玫瑰来得迟了一点，因为她也和很多女人一样，喜欢生活里多一点浪漫的情节，而粗心的他在那些年里忙忙碌碌的，竟没大在意，如今两人都清闲了，可惜已不再青春。

但不管怎样，他的这一束特别的玫瑰，还是给她带来了舒心的慰藉。虽然他不懂得浪漫，可他那颗挚爱之心，她却是时时感受得到的，即使没有这一束玫瑰，她也不会后悔今生选择了他。

几天后，玫瑰还是枯萎了，可她仍舍不得扔掉。他有些感动地说："你喜欢，我以后可以再给你买。"她眼里掠过一缕怅然，摇头道："可惜我不再年轻了，如果能再从头过一回，我非让你年年都送我玫瑰，送我多多的惊喜……"

女儿听了父母的对话，先是肃然于母亲年轻的情怀依旧，进而思忖——现在的年轻人，手上的玫瑰是不是太多太多了，究竟有多少代表着分量沉重的感情呢？多少人昨天刚送过爱情玫瑰，今天就成了陌路人。

当然，父辈厚重的爱情，也未免单调了一些，尤其是对于母亲这样天生渴望浪漫的女人，这一束迟到的玫瑰未免有几许苦涩的喜悦。那么，真的应该像一位作家说的那样：在一个女人的婚姻里，应该是一手拿着玫瑰，一手拿着柴米油盐，这样，她的爱情才是完美无缺的。

第七章　低下头，看到了真爱

爱的对象不必太帅。毕竟爱情不是在长相上生出来的。他可能潇洒，可能英俊，但这些都是表面现象，并不重要。重要的是心灵和品格方面的门当户对。否则一旦心中的王子露出怪兽的本来面目，整个人就会掉入冰窖般寒冷彻骨。

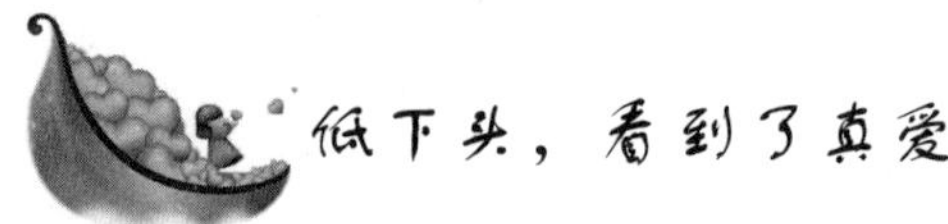

低下头，看到了真爱

爱的对象不必太帅。毕竟爱情不是在长相上生出来的。他可能潇洒，可能英俊，但这些都是表面现象，并不重要。重要的是心灵和品格方面的门当户对。否则一旦心中的王子露出怪兽的本来面目，整个人就会掉入冰窖般寒冷彻骨。

她大学读的是工科，学院里女生少得可怜，一个个被男生宠爱得心高气盛。

不记得是在哪一本书里，她曾看到女主人公曾说过大意是这样的话：无论在爱情上还是婚姻里，都不要轻易地低头，低下了头，就等于是承认自己输了，就把主动权拱手让出了。

她将这段话讲给同寝室的姐妹们听，竟得到了不少附和。由此，她便在爱情和婚姻中时时高昂了头颅，即使自己有了过错，也要强词夺理，不肯低头。

好在她遇到了那个特别爱自己的他，他容忍了她的小姐脾性，事事、处处谦让着她，有时明明是她的错，他也不跟她争辩，反过来还要努力找出自己的不是，给她找些就势下坡的台阶，满足她小小的虚荣心。一次又一次，他宽宏大量得无可挑剔的好脾气，令她感受到了他无微不至的宠爱。

步入婚姻殿堂后，她依旧保持着轻易不肯认输的脾性，有时，明摆着是她的过错，她却仍要大着嗓门无理搅闹，直到他先举手投降，她才偃旗息鼓。静下心来，她也暗自检讨自己很不淑女的蛮横，也觉得自己有些过分了，也会换个方式弥补一下，让他感觉自己不过是一个任性的小女孩，心里其实是很爱他的。

可是，他纵然再有气度，也禁不住她得寸进尺的“霸道”。终于，因为她不听劝阻的草率决定，令他们辛辛苦苦积攒下来的积蓄，在股票市场损失惨重。那天，他本来只是委婉地劝了她两句以后投资要慎重，正陷入懊恼之中的她，反而不讲道理地埋怨他以前反对

她炒股，以至于错过了好时机。他没再沉默或者自责，而是争辩了几句，两人便爆发了婚后第一次激烈的争吵。

她使劲地一摔门，扔下在身后不停地喊她别走的他，去找同窗好友苏珊。

一路上，他打了好几次电话，她一看来电显示，便赌气地按下，不接。随后，是他的短信，告诉她：不要只顾着生气，一定要想着吃饭，你的胃不大好，想着买一盒八宝粥，钱损失了可以再赚，若是弄坏了身体，就得不偿失了。

虽说他没有像往日那样，立刻向他低头认输，可他还惦记着她的胃，惦记着她的身体，她的心还是被柔柔地拨了一下，有了一丝愧疚。

苏珊一开门，便笑着打趣道："骄傲的公主，快过来先吃饭吧，等会儿再跟我倾诉你的委屈。"

"你怎么知道我还没吃饭?"她惊讶地看到了餐桌上的八宝粥、黑麦面包和韩国泡菜，全是自己喜欢吃的。

"除了宠爱你的先生，还会有谁?"苏珊见过他，曾不止一次夸奖她嫁得好，让她得意地也夸过他的许多好。

"他还跟你说了些什么?"她故作生气的样子，内心里却先软了下来。

"他还说，让我好好劝劝你，别真的生气，别伤了身体。"

"早知道这样，他就该先低头，承认他的不是。"她马上又来了犟脾气。

"呵呵，真的该批评他，这么多年来，一直宠着你，把你惯出了在家中从不低头的坏毛病。"苏珊其实在委婉地批评她。

"你家先生不也很宠着你吗? 你还跟我说过，你家先生最喜欢的，就是低下头来跟你说话。"她曾打趣个头不到一米六的苏珊，嫁了一米八的先生，以后想不仰起头来都难了。

"你知道吗? 两个人在一起过日子，他低下头来，我们就一样高了，他看到了我眼里的爱，我也看到了他眼里的爱。如果两个人都仰起头，那还会看到什么?"苏珊的眼里流露着温柔。

"可是，低下头来，不就是认输了吗?"她犹有不甘。

"如果是输给爱情，低下头来又何妨？他向你一再低头，还不都是出于对你的深爱吗？"

苏珊的话，响鼓一样敲醒了她：原来，在两个人的爱情里面，那些心甘情愿的低头，不是因为谁的对错，而是因为那一腔的真爱。他一直宽厚地容忍自己的任性，不够争辩地向自己低头，只是由于他爱得太深。

她一刻也不想再拖延了，她要立刻赶回家，要温柔地站到他面前，低下头来，诚恳地向他道一声：亲爱的，对不起，我错了。

是的，就在她低下头时，她惊喜地看到了真爱，看到了生活里面的那些深藏的挚爱真情。

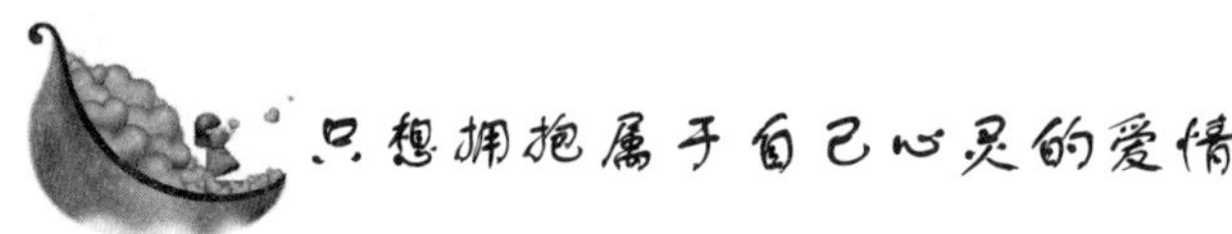

只想拥抱属于自己心灵的爱情

每个人都有一块洁净的画布，都可以依据自己对幸福爱情的理解，设计出自己喜爱的图案，用智慧和汗水，描绘出自己独特的爱情锦绣。

闲暇时，公司的几个年轻女孩在一起谈论爱情，七嘴八舌的，大多是一些爱情攻略、计谋、技巧，多是诸如《如何获得幸福的爱情》《爱情决胜必读》之类的书籍中常见的，她们似乎以为按照书中所说的那些爱情指南，便能够遇见理想的爱情。

梅子从不加入她们唧唧喳喳的探讨，她常常只是捧了茶杯，在一旁独自微笑，一副洞若神明的悠然。

其实，梅子刚刚研究生毕业，也曾有过一段短暂如风的恋爱经历。在她看来，幸福爱情的获得，其实跟写作一样，最好是法而无法。那些近乎从流水线上下来的大同小异的操作出来的所谓幸福爱情，不过是简单而懒惰的模仿和抄袭，已远离了爱情的真谛，更像那些漂亮的塑料花，没了自己独特的芳香，也便失去了花的灵魂。

记得读研二时，校园里流行十字绣。许多女孩一窝蜂地买来种种漂亮的图案模板和针线，开始起早贪黑地飞针走线，一个个都忘了辛苦，只有兴致勃勃，只有细心和耐心。你绣一幅姹紫嫣红，她绣一幅天高云淡；你绣一幅小桥流水，她绣一幅半亩荷田……一件件绣品色彩缤纷，惟妙惟肖。梅子始终只是在一旁观看，却从不动手，问之，她淡然道："不过是用针线覆盖那些业已画好的图案，机械劳动而已，没有创意。"

不用细想，梅子说的确实有道理。没过多久，校园内的那一阵十字绣热，便潮水般地退去了，大家对那种简单的手工劳动失去了兴趣，又转向了许多更吸引人的新事物。

得知梅子又恋爱了，赢得白领丽人心扉的居然是一个刚出校门的大学生，听说他来自西部，是个孤儿，四年大学的学费都是当地民政部门帮助解决的。还有，他长得也不出色，个子不高，眼睛很小，读的是一所民办大学，学的是最普通的教育学专业。

那天，梅子突然递上一纸辞呈，毅然离开了许多人渴望进入的那家大公司。更令许多人惊骇的是，她跟着那个男孩，去了西部一个很贫困的小县城。不少人慨叹：梅子准是被爱情冲昏了头脑，一直生活在条件优越的大城市的她，竟然置京城这么好的工作和生活环境于不顾，为众人看来很不般配的爱情远走他乡，实在得不偿失。

然而，梅子义无反顾地走了，跟随那个有些木讷的男孩，一路向西向西再向西，来到经常遭遇黄沙侵袭的那座古朴的小县城。因为她爱上了那个吃百家饭长大的男孩，而他的心从来就没有离开过那块养育自己的贫瘠的热土。

梅子和他一道四处求助，终于办起了一所文化学校，主要招收那些因家里贫寒而辍学的孩子，他们只收极低的学费，有的干脆全部免费，他们还要自己掏钱买文具和书籍送上。几年下来，他们处处节俭，学校仍欠了两万多块钱的外债。但是，看到学生越来越多，那么多的眼睛里都满是渴望，他们还是十分愉悦的，觉得当初的选择是对的。

当然，梅子刚来时也很不适应。一个曾坐在有明净落地窗的写字楼里的白领，突然站在粉笔灰飞扬的拥挤的教室里。那巨大的反差，如此强烈地震撼着她。她也曾暗暗地问自己：是不是浪漫的小说读多了？是不是把爱情看得太重了？

可是，一忙碌起来，她便忘却了生活里的种种艰辛，她只感觉到了被需要的充实和快乐。更重要的是，他对她的那份踏实而纯真的爱，让她心中塞满了幸福。

他曾心疼地问她："放着首都北京的白领不做，跟着我来到这偏僻的地方受苦受累，你后悔吗？"

"傻瓜，跟着我爱的人在一起，哪里还有苦呢？"她擦着最廉价的雪花膏。

"我们买不起宽敞的房子，买不起私家车，也买不起高档的衣服，我们的爱情里面是不是少了许多重要的东西？"比起她那些女友嫁的男人，他似乎是最没有本事的，为此他难免有些惭愧。

"可是，我们有一样的梦想，有一样的追求，有一样喜欢做的事情。还有，那满天的星星都是我们的，那遍地的花朵都是我们的。"她懂得他的心思。

"对，那满天的星星都是我们的。"他想起了和她站在县城最高处，两人仰望星空璀璨的夏夜，她说过的那句富有诗意的话。

后来，他们的文化学校并入了公立学校，他们继续做教师，有了更多的闲暇时间，他们就安安静静地读书，读着读着，有了倾诉的冲动和热情，他们便开始写作，一篇篇的锦绣文章纷纷登上了各种报刊，一如那些随意绽开的花朵。再后来，他们成了受人尊敬的名师，成了深受读者喜爱的美文作家。他们那天使般的小女儿，又给他们幸福的爱情添加了更多的幸福。

毕业十周年，梅子回到京城参加同窗聚会。那些心高气盛的女同学，一个个都进行了精心的打扮，比从前似乎又多了一些美丽。彼此简单地寒暄过后，仍不免明里暗里较劲儿，她们比赛似的展示各自爱情和婚姻的富足，无非是自己的老公多么优秀，房子多么大，车子牌子多么亮，孩子学习成绩多么好，很有些千篇一律的意味。

依旧素面朝天的梅子微笑着，静静地听着那些近乎炫耀的描述，很少插话，仿佛对她们所说的那些早已知晓。有同学问她现在怎么理解幸福的爱情，她轻声一语："我无法定义幸福的爱情，但我知道，幸福的爱情，肯定不是没有创意的十字绣。"

"这是你当年读书时就说过的，好像你有一篇文章标题就这么写的，你还那么喜欢在爱情上特立独行吗？”当年睡在自己上铺的那位小女生，后来嫁了某厅长的公子，人前多的是风光，人后多的却是忧伤，像俗套的爱情小说里面一再重复的情节。

“不是特立独行，我只想拥抱一份属于自己心灵的爱情，不想盲从了某些流行的风尚、世俗的观念和固定的模式。”梅子知道，每个人都无法也不该去改变别人的爱情观，却应该对幸福爱情拥有独特的认识，不能简单地人云亦云。

“现如今，爱情已感染了太多的流行病，谁的爱情都难免要掺杂许多俗气的东西。”当年雷厉风行的班长，如今已没了锐气，甚至少了热情。

“爱情里多了一些人间烟火味的俗气，很自然，也很正常。若是全然走失了自我，完全陷入了别人设定的所谓幸福爱情的模板，那样的爱情，就变成了照着固定图案编织的十字绣了。”梅子的平淡中透着耐人咀嚼的深刻。

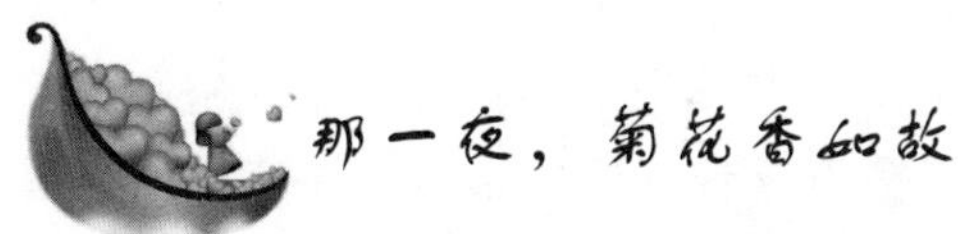

那一夜，菊花香如故

爱的模式不一定是俊男美女。崔莺莺以相国之女秉倾城之貌不是我辈所能及的。自从恋上文学那天起，始终忘不了那支表现纯真爱情的散曲……

荒凉的边陲小镇，他们近乎寒碜的小屋，在丛生的荒草中艰难地矗立。

那时，血气方刚的他，刚上班不久，便直言不讳地批评了单位领导。结果被领导打发到僻远、荒凉的建设工地，并且美其名曰——让年轻人到基层多磨炼一下，对他成长有好处。

他倒是不畏惧艰苦，只是不忍看到从小在城市里长大的她跟着他遭罪。她却满脸轻松地微笑：“跟着自己心爱的人在一起，哪里还有苦呢？”

她辞了小学教师的工作，随他来到电厂建设工地。她一时无法

找到一份工作，他的工资又很低，她只能精打细算，节省每一笔开支。

早春时节，她看到一群农民在远处开垦荒地，种庄稼和蔬菜。便找来了农具，在自家的房前屋后忙碌起来。料峭的风，吹裂了她的脸颊，手上的血泡磨破了，一握铁锹，便疼得她咬牙。

他下班回来，抚摸着她缠了纱布的手，心疼地责怪她："谁让你干那些粗活了？你那是握笔的手、绣花的手，怎么能……"

"我这是在向古人学习，正在大地上书写，在大地上编织梦幻的织锦啊。"她满怀憧憬道。

"你总是有道理。不过，以后那些舞锹弄镐的重活，可不允许你干了，要不然，我都不敢跟你回去见丈母娘了。"

接下来的一段日子里，他起早贪黑，把那些最重的体力活儿全包了，她则在他身旁干一些琐碎的小活儿。早晨，露水打湿了裤脚。中午，太阳暴晒得后背起了白皮。晚上，蚊子把胳膊咬出了血包。他和她，却依然有说有笑地忙忙碌碌。一畦一畦的耕地，回报了他们辛勤的汗水。他们种下了玉米、大豆，也种下了黄瓜、豆角、茄子、辣椒、萝卜、西红柿……然后，除草，施肥，捉虫，他和她精心照料，看着赤橙黄绿青蓝紫的果实，在房前屋后尽情地展览，他们像挖到了金子一样兴奋。

有星星的夜晚，他们会牵手走过那些散着花香的小径，遥望浩瀚的银河，他们骄傲地说自己是降落人间的神仙眷侣。

特别喜欢菊花的他，还弄来一大包花籽，在屋前播撒了一圈。秋天来了，那些粉色的、紫色的、白色的菊花，绽成了一道漂亮的花篱笆，悦目，赏心。

白露为霜时，她采摘了一些形状完美、颜色浓重的菊花，将其晾晒干了，制成菊花茶，装到原来放饼干的空罐子里。每天，他和她都要美美地喝上一杯又一杯。尤其是飘雪的冬日，他周末休息了，两个人便坐在生了炉火的小屋里，望一眼窗外银白的世界，再望一眼在水杯中慢慢浮动的一朵朵菊花，似乎有一缕缕的暗香在飘动，那份静谧，那份温馨，如此的美好。

轻轻地啜饮着菊花茶，仿佛就是在啜饮着一种诗情画意。他和她的眼睛里，都溢满了纯真的快乐，一如北方那些如期而至的雪花，那样轻，又那样重。

菊花年年绽开，菊花茶年年温馨飘溢。他们的爱情小屋，成了那个电厂建设工地附近最让人羡慕的幸福居所。

后来，他们回到了城市，搬进了电梯直达的25楼豪宅，屋里摆放了许多名贵的花草。她起初想过要养一盆菊花，他说那样看着太不协调了。她想想也有道理，便不再坚持。

他进入了那家电厂的高级管理层，她也去了一个十分忙碌的文化部门。现代化的都市生活，脚步似乎总是那样匆匆忙忙，像许多被格式化的都市人一样，他和她被许多诱惑和攀比裹挟着，在不停地追逐着。车换了高档的，在沿海投资了房子，股票市场有了牵挂，应酬越来越多，知心的朋友却越来越少……

他的腰围变得越来越大，什么精美的菜肴，也难以激起他的食欲。他回家吃晚餐的次数越来越少，她也变得特别忙碌，去健身房的时间都抽不出来了。两个人常常都是一身疲惫地回到家里，很少一起坐下来慢慢地聊聊天，有时甚至好几天都说不上几句话。家，更像一个旅馆了。而这些，他和她似乎已很快习惯了，习惯了让钟点工来收拾屋子，习惯了打电话叫来一份快餐，习惯了慵懒地翻看报纸上的各类八卦新闻……虽然，他依然爱着她，她也依然爱着他，但彼此好像已经不再需要那些“你耕田来我织布”的默契相伴，不再需要“你侬我侬”的缠绵，不再需要一路数着星星回忆烂漫的少年时光……就像被遗忘在荒野中的那些菊花，它们依然美丽，但似乎已与他们无关。

那天，她去医院看望一位患了癌症的同事。38岁的处长，曾那样风光无限地被许多羡慕的目光簇拥，此刻却只能无奈地看死神的脸色。

“多么漂亮的菊花！”处长望着做清洁工的同学放在窗台上的一束开得正盛的菊花，满眼的迷恋，叫人忍不住要落泪。

就在那一刻，她的心被猛地扯了一下一是啊，多美的菊花啊，何时已经从自己的生活中消失了呢?

站在车流人流熙熙攘攘的大街上，她给他打电话，让他马上买

一包菊花茶回家。

他在电话那端惊讶地问："家里什么名贵的茶都有，为何偏偏要买菊花茶？"

她一字一顿道："普洱、大红袍、龙井、碧螺春……这些我们都有，可是我们现在没有菊花茶了。"

他一怔，恍然明白了她的心。于是，他借故推掉了身边的酒局，匆匆去了茶庄，又急忙赶回家。

她正扎着围裙在厨房里忙碌，餐桌上是久违的几样小菜：青椒土豆丝、糖醋萝卜皮、肉末芸豆……他过去帮她扒蒜、切葱花，一如当年在荒野的小屋里，细细品味相依相伴的清苦与富足。

那一顿饭，他们吃得很慢很慢，吃得两个人都心意缤纷。

菊花茶泡好了，那些曾在枝头芬芳的花朵，如今又在热水中美丽地绽开。两个人都没有说话，只是静静地望着那些浮浮沉沉的花朵，像是望着无法言说的滚滚红尘。原来，那些菊花是有灵魂的，它们也看到了两颗从迷茫中归来的心，看到了一度走失的渴望与热忱。

那一夜，菊花香如故。他们做了相似的梦，里面有弯弯的月亮，有袅袅的炊烟，有高高低低的庄稼，有蛙声响亮的小院，还有那些朴素而繁丽的菊花……而摇曳在其中的，是爱，他与她，曾经的和现在的，以及未来的。

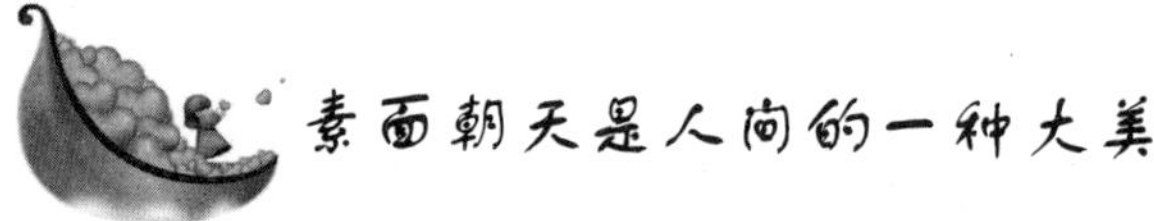

素面朝天是人间的一种大美

素面朝天是人间的一种大美。只是很多人都是在经历了太多的沧桑后，才蓦然发觉，自己曾经煞费苦心追求的不过是一阵炫目的烟花，美丽绽放过后，剩下的只是大片的清凉和孤寂。唯有那些从内心深处流淌出的真切的喜欢，才能给自己带来恒久的欢欣，才能体会到生活里面蕴藏的无穷乐趣。

新认识的一位朋友，快60岁了，突然迷上了绘画。只为能多拥

有一些画画的时间，他毅然从领导岗位上退下来，去工会找了一个闲职。其实，他是有些艺术天赋的，读中学时画的素描就曾得到一位名画家的赞赏。可父母逼他报考了大学里的政治学专业，期待他在仕途上有所发展。后来，他真的磕磕绊绊地当了不大不小的官，忙不完的应酬，让他把绘画彻底扔掉了。

偶尔遇见一位同窗，见人家一直没放弃写诗歌，如今还写得那么热情洋溢，一脸的喜悦，像挖到了金子似的。便觉得自己这些年好像都是为别人活的，所收获的那些名利，毫无价值可言。于是，他重新拿起了画笔，开始去老年大学听课，去找名家求教，甚至跟一大帮准备报考艺术高校的中学生在一起练素描。

那天，我到他那里，随手拿起他刚刚画好的一幅水彩画："这个是你画的？颜色怎么这么淡？"

他有些得意道："这可是我的独创，你看我画的这个丝瓜是不是有些味逾。"

我惊讶地问他："你现在还想当一个画家吗？"

他笑了："我现在就是一个画家呀，想画什么就画什么，想怎么画就怎么画，全凭自己的兴致，自由地尽情发挥。"

我敬佩他："你真是达到了一种境界。"

"其实，画画和爱情一样，讲究的都是找到自己喜欢的感觉，再向你透露一个消息，我下个周末准备结婚了。"他面带喜色。

"她是一个什么样的人？不仅让你动了心，还让你动了结婚的念头？你不是说过这辈子不想让婚姻套住了自己吗？"我知道，他有过两次短暂的婚姻后，30 年来一直过着"一个人吃饱了全家不饿"的日子，当然他也没闲着，赚的钱也没少往女人身上扔，但那大多是逢场作戏，根本没有什么爱情可言。

"她是一个舞蹈演员，曾经红过一些年头，在报刊和电视上光鲜过，我一说她的名字，你肯定不陌生，她嫁过三个男人，都离了，现在可谓是人老珠黄了，但我觉得她风韵犹存，甚至还多了一份诱人的魅力。"他报出了她的名字，果然是我知晓的一位过气多年的昔日明星。

我逗他："你真行啊，这么多年一个人熬着，原来是等一位明星

太太啊。”

他并不生气：“有人嘲笑我，说我是在接别人淘汰的四手车，其实，四手车怎么了？什么样的道路没跑过？开起来更顺手。”

我也打趣他：“那是啊，尤其是遇见你这样的驾驶好手。”

他突然有些不好意思道：“早些年，我的生活也是够荒唐的了，也不懂得什么爱情啊婚姻啊，也没有什么家庭责任感，辜负了那两个好女人，后来的那些拈花惹草，也都是寻刺激。不过，你说的也不错，我现在才明白，什么是幸福的爱情。幸福的爱情就是两个人都找到了喜欢的感觉。比方说，她嫁过英俊的小生，嫁过高官，嫁过富豪，啥样的风光没见？可是，现在从舞台中央退到了后场，卸了浓妆才忽然发现，那么多的光鲜，其实都是给别人看的。想开了，就不在意别人怎么想怎么说了，她说要好好地做一回自己。所以，就痛快地答应了嫁给我。”

“好好地做一回自己，这话说得好。”我不禁想起了她舞台上的倩影。

“那是啊，等把她娶进门来，她研究美食，我在旁边画画，是不是挺有情趣的？对了，这些年来，她迷上了烹饪，做得一手好菜，脾气也温顺了，懂得谦让和宽容了。”他幸福地向我描述了她如今的种种优点。

“真是洗却铅尘见真醇啊。”我不由得慨叹道。

“没错，我当年那火爆的脾气，不知道伤害了多少人，也伤害了自己。现在知道了随遇而安，懂得了珍惜，懂得了在缺憾中感受完美，在喜欢中品味快乐，懂得了幸福也需要经营。”他似乎已悟透了人生。

再后来，我看到他与她牵着手去早市买菜，牵着手逛街、散步，一起去公园里跳舞，一起参加公益演出，两人出入成双，亲热得像陷入热恋的小男生小女生。用他的话说是“初恋从 60 岁开始”，曾经是“浪子”的他，与早已星光暗淡的她，竟成了许多人羡慕的恩爱夫妻。

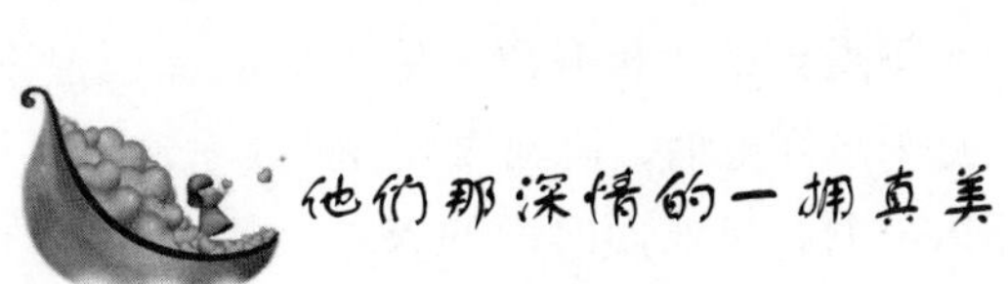

他们那深情的一拥真美

他们那深情的一拥真美，美得像一首婉约的宋词，于那无雕琢的平平仄仄中，透出令人回味不已的温润。

凉风习习的秋日，受公司老板的指派，他去北京参加一个重要的行业论坛会。作为一颗冉冉升起的 IT 界的新星，他的精彩发言赢得了与会者的普遍赞赏。他掩饰不住的兴奋，在举手投足中都流露出来了。

公司老板也很高兴，特意打来电话，让他多在京城玩几天，会会各路的同学和朋友。

于是，他决定先跟那些混得很不错的同学聚聚。几个电话打过去，一如想象的那样，在京的同学纷纷聚拢到一起，欢欢乐乐地推杯换盏，酒酣胸袒尽开张，追忆当年的种种美好往事，谈论奋斗中的苦辣酸甜，每个人都感慨万千。当然，爱情是一个非常重要的话题，很自然地就提到了她，说她嫁给了法国人，还听说她近期要独自回国。接着，就有人起哄，要马上给她打电话，让她这两天就飞过来与他相聚，那些语气和眼神里自然夹了些许暧昧。

他虽然嘴上说着“都已经往事如烟了”，心弦还是被猛地撩拨了一下。毕竟，那是他与她的初恋，生命中有那么多的“第一次”，都是他和她一起完成的，他们是有共同的秘密的。

只是，因为对未来事业发展方向的选择，彼此有了明显的分歧，他们先是争论，然后是争吵，两人个性都极强，谁都无法说服对方，又都不肯放弃自己的立场，最后只好选择分手。

随后，两个人奔忙于各自的江湖，彼此完全断了联系，就像从未爱过。

其实，他怎么会忘却她呢？他那样勤奋地打拼，不断地书写着优秀，其中有一个很重要的原因，便是希望有一天能够神采飞扬地站在她面前，让她知道自己当初的选择多么正确。而她，也有着同

样的心理。

望着那个刚刚得到的手机号码，他正犹豫着是否拨打，她却似乎心有灵犀地打来越洋电话，说她两天后回北京，想见见他。

她依然那么美丽，自然而时尚的衣着，流露着高雅的气息。她带来的产自法国南方的纯正的红葡萄酒，味道果然与众不同。

她问他怎么还没结婚？他说等把买别墅的钱全都付清了，他再和女友走过幸福的红地毯，他不想让女友在婚后的日子里，还想着欠银行的贷款。好在他现在有这个实力，估计那一天明年就能到来。

她微微一笑，知道他还那么心高气盛，但她一直非常欣赏他这一很男子汉的个性。

虽是慢慢啜饮，但一杯杯的红酒，还是让他的眼睛有些迷离起来。尽管他们曾经那么深深地爱过，两人也有过激情荡漾的时刻，他却没有完整地得到过她，那一段近在咫尺的距离，成为他心中珍藏的美好，也成了他萦绕在心里的一个遗憾，如刺，哽在喉间。

望着又多了一份风韵的她，那个冲动突然在心底升起，烈火一样熊熊燃烧。

他试探着伸出手去，她没有躲避，反而很配合地伸过手，与他握在了一起。他看见了她眼睛里也燃着一团火，也许她心里也有着和他一样的渴望。

像一对热恋的情侣，他双腿有些软绵地与她走进豪华的宾馆。望着她红润的面颊，他一下子环住了她的腰，将她紧紧地拥在怀中，她没有丝毫的抵抗，两只手臂环上了他的脖颈，他闻到了她秀发间散出的淡淡的香味，听到了两个剧烈跳动的心脏，在澎湃地撞击着。他情不自禁地将嘴唇贴到她的眉宇上，她的身子突然一颤，两个人一起跌倒在床上。

就在那一刻，他脑海里蓦然闪过女友送别时那依恋的眼神，让他整个身子都不由自主地一惊，差一点儿松开十指紧扣在她腰际的手臂。

轻轻地扶起她，他与她再次深深地相拥在一起。随即，有一股说不出的凉意，慢慢地从他们身边生出，并慢慢地扩散开来，两人不约而同地松开了手。

坐下来，喝茶，闲聊，他心里突然有了一种特别轻松的感觉。她亦是，仿佛刚才什么都不曾发生过。

她是何等聪颖的女子，从见到他的第一眼，她就看出了他的心思。而她，也曾为没有把自己完整地献给深爱的他遗憾过。所以，平素滴酒不沾的她，破天荒地喝了两大杯。她想，若是他特别地渴望，她也愿意配合他，为昨日的爱恋画上一个完整的句号。而现在，她又特别地感激他，他于激情火烈中，仍能保持一份如水的理智。她知道，以后他心里再不会有那样的遗憾了，她也不会有那样莫名的冲动了。

原来，他们那一拥，不是为了升温一段早已了却的爱情，而是要凉却心头的杂念，让彼此都能真正淡定地走出曾经，都能坦然地重新开始。

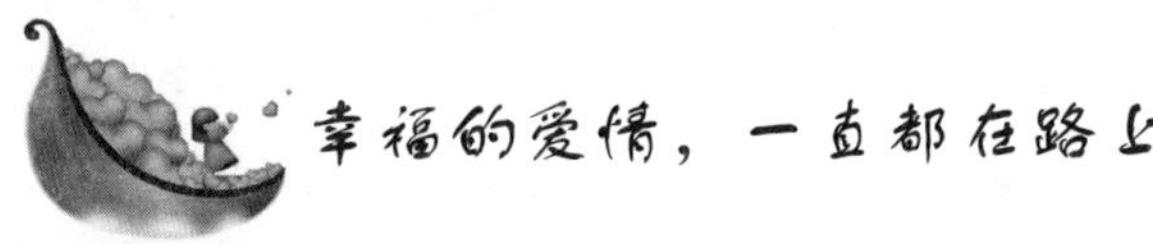

幸福的爱情，一直都在路上

虽然每个人的经历不同，每个人抵达幸福爱情的途径不同，幸福爱情的内容也各不相同，但有一点却是大家都赞同的——幸福爱情并不喜欢偶然，而更喜欢在爱的呵护和经营中，一天天地成长起来，从一粒爱的种子播下，到爱的辛勤耕耘和灌溉，再到爱的如意收获。原来，幸福的爱情，一直都走在必然的道路上。

几位家庭美满幸福的朋友小聚，酒酣之际，聊起了如何赢得幸福爱情的话题，每个人都满脸的骄傲，似乎都深有体会，都想说出自己独到的见解。于是，有人提议，每个人都把自己的感受讲出来。

率先开口的是一位大学老师，他刚毕业的时候，被分到了一个极为偏远的林区小镇，当了一名中学老师。后来娶了一位心灵手巧、活泼开朗的妻子，她能够把一盘土豆丝，炒出比猪肉还要鲜美的滋味，能够用 100 元钱换来 1000 元钱的幸福。在那些手头拮据的日子里，她每天呵呵的笑声，是拥挤的小屋里最美的音乐。他伏在饭桌上写文章，她就在旁边认真地教女儿叠千纸鹤。她心中装了无数个梦想，在刚刚结婚时，她就向闺中密友宣扬，有朝一日他们会搬到省城生活。有时，他刚刚产生一个写作灵感，她就催着他赶紧动笔，并开始设计拿到稿费后的用场。

后来，他的文章越写越好，书出了一本又一本，他竟真的被调入省城的一所大学，还拿到了博士学位。他说是妻子始终不改的乐观，让他淡忘了生活中的那些艰辛，只感觉到有无数的幸福正在前面向他们招手，只感觉到不停地奋斗的快乐。

掌声响起，为他的快乐追求和快乐打拼，终于在赢得事业成功的同时，也收获了幸福的爱情。

第二个发言的是一位商界女豪杰。她头脑灵活，做事干练坚决，把生意做得风生水起，令很多须眉都翘指赞叹。她的老公原本是一名公务员，在一家很好的事业单位，有着广阔的升迁前景。可是，在她生意最艰难的时候，他毅然辞掉了公职，全力以赴地支持她。即使在她投资失误、血本无归时，他也始终没抱怨过一句，而是笑着安慰她说，没什么大不了的，即使去乞讨，他也会陪着她。

几经周折，她的生意终于柳暗花明。这时，她的老公又心甘情愿地做了她的秘书兼司机。而她无论头上笼了多少耀眼的光环，她总是由衷地说，她成功的背后，站着一个更能干的老公。无论有多忙，她都会挤时间下厨房，做一桌可口的饭菜，一家人其乐融融地围坐在一起。

其实，这是她的第二次婚姻。她先前嫁的那个男人，特别能挑剔，不是嫌弃她做事马虎，便是抱怨她不够温柔，一会儿唠叨菜咸了，一会儿嘟囔洗脚水太热了。分手多年后，那个男人遇见她，说没想到她会取得那样大的成功。她淡然一笑，说了一句他没想到的还有很多。

掌声再次响起来，她这样真切地感慨：只因为遇到了深爱我的人，知道了不能辜负那份爱。所以，我才赢得了今天的幸福爱情。

接下来发表幸福感言的，是一位在邮政公司上班的普通职员。他和爱人当年读的都是高职，毕业后分到了同一个单位，爱人做内勤，他做外勤，两人的工作都挺辛苦的，收入都不算高，但两个人精打细算，齐心协力，把一份简单而朴素的日子过得温馨洋溢，令许多熟悉或陌生的人都羡慕不已。

有人问他，谁做的家务活多，他挠挠头，说还真的分不清。因为谁先回到家，都会想到没回来的那位还在辛苦着，都抢着多做一些，让对方多歇息一会儿。双方的父母年纪都大了，他们便抽了时间，隔三岔五地一同回到老人那里，拎一点儿生活用品，帮着老人干些杂活儿，陪着老人聊聊天。老人乐呵呵地逢人便夸奖他们俩特别孝敬。

他的最深感受——幸福的爱情是一点点地经营起来的，是相爱的两颗心，在一大堆的琐琐屑屑上面，种出鲜艳无比的幸福之花。

他的话语未落，便赢得了更长久的掌声。

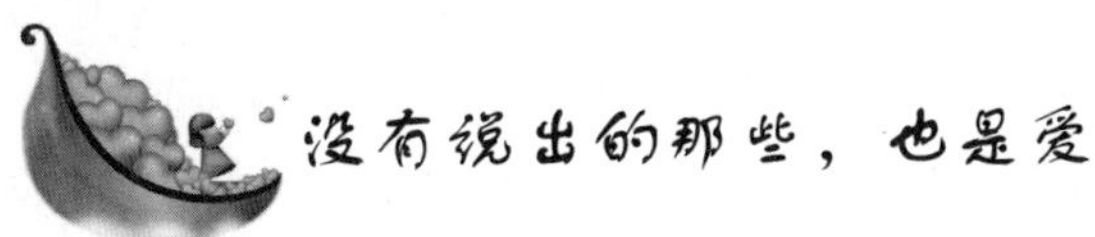

没有说出的那些，也是爱

他最近一段时间，单位里经常加班，几乎每天回家都很晚，进了屋门，他勉强地冲她笑笑，匆匆地吃上几口饭，便一脸憔悴地跟她打一个招呼，跑进屋里倒头便睡。

看到他睡得那香甜无比的样子，她疼惜地猜想他近来在忙什么，为什么不告诉她呢，等他醒来欲问时，见他火急火燎的样子，到嘴边的话又退了回去。心想：他的忙碌总是有他的道理的，他不愿意说，或许是怕她跟着牵肠挂肚，那她就索性不去打探了，但愿忙过这一段日子，他就能够轻松一些。

还是有了不解的心事，她这个全职太太，很想为他做一些力所能及的事情，帮他减轻一些负担。于是，为他做好了可口的饭菜，为他沏好了败火的冰糖菊花茶，满脸笑容地迎他进门。他还是带回一身的疲惫，应付似的吃一点儿东西，喝两口茶，跟她说一句："以后不用弄那么麻烦的饭菜，对付一口就行了。"

"那怎么可以？你工作那么辛苦，身体要吃不消的。"她疼爱地看着他。

"怎么？你都知道了？"他惊讶地看着她。

“我只知道你现在特别忙，你是为了这个家。”她明白一向木讷的他，更喜欢做，而不喜欢说。

他如释重负地对她点点头：“知道你懂，所以不跟你说了。”

他又匆匆地出门了。她却再也坐不住了，悄悄地跟了出去。令她惊愕的是，他没有去那间高档写字楼，而是又转了两次车，进了一个院墙破旧的小公司。此时，她才惊讶地得知，他已被那家大公司裁员了，现正奔走在两个小公司之间，同时做着两份工作。

霎时，她的眼泪簌簌地滚落下来，她明白了：他每天脚步匆匆，疲惫不堪，却从没告诉她事情的真相，他是想把所有的艰难都一个人扛起来，让她继续畅快地在网络上游荡，继续悠然地做他的全职太太，不让她因他的工作变故而产生任何担忧……

回家的路上，她便想好了，不再上网玩消磨时光的种菜偷菜、抢车位的游戏，也不去市场买那些很少派上用场的时尚物品，她不仅要学会精打细算地过日子，还要琢磨做一份在家里能干的工作。当然，她肯定不会向他说的，就像他不跟她说工作的事一样。

她仍是每天做好了营养晚餐，和往常一样笑盈盈地等他进屋，欢快地为他盛饭、端菜，好像没心没肺地哼着歌刷锅洗碗。他便有些石头落地的轻松，偶尔过来跟她闲聊几句，还说这段时间总是加班，冷落她了，很对不起，等开了奖金，给她买喜欢的礼物。

她心里暖暖的，却装作很兴奋的样子：“好啊！不过，得我自己来选，这回不一定选品牌的，而要选物美价廉的。”

他很惊讶：“我出手大方的老婆，怎么突然学会过日子了？”

“因为你工作那么辛苦，我再大手大脚，心里会不好受的。”她笑嘻嘻地在他胸前撒娇。

“也别太节省，我会赚钱给你买你喜欢的东西。”他的心情不错。

三个月后，他兴奋地向她宣布：“加班的日子结束了，我又换了一份工作，离家更进了，终于可以准时地回家来，可以好好地享受你的那些拿手的菜肴了，这段日子忙得连吃饭都没了胃口。”

“太好了！”她为他的苦尽甘来而高兴。

“今晚，我们去看电影吧，也陪你逛逛夜景。”他热情地提议道。

她和他欣然地换休闲装，挽着手走上霓虹灯闪烁的长街，清凉的夜风，撩得心里也爽爽的。

那部名叫《等你回家》的小成本的印度电影真不错，那两个不著名的演员，将一个温馨的家庭故事，演绎得让人心潮澎湃。影片尚未放完，她便感动得眼泪流得一塌糊涂，忍不住在他耳畔说："你就像那个沉默寡言的丈夫，就知道在外面傻干。"

他则满脸幸福地说："你就是那个贤良、能干的妻子，把家打理得怎么看着都温暖。"

刚走到影院门口，她突然被人喊住了，是一家文化公司的老总，他告诉她，她编写的那部书稿出版社也非常看好，这个月底便可出版。如果她愿意，还可以做下一个选题，稿酬也可以适当提高。

他惊诧地望着她："你什么时候开始编写书稿了？怎么没有跟我说过？"

她笑着："你离开了原来的那家公司，不也没跟我说过吗？"

"我是因为不想让你担心。"

"我也一样。"

两个人的手紧紧地握在了一起，两双眼睛里面盈满了幸福。没有说出的那些，也是爱，是藏在心底的暖暖的爱，只有倾心相爱的人，才更懂得。

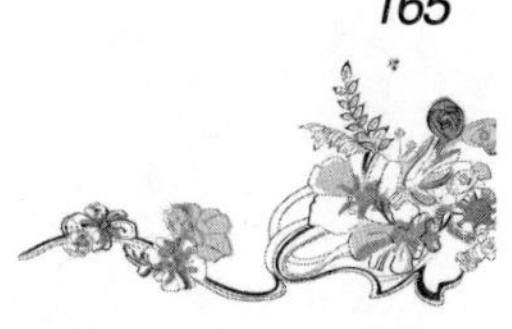

第八章　告诉我，怎么才可以不爱你？

你们的爱情在空气中传播着，我微笑着，对着你们的爱情点头。

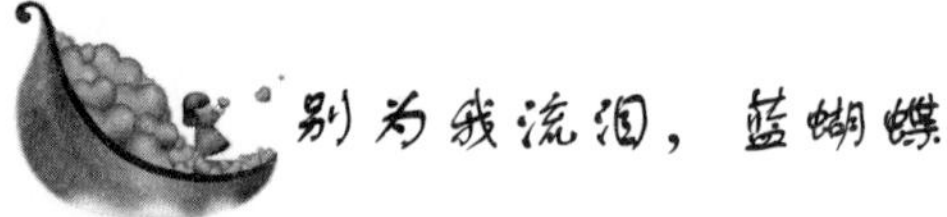

别为我流泪，蓝蝴蝶

你们的爱情在空气中传播着，我微笑着，对着你们的爱情点头。

我翻着你们的爱情历史，原来大家都是一样的。

爱情总是这样慢慢地来……

他和她同名同姓，就成了一个并不浪漫的开端。

开学的第一天，老师点名，他和她同时举手喊“到”，引来同学老师的一阵哄笑。她羞涩地低下头，却又很快向他愤怒地瞪了一眼。

同学们喜欢有意无意地把他们凑在一起，因为他们同桌了两年。那时并不觉得是什么美妙的缘分，她只希望快些毕业摆脱那种令人尴尬的气氛。不知他是不是也如此。

点点滴滴不记得了，想起来的只有几件事而已……

她酷爱蝴蝶，尤其是蓝蝴蝶，虽然她只在幼年时见过一次那种稀有的小精灵，但蓝蝴蝶的美却深深地烙在了她的心里。

活动课时间，男生们都出去玩球了，只有她和几个女生留在教室里聊天，聊着聊着就聊到了自己的梦想——女孩天生爱做梦，喜欢谈些飘缈不切实的东西。

轮到她时，她笑了笑，看着停在窗子上的白蝴蝶说：“如果哪一天有人愿意为我捉只蓝色的蝴蝶，我会以我的所有交换……”她微笑着再去看那只蝴蝶时，竟发现他站在那儿，白蝴蝶早已飞走了。

她的脸顿时红了，他却一脸平静地走到座位上，抱起桌下的篮球，甩了甩头上的汗，又大步跑了出去。幸好他没听见，她拍了拍自己的胸口，舒了口气。

她诧异自己竟很在意他心里的感受。

二年级上学期，她被选为图书馆管理员。

他常跑来看书，一次一大摞，都是些跟蝴蝶有关的书籍。

她纳闷：“你看这种别人不借的书，有什么意义吗？”他笑了笑，没有回答。

她皱了皱眉头，说："除非你回答我，不然不借！"

他抽出一大沓借书卡，摊给她看，她认真看了一下，并无奇特之处。只是每张都填着他的名字也是她的名字。

她又皱眉了。他终于开口说话："我正在研究蝴蝶，我要证明毛毛虫不能变成蝴蝶。"

她的眉皱得更厉害了，生硬地吐出一句："不借！"

他笑了，自己动手盖了章并作了登记，捧着书走到一旁，丢下恨恨不已的她独自生闷气。

许久，她抬头望去，他还站在窗户那里看书。那是一个阳光明媚的午后，本应该有浪漫的故事发生，可他和她却没有。

她第一次认真地看他。其实，他也算得上是一个俊朗的男孩，而且什么课余项目都能来一手，班上有许多女孩暗恋他。可她呢？他说对了，她只是一只毛毛虫而已，算不得什么优秀的女孩。

其实他也较为内向，不大会与人相处，所以几乎没什么朋友。

那年冬天很冷，她的母亲因病去世了，她请了一星期的假，在家里照顾因伤心过度而不能自理的父亲。

那天下了很大的雪，她正在做家务，听到有人敲门，她忙跑去开。没想到会是他。她惊讶地看着满面风雪的他问："有什么事吗？"

他从怀里掏出一本书，递给她说："请帮我还一下这本书！"她看了看书名《关于蝴蝶的捕捉和饲养》，便问道："你为什么不自己去还呢？"他低下头又迅速抬起头望着她说："我有不能讲的原因。"她不明白他的话，但她并没有追问下去。

他一眼看见她手臂上带着黑纱，便小心翼翼地问："家中出了什么事？"她愣了愣，低声说："母亲去世了。"她的眼眶又湿润了起来。他却吞吞吐吐地冒出一句："别哭，好吗？其实……你笑的时候很好看。"她一下子怔住了。

而他已经大步跑开了。

没想到这会是他们最后一次见面。

等她回到学校，才得知他随父母的调动转到外地去了。看着身边空荡荡的座位，她心里涌起一股失落感，像是有什么该珍惜的东西在她不经意时错过了。

几个女生向她抱怨他的不辞而别，她淡淡一笑。他只向她一个人告别了，那天托她还书的事已经是一种告别了。

不说明，是怕她伤心吗？

三年后她才得知他登山遇难的死讯。那是一位和他一起登山的同伴也恰好是她的朋友来探访她时告诉她的。听说他死时还唱着那首《蓝蝴蝶》。

她似乎还记得，以前每当她唱起这首她最爱的歌时，他总是捂着耳朵一声不响地走开。没想到，他会用这首歌作为他告别世界的绝唱……

她长长叹息了一声，合上了相册。

第二天，她不经意走到了以前她和他共同度过一段时光的那所中学。

景物依旧，而人已非。

走到曾经坐过的教室，他和她的桌子还在那儿并在一起，一切仿佛是昨天。

桌上刻了许多留名，也不知它送走了多少个学生。他和她的留名刻在一起，中间还刻了一个桃心，这是那些好事的同学帮她和他刻的。

同名同姓又同桌，怎么不会是一种缘分呢？

图书馆，几个女孩正在做她以前所做过的工作——整理书籍。她说了一下自己的来历，几个女孩竟齐声大叫："学姐，你好厉害，图书馆里跟蝴蝶有关的书，你全借过，一共有132本呢！"她笑了笑说出那些书的真正借者。几个女孩一阵窃笑，其中一个说："学姐，那男生是不是喜欢你呀，借着跟你同名同姓，在借书卡上拼命写你的名字，很浪漫呀！"她慌忙摇头否认。

另一个女孩突然从靠里排的书架抽出一本书，笑吟吟地走过来递给她："学姐，这也是一个证明哦！"她接过书，心再次急剧地跳了起来。这本书她熟悉，就是他们最后一次见面时他要她还的那本书。

她正要翻看，那个女孩制止了她，说："学姐，你带回家仔细看看吧！"

她回到家后细细翻看，直到最后一页。

最后一页贴着一个借书袋，里面放着一张借书卡。她小心翼翼地抽出来，随之掉下来一个塑料袋，袋里有一个蓝色的蝴蝶标本：是她梦寐以求的蓝蝴蝶！虽然已有几年了，但那蓝色仍是触目惊心。

她的眼睛湿润了。看看书卡上填着的是她和他的名字。翻过去，她有些不相信。背面是一幅钢笔素描画，满园的枝与叶，满园的蝶与梦，一个巧笑倩兮的少女。只有两个字：我爱。

“如果有人愿意为我捉只蓝色的蝴蝶，我会以我的所有交换……”

“其实……你笑的时候很好看。”

眼中久久浮着的那片水倾泻而出。

原来自己错过的，不仅仅是一只蓝色的蝴蝶……

她拜托那位曾和他一起登山的朋友带她去他出事的悬崖看看。

到了那儿，她惊诧地发现，有好多蓝蝴蝶翩翩飞舞在断崖边。

那位朋友告诉她：“断崖下开着一种叫山女怨的花，能发出一种吸引蝴蝶的香味，所以一到它开花的时节，就有好多蝴蝶飞来，当时他……”朋友的语调更加低沉，“山民背他上来时说他周围有好多蓝蝴蝶，赶也赶不走。”

她怔住了，他没有离开她，他化成了她喜爱的蓝蝴蝶……

她无法抑制自己的感情，她对着大山喊：“你好吗？”泪已决堤。

仿佛，她听到他在耳际轻唱她最爱的歌：夏日的恋情已远逝成烟，别为我流泪，蓝蝴蝶……

她看到有好多蓝蝴蝶围绕在她身畔，流着一行又一行的泪……

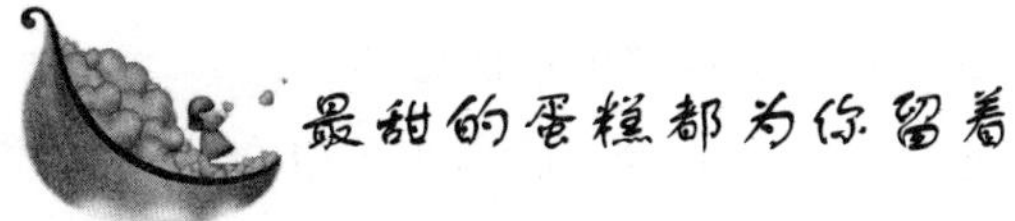

最甜的蛋糕都为你留着

爱情这个东西，很多人有过。爱情这杯毒药，很多人喝过。爱情是个天使，带给你们很多的快乐和幸福。

弗兰克到达庄园时正是黄昏，远远地就能看见盖娅姑妈家袅袅

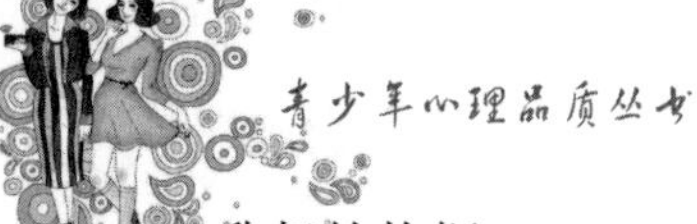

升起的炊烟。

晚餐非常丰盛，雪白的餐桌上，摆着西班牙辣味香肠、奶油煎饼、杏仁火鸡、巧克力面包。面对琳琅满目的食物，弗兰克等不及开饭就狼吞虎咽地吃起来。

“姑妈，克罗林太太的厨艺风格大有改观呢！我记得她以前做的东西辣味很重，现在清淡了许多，不过更可口了。”

“这些菜都是茜茜做的，”盖娅姑妈解释道，“克罗林太太扭伤了腰在家休息，她女儿茜茜临时来代替她工作呢。”

“茜茜?”弗兰克自言自语着。这时，一位系着围裙的姑娘端着一盘大蛋糕缓缓地走了过来，她的眼神恰好与弗兰克热情的眼神相遇，她慌忙闪开了。“这就是茜茜。”盖娅姑妈介绍道。

甜甜的蛋糕瞬间就占据了弗兰克的心。它的表面是一层淡淡的粉红色，气味十分香醇，甜甜的，酥酥的，一口咬下去，满口余香。

第二天，弗兰克来到厨房，他毫不掩饰对茜茜厨艺的赞美：“能告诉我昨晚的蛋糕是怎么做的吗？实在是太美妙了!”茜茜的脸瞬间变得通红，她不敢直视弗兰克，站在灶台前不停地忙活着打蛋和搅蛋，然后有点儿手足无措地背着食谱：“做这种蛋糕需要精制砂糖175 克，软质面粉 300 克，鸡蛋 15 个，杏子酱 150 克，鲜牛奶 1 大杯，自酿果仁白兰地 1 小杯，蜂蜜 2 勺，玉米淀粉 2 勺，麝香草 1 把，月桂叶 1 把，玫瑰花 10 枝……”

趁着茜茜低着头背食谱的机会，弗兰克好好地端详了她：她的脸色红润，一看就是那种呼吸着田野空气长大的姑娘；她的头发是栗色的长鬈发，自然地在头上挽了一个髻，十分清新；她的手因为劳动而变得粗糙，全然不是大学里那些女生的娇嫩小手，可在弗兰克眼里却是勤劳和淳朴的象征……

茜茜每天早上都会去花园里采摘鲜花，在餐桌上摆上装满玫瑰、薰衣草和小雏菊的花篮。通常，茜茜都可以在花园里“碰巧”遇上弗兰克。茜茜惊异地发现这个城里来的阔少爷居然对自然界的花草了如指掌。他知道薰衣草可以用来治愈伤疤，乳白色奶状液汁的蒲公英是有毒的，他还知道希腊神话中的自恋少年变成了水仙花……

热爱自然的本性让茜茜不再在弗兰克面前闪躲了，她开始喜欢和他说话。“茜茜，你将来打算做什么？总不能像你母亲一样当一辈子厨娘吧？”弗兰克问她。

茜茜快乐地编着花篮，说：“每个人都有自己的理想，就如同每一道美味佳肴都有自己独特的色、香、味一样。我的理想就是和厨房打交道。每当我看见平淡无奇的烹饪材料在我手中变成美味佳肴的时候，我快乐极了！你呢？”

弗兰克叹了口气说：“我想当一个诗人，可我的职业早已确定——做我父亲公司的总裁。瞧，它跟我的理想毫不相干。”

“我只知道，如果不让我待在厨房里，即使给我再多的钱我也会痛苦，”茜茜真诚地望着他，“你为什么没有勇气过自己想过的生活呢？”弗兰克的眼神暗淡下来，自从母亲去世，父亲另娶之后，他就再也没有体会过家庭生活的温暖，此时，只有金钱和地位才是他可以拥有的。

彼此接触中，茜茜对弗兰克产生了一种异样的情感。她没有说出来，只是更加用心地做蛋糕。

一个月后，因为父亲的公司业务发展，要求弗兰克回去出任公司的副总裁。临行前，弗兰克来到厨房里向茜茜表白：“茜茜，和我一起回家吧，未来的公司将是属于我的。”

茜茜背对着弗兰克，将一碗搅拌均匀的鸡蛋倒入面粉里。用力地搅拌着它们，一言不发。许久，才缓缓说道：“那不是你要的生活，也不是我要的生活。”

第二天清晨，当弗兰克坐在餐桌上的时候，一个大蛋糕已经放在了他的面前。弗兰克切了一块放入口中，他突然尝到了一股咸咸的味道，蛋糕依然松软可口，只是好像加了盐！盖娅姑妈也吃得皱起了眉头，她尖叫道：“茜茜这孩子是不是把盐当成糖啦？难道最后一天做事就应该马马虎虎吗？”

“最后一天？”弗兰克惊诧地问，“茜茜走了吗？”盖娅姑妈惋惜地说：“她昨天晚上走的，她说想去外面找工作。”“为什么突然要去找工作呢？”品着蛋糕那又咸又涩的滋味，弗兰克的心碎了。他想起了茜茜昨晚无动于衷的表情和冷冷的言语，原来她并不爱他！

日月如梭，转眼一年过去了。弗兰克疲惫地忙于交际应酬，然

而日益堆积的财富却不能安抚他渐渐空虚的心灵。

一个寒冷的冬夜，他回到家累得不想动弹，坐在房间的沙发上随意啃着冰冷的面包。他想起了茜茜做的香甜可口的蛋糕和那些被幸福包围的日子，泪水不知不觉流了下来。吃着吃着，一股似曾相识的咸味扑面而来，那是咸咸的泪水滴进面包里的味道！

弗兰克忽然明白了一切：茜茜临走时做的咸蛋糕，是她为他而流下的伤心的泪水啊！这个热爱自然的乡村女孩分明是爱着他的，却又不能习惯觥筹交错的生活和陪衬丈夫的花瓶角色，“那不是我要的生活”。是啊，她的出走别无选择。

公司的生活何尝是弗兰克要的生活呢？对商场的厌恶使他根本没有心思好好工作，他陷入了金钱的陷阱之中，无法自拔。茜茜是对的，只有坚持过自己想要的生活才会快乐。

第二天，弗兰克向公司提出了辞呈，开始一心一意地从事诗歌创作，同时，寻找茜茜也成了弗兰克生活中的一部分。

一年以后，一家报纸刊登出了一条“有奖征名”的消息：市内一家蛋糕店在开业两周年之际，特地为本店特色产品“咸蛋糕”向广大市民征求命名，店主克罗林小姐欢迎大家来店里免费品尝。这一消息不胫而走，成为人们津津乐道的话题。

茜茜坐在蛋糕店的柜台后，一封封地翻看着人们寄来的命名信。喜欢它玫瑰红颜色的人叫它“花瓣雨”；喜欢它浓浓芳香的人叫它“酒香美人”；还有爱好它独特田园风味的人叫它“风语者”；当然，也有好事者用调侃的语气叫它“打翻了盐罐子”……茜茜含笑顺手拿起了下面一个很厚的信封。

打开信纸，她看到了一个名字：“最后一滴眼泪”。“眼泪？”她的手开始颤抖，几乎拿不住信纸。两年过去了，从来都没有人猜中她心灵深处的秘密啊！

命名后面有一段话：“叫它‘最后一滴眼泪’吧，这种蛋糕之所以是咸的，是因为浸透了一个女孩伤心的眼泪。请允许我用我的一生来向她保证，这将是她流的最后一滴眼泪，因为现在的我已经过上了我想要的生活。”

信封里有厚厚一沓印成铅字的诗稿，那上面的名字茜茜再熟悉不过了——弗兰克·波曼。茜茜的泪水浸满了眼眶，正要擦拭时，一位男士的声音忽然传入耳边，“小姐，给我一个不含泪水的甜蛋糕，好吗？”

茜茜急忙转过身，睁大了双眼，霎时，茜茜的脸上像抹了一层明艳的奶油，绯红绯红的。她柔声说道：“最甜的蛋糕都为你留着呢！”

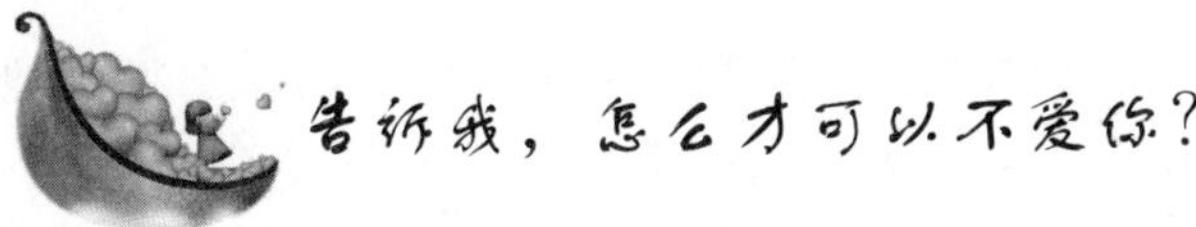

告诉我，怎么才可以不爱你？

每一段感情的开始是灵魂的重新燃烧，热烈和火红。每一段感情的结束，又是心灵的成长，痛苦却坚强。

当狐狸爱上了小王子，只有哀哀地看着，因为她不是小公主。那天，狐狸脖子上挂着一圈野生的姜花，在郊外散步的时候，花环迎风飘动，香气吸引了路过的小王子。视线相撞的一刹那，狐狸知道，她爱上了他。小王子看着火红的狐狸，暗暗地想：天哪，多美的长毛啊，要是用它来做一件裘皮大衣的话，那该多漂亮！于是王子问狐狸：“你愿意和我回宫吗？……殿下，我非常愿意。”狐狸的眼眸里流露出欢喜。

七月的皇宫，炎热异常，根本不需要什么裘皮大衣，小王子渐渐冷淡了跟他回来的狐狸。狐狸被思念吞噬着。是爱一个人难？还是不爱一个人难？心痛让狐狸明白，是不爱一个人更难。她找不到解决难题的方法，只有去找小王子。她恳切地说：“殿下，我可以为你做很多事情。”小王子想了想，安排了一些事情让狐狸做。没想到，小王子安排了十件工作，狐狸做错了九件，剩下的一件还忘了做。

她告诉小王子，她这么做，只是希望吸引他的注意。小王子听后气极了，想把狐狸赶走，可是看到她那一身火红的皮毛，小王子心软了，那是自己的裘皮大衣啊。狐狸跟在小王子的身边问东问西，仿佛什么都不懂，什么都想知道，但是，王子很少回答她的问题。

小王子日理万机，没时间答理这只多话的狐狸。他不知道，狐狸原来也并不是多嘴多舌的，她不再沉默，是怕沉默会带来遗忘。其实她也多虑了，小王子怎么会忘了自己的裘皮大衣呢？

夏去冬来，狐狸的长毛越来越漂亮了，远远看去，就像是一团正在燃烧的火焰。严寒已至，小王子还没来得及做裘皮大衣，就生病了，三天三夜高烧不退。国王王后守在病榻前，御医、侍女尽心侍奉，举国上下一片忧心。只有狐狸静静地蜷在小王子的身边，没有任何表示，仿佛根本不关心。

夜深人静。国王和王后回了寝宫，劳累的侍女疲倦地打着盹，小王子在榻上不断地发着抖，那么厚的锦缎被盖在身上，仍是冷。狐狸站了起来，轻轻地走到小王子身边，小心地把火红的长尾巴盖在他的身上，并用她的舌头反复舔着小王子发烫的额头。蒙蒙眬眬中，小王子感到寒冷的身体被一团火温柔地包围着。恍惚间，他仿佛看到床边伫立着一位穿着火红长衫的姑娘，姑娘清凉的手指散发着阵阵姜花的香气，在他发烫的额头上轻轻抚摸。花香随着夜风缓缓地飘进了小王子的心田。夜复一夜，那花香，那艳红，那抚摸，令小王子如痴如醉。小王子的身体渐渐康复，他却宁愿长病不醒。

七天后，小王子大病痊愈，举国上下一片欢腾。欣喜的国王在宫廷内大设晚宴，邀请王公贵族前来参加。小王子举杯走在来往的宾客当中，高贵而热情。“他将来一定是位英姿勃发的君主。”王公贵族纷纷议论。躲在角落里的狐狸，听着人们对他的赞美，开心地微笑。“你怎么不去吃东西？我吩咐厨房特别准备了你的美食。”小王子发现了角落里的狐狸。狐狸微笑，她无法开口向他祝贺，因为她的舌头早已舔得红肿发炎。她只是用额头去摩挲小王子，以表示自己看到小王子痊愈后无比的喜悦。小王子蹲下来，温柔地拍拍狐狸的额头：“谢谢。”他读懂了她的意思。

在今夜，小王子愿意对谁都温柔，因为他的心中有了爱。他爱上了病中伫立在他床前的姑娘。温暖的包围，火红的长衫，清凉的抚摸，阵阵的花香……至今历历在目，小王子坚信，那绝不是他病中的错觉，那位姑娘，必定是丘比特为他带来的梦中情人，是他一直在等的人，他的小王妃。

清风吹过，小王子嗅到了狐狸身上的花香。他看到了狐狸颈上的花环，惊喜地问："在哪里，在哪里可以找到这些花儿?"狐狸摇了摇头，她早忘了，仿佛与生俱来，她与花环早已成为一体了。小王子的神情变得黯然，他站起身，失望地离去。

有一段日子，小王子很难见到狐狸，偶尔看见，她也是疲惫不堪的样子。小王子想问她到底在忙些什么，可是一转身就忘了。一天，直到夕阳西下狐狸才跑回来，虽然满身的风尘，却是一脸难掩的兴奋："殿下，请跟我来。"说完，狐狸转身跑了出去，小王子牵过白马，跟上了狐狸。

大片大片的姜花在风中摇曳，远远地，小王子就闻到了这魂牵梦绕的香气，一加鞭，他到了花海前，跳下马，他激动地对狐狸说："谢谢你。"声音竟有一丝颤抖。虽然历尽了千辛万苦，可是看着小王子开心的样子，狐狸也十分开心，原来辛苦也可以是一种幸福。暮色渐渐地深了，小王子在花海中已经站了许久，但他没有等到梦中的姑娘，陪伴他的只有身后那只疲惫的狐狸。

几乎每天小王子都要来这片花海，狐狸总是安静地站在他身后。一日，终于有一位姑娘从花海中穿过，来到了王子面前。有着湖水一样眼瞳和金黄色卷发的姑娘，看着小王子的王冠，微微地屈膝："殿下。"姑娘的双颊绯红，眼眸流转着醉意，眼前这风度翩翩、英俊不凡的白马少年，已使她倾心。"今天，你怎么没穿你那件火红色的衣衫？谢谢你为我医病，我一直都记得你指间姜花的香气，记得你美丽的容颜，那湖水一样的眼瞳和金黄色的卷发……感谢天，让我等到你!"小王子欣喜若狂。

狐狸听到了小王子的话，终于明白了他寻找姜花的目的，她想冲上去对他喊："没有什么穿红色衣衫的姑娘，你看到的是我！是我！不是她!"她没有喊。因为狐狸知道，小王子不会明白真相。他即使明白了，也顶多笑笑，说一句："哦，原来误会了。"他还会一如既往地爱那个姑娘，因为无论姑娘做没做过那些事，都注定是他要等的人，是他那位有着金黄色卷发和湖水一样眼瞳的小王妃。她没有喊，还因为她知道，爱情不需要报恩，爱情亦没有礼尚往来，小王子不会因为她对他的好而爱她，把真相告诉他，只会让他感到

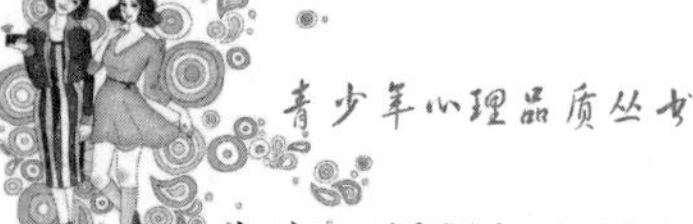

内疚。狐狸怎么忍心？

未来的王储即将举行婚礼，皇宫内外一片欢歌笑语，喜气洋洋。狐狸被带到殿前，正式参见未来的小王妃。要是有一件火红的裘皮大衣该有多好？小王妃的眼睛泄露了她的心意。小王子把一切看在了眼里，他知道该怎么做了。他从没有看见小王妃穿过火红的长衫，也许她从来没有什么火红的长衫，那只是他病中眼花罢了，但这有什么关系？没有火红的长衫，他可以为她做一件火红的裘皮大衣啊。那火红的颜色，像是燃烧的火焰，不正象征着他们火热的爱情吗？

他决定把曾经想做给自己的裘皮大衣做给他的小王妃，那将是他送给她的新婚礼物。“殿下，没有了毛皮，我就会死的啊！”狐狸听到小王子提出的要求，悲痛欲绝。她的眼泪在眼圈里转了又转，始终没有掉下，她把泪水吞进了心里。原来，爱和残忍可以同时在一个人身上出现。

小王子叹了口气，他并非冷血，可是为了心爱的人……何况，养牛是为了喝牛奶，养鸡是为了吃鸡蛋，养狐狸就是为了那件狐皮大衣啊。

想着狐狸即将失去生命，小王子也有些恻隐：“以前我从没有回答过你的问题，今天，我允许你问我一个问题，我一定会回答你。”屠夫的刀举在空中，随时准备落下。狐狸闭上了眼睛，哀哀地问：“告诉我，怎么才可以不爱你？”

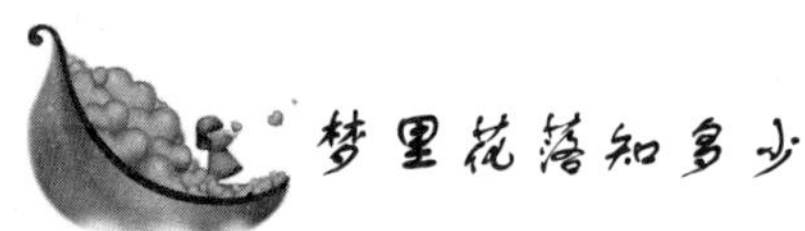

梦里花落知多少

一直在寻找着你们的另一半，哪怕他只出现在你的梦里，你也会在梦中微笑。寻寻觅觅，觅觅寻寻，众里寻他千百度，蓦然回首，那人却在灯火阑珊处。

女孩是个不漂亮的女孩子。

女孩是个内向的女孩子。

女孩很纯。

女孩梳着两条辫子，或是高高地吊起，或是静静地垂在胸前，总之，女孩梳着两条传统的辫子。

在认识男孩以前，女孩一直以为自己是乖极了的女孩。

男孩是个不帅气的男孩子。

男孩是个不外向的男孩子。

男孩很乖。

男孩顶着一个传统极了的学生头。

在认识女孩以前，男孩一直以为自己是乖极了的男孩。

男孩就住在女孩家对面的一幢楼房里，而且上学走同一条路。

每天早上，女孩6:55离家，步行十分钟坐到座位上。学校规定7:10之前到校，女孩是个绝对有时间观念的人，这可是全班同学一致公认的。

男孩同样是一个把时间掐得准极了的人。

下午1:30上课,女孩1:15出发,男孩亦如此。

男孩和女孩每天相遇四次，有时女孩走在前，有时男孩走在前。

男孩和女孩没讲过话。

从来没有。

女孩看得最多的是男孩的背影，女孩可以在看台上从人群中找出男孩的背影，熟悉极了。

男孩熟悉极了女孩的辫子，他有时还会偷偷留意女孩发梢的橡皮筋，紫色的或是蓝色的。男孩可以在人群中很快把女孩找出，因为女孩的辫子不多见。

这样的日子。

这样平淡如水的日子。

持续了两年。

男孩和女孩真正相遇了。

高三的第一天，女孩从四楼搬到了三楼，男孩从东教室搬到了西教室。

男孩和女孩在文科班相遇了。

男孩和女孩便坐到了一起。

纯属偶然。

男孩恭恭敬敬拿来数学题向女孩请教，这时的女孩是最认真的，规规矩矩写下每一个步骤。

女孩不肯背英语单词，男孩便认真地每天让女孩默写单词，默写得不好，便没收女孩的小说。

男孩和女孩相约一起回家了，事实上，是顺路。

男孩经常说些报纸上的新闻，女孩便总是安静地聆听。

女孩经常往化学班跑，便听了些有关化学老师的小道消息讲给男孩听，男孩通常都是咧着嘴大笑。

十分钟的路很短。

男孩就住在女孩对面的楼里，女孩的写字台正对着男孩的窗口。

每晚 11 点，女孩拉上紫色的窗帘熄灯睡觉时，总见对面的灯还在亮着，这样的灯光在那幢楼房里显得那样难得。

十二月，女孩把冻得通红的双手伸进男孩的大衣口袋里。

三月，女孩拉着男孩逃了一节无聊的政治课去看《红苹果》。

“原来爱情如此脆弱。”女孩背对着男孩。

五月，男孩拿过女孩的志愿表抄了一遍，女孩特地没填那所她极想进的著名高等学府。

“要切合实际，不能定位太高。”老师对男孩说。

男孩咬紧嘴唇愣是一个字没改。

六月，女孩生日的早晨，男孩在上学的路上送给女孩一个精美的玻璃瓶。瓶里装满了男孩为女孩折的五颜六色的幸运星。

七月，骄阳似火，男孩和女孩步入了考场。

男孩落榜了。

女孩取得了一个还算很好的成绩，家人便抱怨当初不该放弃那所著名的高等学府。

女孩咬紧嘴唇没说一句话。

八月，男孩领着女孩来到了篮球馆。

女孩安静地坐在那儿看着小小的男孩在练习投篮，球着地的声音响彻了整个体育馆。末了，女孩掏出纸巾轻抹着男孩大汗淋漓的脸又递上了一杯可乐。

九月，女孩去大学报到的时候，男孩到车站来送她，那天，天

气好得出奇，太阳热辣辣的。

“明天，我去高复班报到。”男孩说。

女孩的眼泪终究是流了下来。

男孩和女孩没再联系。

圣诞节，女孩给男孩寄了张卡：

记得当时年纪小，
你爱谈天，
我爱笑。
有一回并肩坐在桃树下，
风在林梢鸟儿在叫，
我们不知怎样睡着了，
梦里花落知多少。

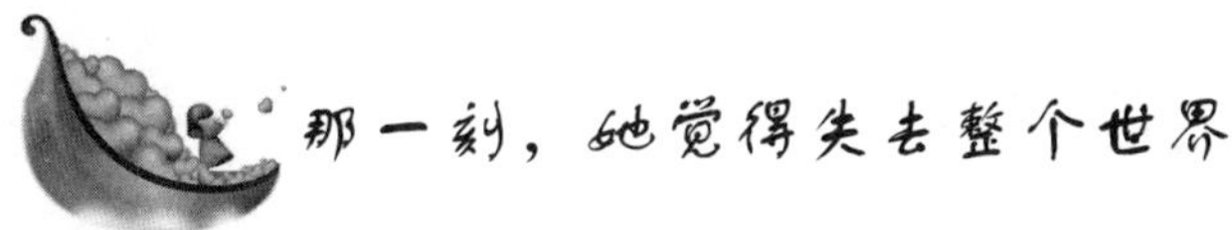

那一刻，她觉得失去整个世界

相信美好的童话故事，她是属于你的，相信美好的传说，她是真实的。这些，即使不曾拥有，至少我们曾经天真过。

她是城市的白领，他是城市的扛包工人。

高中毕业后，两个人划着完全不同的青春轨迹。可是，他们依然保持着恋人的关系，仅仅是保持着。

白天，她在公司里喝正宗的雀巢咖啡；下班后，她吃他买来的廉价冰棍；中午，她品味着公司里精致的饭菜；晚上，他带她去脏兮兮的饭馆吃并不正宗的兰州拉面。

她认为，自己的生活太不协调。这样的恋情，从开始的那一天，便仿佛注定了某一种结局。

他每天去接她，然后送她到她居住的白领公寓的电梯口，道一声晚安，匆匆离去。

那天她突然想撒娇，她说，“背我上去吧。”他看了看电梯，电梯运转良好，然后他回头，说“好”。他没问理由。

他背着她，从一楼开始，慢慢向上爬。

爬到一半他累了，他说："休息一下好不好?"她突然来了兴致，娇嗔着不答应。

他就真的没有休息，一直爬到她的寓所所在的13层。

她问他累不累，他说："累，比扛包累。"她知道他说的是真的，她有了一丝感动。

但他们还是分手了。因为有时候，仅有感动，并不能够将爱情维持。

城市里并不缺少一个扛包工人，所以他回到乡下。他偶尔会给她打来电话，告诉她：他现在种着大棚，挣了一些钱。她听着，淡淡的。那时她已经有了新的男友，门当户对的那种。

然后某一天，他又一次打来电话，说他攒够了五千元钱，这些钱，可以在乡下娶老婆了。她发现，突然间，自己的眼角，竟然有些湿润。

她新交的男友也是每天接她下班，送她至电梯，很绅士地道一声晚安，然后离去。

某一天，她说背我上去吧。男友答应了。那时电梯停在一楼，男友背起她，飞快地冲进电梯。她伏在男友的背上，与电梯一起爬升，心却在飞快地下沉。男友嘿嘿笑着，好像对自己这个带着幽默的小伎俩很是满意。

那一天，她没有接受男友照例的吻别。

她给他打电话，她问他那五千块钱花出去了没有，然后她便发现自己泪流满面。他说花出去了。她扔掉了电话，那一刻，她觉得自己正在失去整个世界。

几天后她在电梯门口看到他，他的手里拿着一枚戒指，很高档。他把戒指扬了扬，说，"五千块。"她乐了。然后她开始哭泣，哭得一塌糊涂。

她说背我上去?他说"好"，然后他背着她，一步步爬着楼梯。途中他累了，他就沉默着，一直爬到了13层。

这时她想，如果一个男人，肯背着一个女人爬最漫长的楼梯，甚至可以不问理由，那么，这个女人，还有什么理由拒绝他呢?

我们下辈子还要在一起

相信爱情是永远的，是一辈子的，但是不要轻易许下你的诺言，因为他是沉重的。我们活在美好的幻想和现实的世界，我们是如此的矛盾，我们在希望和失望中循环着……爱情还是来了。

晨曦下，一个很小但却装扮得很有情趣的鲜花店。

花朵中，一张被黄的花、粉的花、白的花……映衬得可爱的脸。

这真是一张讨人喜欢的脸。弯弯的眉毛，不大却始终微笑的眼睛，微微翘起的鼻子，嘴角间流露着天使的灵韵，棕黄色的卷发又为她带来一点透着可爱的妩媚。总之，这真是一张讨人喜欢的脸。

每天早晨的第一件事就是打开那扇圆形的窗，她要让这些沁心的香甜带给每一个过路人。然后在阳光亲吻下嗅着一朵朵绽开的花儿，那是她的最爱。

花店里的她有一个谁都不曾诉说的秘密，早晨只要不看见那位送花的少年，一整天都无精打采。而只要瞥见黄色单车上的那个熟悉的身影，心跳就会加速，面颊上总会泛起圈圈的红晕，随着越来越清晰的脚步声，红晕也有节奏地扩大，就像往平静的湖里投了一粒石子一样，直至变得滚烫。她那双微笑的双眼也变得羞涩起来，极不自然地与他打个招呼。当然，只是一瞬，连五秒钟都不曾超过。

因为，那不只是一双清澈的眼睛，还有着比磁铁大很多倍的引力，她怕被吸走。但她梦里已经无数次的与他近些再近些……

他很特别，他或许称不上“帅”，但是阳光、健康，充满活力和间歇的沉默，恰到好处的微笑，早已俘获了女孩的心。

他在一家大型鲜花公司做工，他的任务就是往各小花店送花，他是多么的爱他的工作啊。不仅有娇嫩欲滴的鲜花为伴，还有每天早晨拂面而来的清爽的风，掺杂着花香的气息和缓缓上升的太阳，还有一个美丽、纯洁、不谙世事的花儿一般的女孩。

他每天早晨都要往她的花店送花，这是他多么渴望且喜欢的事

情呦。他真的喜欢上了她。不！更准确的说是爱上她了。这种感觉只有他自己明白。但又能怎样呢？他不会在她的店里多待一分钟，甚至不会多看一眼那双饱含着微笑的多情的眼睛。他只能这样做，因为他不会说话，他是一个哑巴，所有的不幸缘于三岁时的那场重感冒。

但这又怎能阻止她对他火一般的爱恋呢？恰恰相反，一种母爱般的怜爱又总是周而复始地流淌在她的心间。“他需要爱，需要照顾，需要用心去呵护。”

这是他们认识的第三个月，熟悉的人、熟悉的场景、熟悉的眼神、熟悉的花儿。在与往常相似的背景下，上演了一场真实的话剧。女孩向男孩走近了一步，把一张粉红的心形卡片递给他，红色的小花巧妙地固定在上面，组成“我爱你”三个字，还散发着玫瑰的清香。

男孩的嘴角动了一下，随即用笔在反面写下：“我不能毁你一辈子”八个字。转身，飞一般地跑了去。单车上的他忘却了一切，任风吹干泪水……

第二天，他来到她的花店门口，如往常一样。店关着门，三个月来第一次关门。他诧异了，慌忙向她的左邻右舍比划着，打听她的情况，最终他得到了证实，女孩生病了，就住在附近一家医院里。

他拿起车筐里最漂亮的那束玫瑰花，奔向医院，奔到了他心爱的人面前。医生说女孩由于高烧过度，语言功能丧失，再也不能说话了。

女孩看上去很虚弱，但看到他，微笑的眼睛里透露着惊讶和欣喜。很吃力地招呼着他坐下，从枕下拿出一张纸来：以后的日子让我们携手走过，好吗？我爱你。

男孩抱起了女孩，就如抱着他一生的幸福。

婚后他们如童话里的公主和王子般幸福。男孩辞去了原来的工作，和女孩一起打理着属于他们的花店。良好的口碑吸引了越来越多的客人，几十家连锁店也为他们带来了不菲的收入。事业虽然耗费彼此很大精力，但他们的感情依然如初恋般真诚与热烈。结婚三周年，他们痛痛快快玩了一天，并且约定晚上交换礼物，这是他们结婚时定下的誓言。

空荡的客厅飘着淡淡的饭香。女孩无比幸福的脸上挂了些许不安。男孩出去了许久，还没有回来。只要他一回来，女孩就会像往常一样飞到他身边，挽住他的脖子，送给他一个轻轻的吻，并且送给他一个最好的礼物。她会小声地告诉他，他就要当爸爸了。一想到这，她的脸上就会掠过一丝微笑，甜甜的，从眼睛、嘴角传递到周身。

可是为什么他还不回来呢？他说拿上礼物马上回来，让她等他。这么长时间过去了，仍然没有响起那熟悉的脚步声。她焦急了，时间一分一分过去，她的担心一点一点增加。在夺门而出的一刹那，电话铃响了，她差点晕倒在地上。天降噩耗，她最亲爱的他出车祸了，就在他们花店门口。

他遍身血迹。无数滴的血喷洒在玫瑰花上。花儿并不是整齐的一束，而是巧妙地扎成一个“心”形图案；中间黄色的玫瑰有些变形，但依稀可见大大的“爱”字，在红色玫瑰簇拥下更加显眼。他受到强烈的撞击，但仍然紧紧地抱着99朵花儿。

她哭得跟泪人一样，她抱着他的身体，一如原先他抱着她一样。

“我们下辈子还要在一起。”

一句话，全场人都惊讶了，包括她的爸爸妈妈。

原来，她瞒了所有人。原来，她可以说话。原来，她根本就没有哑。

三年来，一个正常人一句话都没有讲。

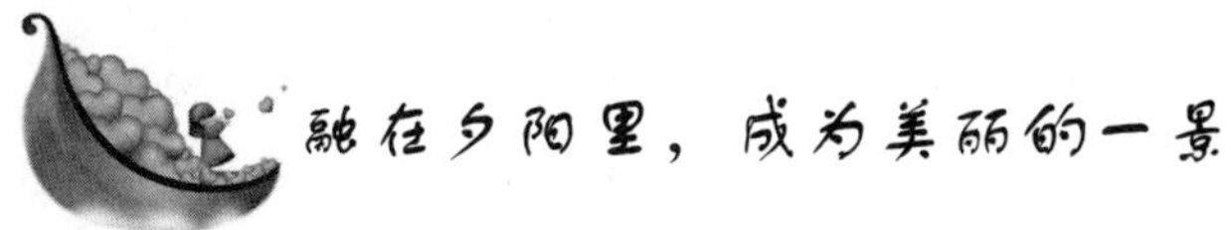

融在夕阳里，成为美丽的一景

没有太多的轰轰烈烈惊天动地，有的是像流水一样绵延不断的感觉；没有太多的海誓山盟花前月下，有的是相对无言眼波如流的默契……这该是一种“执子之手，与子偕老”的感觉吧，在陌生的人群中，在迷失和彷徨间，你却始终安详而从容——因为你知道，

冥冥之中，自有一双属于你的双手，它们紧紧地握住你，陪你走过所有的阴天和所有的艳阳天，直到一生一世。

这是发生在美国洛杉矶的一个真实的故事。

一天，两位老人离开旅游团，相携着到山崖上看夕阳。夕阳无限好，橘红的霞光点燃了西天的云絮，犹如一场缤纷而下的太阳雨溅落在山石草木上，跳动着灿烂无比的光芒。

两位老人站在崖边，如醉如痴地欣赏着美景。

突然，她感到有一个东西往下坠落。

她下意识里伸手一拽，拽住的正是她失足的丈夫。

她拽住他的衣领，拼命往上提拉，但无论怎么努力，都无济于事。他悬在山崖上也不敢随意动弹，否则两人都会同时摔落谷底，粉身碎骨。

她拽着他实在有些支撑不住了。她的手麻木了，胳膊又肿又胀，仿佛随时都会和身子断裂。

她知道她瘦弱的胳膊禁受不住他太沉的身子。她只能用牙齿死死咬住他的衣领，坚持到最后一刻。

她期望有人突然出现使他们绝处逢生！

他悬空在山崖上，等于把生命之符钉在鬼门关上。在这日薄西山的傍晚，有谁还会来到山崖上注意到他们这一幕呢？他说："放下我吧，亲爱的……"

她紧紧咬住牙关无法开口，只能用眼神示意他不要吱声。

一分钟过去了。

两分钟过去了。

十分钟过去了。

冥冥中，他感到有热热黏黏的液体滴落在他的脸上。他敏感地意识到血是从她的嘴巴里流出来的，似乎还带着一种咸咸的腥腥的味道。他又一次央求她道：

"亲爱的，放下我吧！有你这片心意就足够了，面对死亡，我不会埋怨你的……"

一小时过去了。

两小时过去了。

他感到有大颗大颗热热黏黏的液体，吧嗒吧嗒滴落在他的脸上。

他知道她的七窍在出血。他肝肠寸断却又无可奈何。他知道她在用一颗坚毅的心，和死神对峙、对抗、争夺。他幡然感悟到生命的分量此时此刻显得无比沉重。

死神正像鹰鹫一样拍打着玄色的翅膀，向他长唳而来，俯冲、袭击，一不小心，生命就会被包埋在蚕茧里终止了。

不知过了多长时间，旅游团的人们举着火炬找到山崖上救下了他们。

她在洛杉矶的一家医院里住了好长时间。

那件事发生后，她的牙齿整个都脱落了，人再没有站起来过。

他每天用轮椅推着她，走在街上，去看夕阳。

他说："当初你干吗拼命救下我这个糟老头子呢？亲爱的，你看你的牙齿……"

她喃喃道："亲爱的，我知道我当时一松口，那么失去的就是一生的幸福……"

他推着她向夕阳走去。

人们都看着他俩融在夕阳里成为美丽的一景。

第九章　世间万物，皆有真爱

如果没有爱，土地将寸草不生。

——米什莱

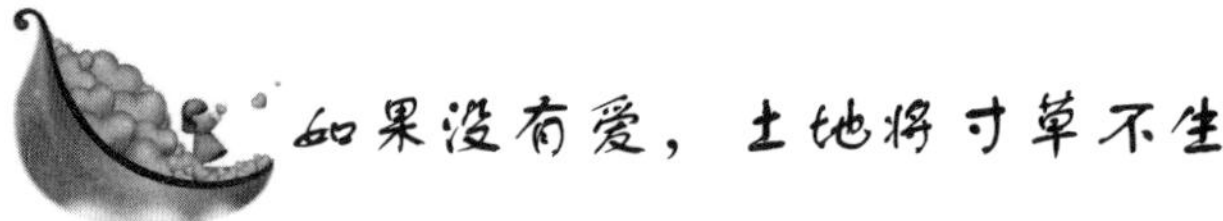

如果没有爱，土地将寸草不生

如果没有爱，土地将寸草不生。

——米什莱

咪卡两岁多一点的时候，我带她回天门乡下去。那时正是她最喜欢走路最喜欢说话的年纪，看见一棵草要问是什么？叫什么名字？看见一块泥巴也要问是什么？叫什么名字？看见一洼水要踮起脚去踩一踩，看见一摊狗屎牛粪恨不得也要踮起脚去踩一踩。

那天我们下车的时候，已是黄昏，太阳虽然还没落土，但田野上觅食的鸟已开始归巢了。下了公路还要走两三里的土路才能到家，所以，我牵起咪卡的手就催她快点走。但咪卡走到路边就不走了。她高高地抬起右脚，歪着身子，一只手指着路边的草，睁大眼睛问我："这是什么呀？踩不踩得呀？"

我说："那是草。"

她说："草怎么长在路上呵？"

我说："乡下的草哪里都长。"

她说："我踩得呀？我踩得呀？"

她以征询的口气连问了几句但脚还是没放下去，我就说："你踩吧，只踩一下。"

她赶紧接过我的话说："我只踩一下下，我只踩一下下。"说完才把脚轻轻地慢慢地放了下去，好像生怕踩疼了它们似的。

现在跟咪卡说起这件事，她已经完全不记得了。还有许多其它的事，她也不记得了。她不记得是很正常的，但有许多事我也不记得了。我很后悔没把那些事及时记下，我曾经有过一个那样的笔记本，但不知弄到哪里去了。

而那些可爱的事，虽然小，却都是生命里的奇迹，纯真，晶莹，清澈，散发着初始的新鲜气息，是在任何时候都能使我们喜悦的花朵和草叶，是我们亲亲的小虫虫，是正在进行的爱。每个孩子在成长的路上都创造过这样的奇迹和这样的爱。但父母们在年轻的时候，却往往看不到这一点。

咪卡非常喜欢听我讲她小时候的事。她总是乞求地说，“再讲一个，再讲一个嘛。”但我记得就只有那几件，所以每件事都是一版再版。但她仍然兴致盎然，听了还要听，像吃肯德基麦当劳一样，总不厌倦。

终于踩了一下下后，咪卡抬起脚谨慎地看了看她的脚底，又研究性地看了看被她踩过一下下的那几根草，然后才放心地跟我上路。

已经是傍晚了，路两边的田野被大片大片的晚霞映照着，闪耀着淡淡的金红色的光。这是咪卡最早看到的田野的颜色。也许这就是咪卡梦中的田野经常金光闪闪的缘故吧。

这个在11年后自认为也是田野的女儿的小女孩，一路走一路喊叫——不喊叫不足以表达她满腔的惊喜和那一连串的重大发现。呵，鸟鸟。呵，牛牛。呵，马马。——啊，这么大这么大的动物园呵。

田野就是一个这么大这么大的动物园，整个乡村就是一个无限大无限大的动物园。不只是一个动物园，还是一个植物园呢，还是一个大花园呢。当咪卡欣喜地伸出小手去抚摸一朵初开的淡黄色的瑞香花，和一头初生的雪白的小猪猪时，这种感觉就像天边的云霞一样鲜明了。

小猪猪睁起晶亮的小眼睛看她，看一会儿然后突然跑开。过一会儿竟然来了一群小猪猪，显然是那一只去报的信呢。它们站在橙黄的阳光里，好奇地打量这个陌生的小女孩，你挤我一下，我挤你一下，白白的，像一片片长了脚的雪，使人忍不住要喜欢它们。

我想起我小时候亲眼看到的一个情形。一个武汉女知青，领养了生产队的一只小猪，她担心小猪夜里冷，就把自己的花被子拿给小猪盖。这件事当时被人们当做笑话讲，但我却很感动。我不认为她是傻。一个女孩子有那样善良怜悯的心，温柔的心，是很美的，是很难得的。她那时大概十四五岁吧，跟现在的咪卡年纪差不多，是一个初中毕业生。

还有小老鼠。一只小老鼠从墙角跑出来，睁着滴溜溜的眼睛端详咪卡，咪卡一伸脚，它就跑了。它不认得这个小女孩。但过不了几天，它就认得她了。

还有鸡。一只大公鸡把一只母鸡踢了一脚，母鸡就跑过去把一只小鸡踢了一脚。小鸡不知道踢谁，就去过门槛。但门槛太高，小鸡过不去，咪卡就把它拿过去。咪卡天天坐在门槛上做这件事，使人忍不住心生怜悯。

还有牛。当咪卡摸它粗糙的背脊时，它看着咪卡，眼神是柔和而忧郁的。当咪卡坐到它的宽背上并用小手拍打它时，它只是深深地叹了一口气，仿佛是怜惜。在我年少的时候，我经常牵牛喝水、牵牛吃草，在清风细雨中与牛牛一起度过了许多漫长的寂寞时光。一只老牛在田里劳作，一只小牛在禾场上喊“母啊”，这种场景深深地印在我的心里。我告诉咪卡，牛牛终生劳苦，却从不抱怨。牛牛是最值得我们尊敬的兄弟。她未必懂，但她如果因此而喜欢它们，这就够了。

还有那朵淡黄的瑞香花。它虽然不会跑，但它在风中使劲地摆动细小的身子，开得更欢快更艳丽了——很显然，这只小手轻柔的抚摸，使它感到了来自人类的爱。

这就是咪卡当时的乡下生活。这种生活不仅在某些方面丰富了她自己的人生——虽然她不记得了，也相应地丰富了那些动物和植物的生命。对于小猪、小鸡、小老鼠和那朵淡黄色的小花来说，咪卡就像它们的一个小姐姐。她抚摸它们，和它们说话，她从中得到的快乐比在家里看电视得到的多多了。而它们更从她的抚摸和话语里，得到了温暖和安慰。在这种爱里，油菜开花了，麦子抽穗了，田野变得更青翠更鲜艳了。

毫无疑问，田野有一个女性的心灵。她喜欢把万物都看成她的孩子，把一根草一朵花看成她的孩子，把在草丛里走来走去的动物虫子看成她的孩子，甚至于把在土地上辛苦劳作的人也看成是她的孩子。这是一颗令人感动的伟大的心灵，也是一颗对众生怀着无限怜悯的心灵。我愿意住在这颗心灵里，安静得像一根青草，清澈得像一滴露水。纯净、光明、晶莹、清澈，安静、朴素、仁爱、宽阔，我喜欢这样的词汇，也喜欢这样的生命、世界、人生。我想住在这里，只接受她的滋养，就像小时候坐在母亲的膝上。如果我的心灵能够扩展得足够宽阔，就像田野，那么，我愿意接纳所有的生命进来，并爱他们。

在后来的好些年里，田野在咪卡看来，仍然是一个类似于动物园的好玩的地方，甚至是一个比动物园更好玩的地方。那些沉默的生命，仿佛保持着某种上天的奥秘，吸引着这个小女孩出行的脚步。所以，咪卡跟别的城里出生的孩子不一样，她一直都喜欢到乡下去，她从来不觉得那里很穷很脏，生活很不方便——也许她也觉得那里很穷很脏，但她还是喜欢那里。每次，只要一上台坡，或一跨门槛，她就不见了。最浪漫最具探险性的一次也许是，她跟她的表姐妹们一起去密密麻麻的竹林里挖一个狗獾子洞，结果挖到了一条蟒蛇。幸亏那是一条冬眠的蟒蛇，她们把它丢在那里就大喊大叫地跑掉了。

但那一天的咪卡还不行，那一天的咪卡才两岁，还不会像后来那样一撒手就不见人影，那一天我一直牵着她的手。虽然是我牵着她的手，但真正带领她往前走的却是那些田野上的事物——是那些使她惊喜万分的牛牛和马马，是那些在田野上飞来飞去的鸟，是那些长在路边迎风开放的草叶，以及弥漫在天际的万道霞光——傍晚的落霞有着惊人的说不出的美丽。

人在这样的田野上，不知不觉就相爱了，就更相爱了。因为举目一望，万物都在相爱。

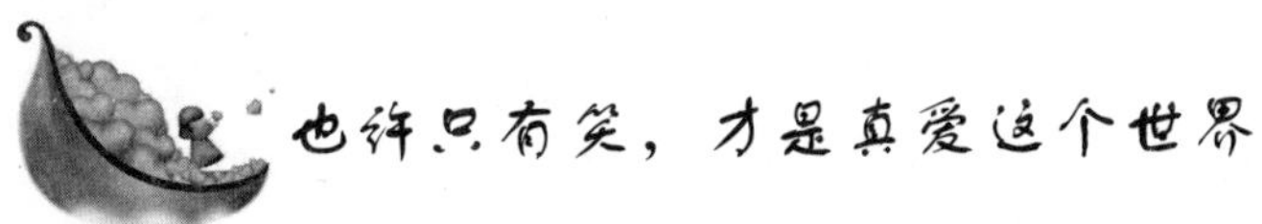

也许只有笑，才是真爱这个世界

11 月 19 日，是咪卡的生日。咪卡很早就跟我商量，星期六这天，她可不可以租用我们家一天，开一个生日 party。在这一天里，这个家只有她这一个主人。我和她父亲都要回避。

这当然没有问题。有问题的是我们，我们去哪儿晃这一整天呢?

所以，到了星期六早晨，我们并没有按点出门，我们先是在卧室里磨磨蹭蹭，然后又在餐厅里磨磨蹭蹭。结果，我们还没走，门铃就叮咚叮咚地响了。

我跑去开门——钥匙在我手上，竟然意外地看到了一片笑脸，一片灿烂的笑脸。四个女生，五个男生。大概因为那个撇开了大人独立地自由地使用一个家的愿望就要实现了，他们和她们明媚地饱满地笑着，像一片盛开的油菜花，把暗淡的楼道都照亮了。

当然，我也看出来了，当他们和她们在门开的刹那看到的是我而不是咪卡时，是有一些失望的。不过我们都是知趣的大人，才不会杵在这儿讨人嫌呢。于是，我们赶紧走人。木门刚一带上，还没来得及关铁门呢，里面就爆发出一片笑声，是那种终于解放的笑声，哗啦哗啦的，像暴雨突然打在密集的林子里。

他们和她们开始笑了，我们却不知怎么办了。突然空出这么一整天，我们都有点手足无措，像一个穷人忽然拿到了一笔巨款似的。丈夫开着车在院子里转来转去，不停地问，去哪儿去哪儿？不知道去哪儿，那就去东湖看水吧。

东湖的水是很好看，尤其是这秋天的水。树也很好看，鸟也很好看，太阳的光也很好看，还有人也很好看。但我没心情看，晃了第一圈后，我就给咪卡打了个电话。电话一接通，就听到他们和她们在笑，笑声像涨潮的水一样涌到听筒里。咪卡也在笑。我就问，你们在做什么？笑得像涨潮一样。咪卡说，也没做什么。我说那你们在笑什么呢？咪卡说，一定要有什么才能笑啊？老妈呀，想笑就笑嘛，还要什么理由？

中午，我们在湖边的小酒店里吃了午饭，然后把车开到一棵梧桐树下休息。我们把车门关紧，把天窗打开三分之一。这样既安全，又能呼吸到带着枯草和黄叶香味的新鲜空气，还可以看看蓝天。丈夫很快就睡着了，但我睡不着，我脑子里全是那些潮水般的笑声。这群小“造反派”，光顾着玩乐，不知会把我的家弄成什么样子呢。于是我又给家里打了个电话。这是第四个电话，没人接。我想他们这会儿大概终于笑饿了，下楼吃饭去了。

到傍晚，夕阳也看过了，晚风拂水的声音也听过了，估计他们差不多该散了，我们才返回。在楼下碰到“食屋”的老板娘，她说，那群孩子，中午一餐根本没吃，光顾着说笑去了，晚上这一餐，个个像饿狼赶来了似的。说着，就笑了。我也笑了，说，小孩嘛，就是这个样子的，玩乐比吃重要。

晚上我问咪卡，我说，今天该自由吧？没人管，该笑够了吧？玩够了吧？但咪卡说，笑还会有个够吗？玩有个够还说得过去。笑哪里会有个够呢？

我想起咪卡小时候，几个月大的时候，一点点声响一点点变化都会使她笑。树上的叶子被风吹得呼啦啦地转，她抬起头正好看见了，她会笑。一张纸被撕成了两半，她听到了那嘶地一响，她也会笑。甚至，你把巴掌使劲一拍，喊一声咪卡，她也会咧开嘴，咯咯咯地笑好半天。

笑是一个孩子最初带给母亲的最大幸福和安慰。因为笑，我们确信这个孩子是一个健康的聪明的孩子。我们说，看啦，她会笑了。看啦，她在跟你笑呢。看啦，你把她逗笑了，她喜欢你呢。当我们惊喜万分地说这些话的时候，我们实际上已经把笑当成了温暖和安慰的保证，爱的保证，甚至当成了我们的幸福使者。好像只要还能笑，我们就不怕没有爱，更不怕没有幸福。

事实也是这样，只要你还会笑，你就还有爱人的能力。当你对一个人真诚地微笑时，实际上，你就对这个人表达了一些爱。

其实，我们小时候都是那样，笑是我们最寻常的表情，也是我们最初的表达，还是我们最早的社交——凭着笑，我们赢得了大人的喜爱和疼爱。但当我们长大成熟时，却不那么容易笑了，也不太会笑了。即便笑，也不再那么纯洁，那么灿烂，那么真诚而清澈了，也不再那么自然地自发地出自心灵了。成长使我们丢失了生命里的宝石。

有一个故事这样讲：一天早上，太阳还没出来，一个渔夫就来到了河边。他感觉到有什么东西在他脚下，于是他弯腰去找，结果找到了一小袋石头。他把渔网放在一旁，把袋子拿在手里，然后他坐下来等待日出。为了消磨时光，他从袋子里拿出一颗石头丢进水里，听见石头入水的脆响，他又拿出一颗丢进水里。到后来，他也忘了自己究竟丢了多少颗石头。慢慢地，太阳出来了，大地一片光明。那时候，渔夫手里只剩下最后一颗石头了。当他借着晨光看他手上的东西时，他的心跳几乎停止。原来那是一颗宝石。

我们的人生也是这样，在很多时候，太阳尚未出来，我们就把生命的宝石浪费光了。在争吵、怨恨、虚荣、嫉妒、谎言、仇恨的黑暗中，我们丢掉了生命的清澈、宁静、喜悦、恩慈、温柔和宽容，我们丢掉了笑。真诚的发自内心的笑，从某种意义上说，就是我们人生的宝石，是我们的幸福使者，但我们往往在生命的太阳尚未升起之前，就丢掉了它。

在这个世界上，只有人是唯一会笑的动物。至少我们有限的眼光看到的是这样。你见过一只鸟儿笑吗？我相信你只见过它飞；你见过一只蜗牛笑吗？我相信你只见过它爬。那么植物呢？你见过一棵鸭掌木笑吗？我相信你只见过它长叶；你见过一株茉莉笑吗？我相信你只见过它开花。笑是人类独具的禀赋，来自造物主的特别恩赐。如果这个世界不能够成为一个笑声朗朗笑容如花的世界，那么，我们就真的太辜负造物主创造的苦心和深意了。

也有人深刻地洞见了这一点，所以一辈子什么也不做，只做一件事，那就是笑。这个人就是日本著名的布袋和尚。从成道的那天开始，布袋就开始笑。在以后几乎45年的生涯里，布袋除了不停地笑什么也不做，甚至睡觉时也在笑。笑成了布袋的信条和经典。据说布袋的肩上总是背着一个布袋，里面装满糖果、甜点和其他零食玩具，长年累月地走村串巷，从一个地方笑到另一个地方，把袋子里的东西分给那些围绕在他身边的“小孩”。凡被他的笑滋养过的“小孩”，眼睛更明亮，思维更清晰，内心更愉悦。

有时候这些小孩是真的小孩，但有时候不是。他们是一些大人，甚至是一些老人。有一回释迦摩尼问一个老和尚：你有多大。老和尚说：我有5岁。释迦摩尼说：你怎么只有5岁？你看起来有70多岁呀？但老和尚仍然说：不，我只有5岁。

其实，一个人的年纪不管有多大，他的里面都活着一个小孩。只有在你把你里面的那个小孩活出来的时候，你才会有真正的笑。当你发自内心地笑过，面对生命的苦难，你才会有发自内心的哭泣。也许这就是布袋要成为笑佛的理由，也是那么多的人喜欢笑佛的理由。

世界美如斯，也许只有笑，才是对世界之美的唯一报答，和唯一感激，才是真爱这个世界。

咪卡和她的同学们以恣意的欢笑庆祝了她的生日，他们选择了这种意味深长的方式来报答和感激生命。虽然他们是无意识的，但我却被震撼：我有多久没有像他们和她们那样笑过了？甚至，我曾经那样恣意地清澈地笑过吗？哪怕一次？有生以来，我第一次这样问自己。

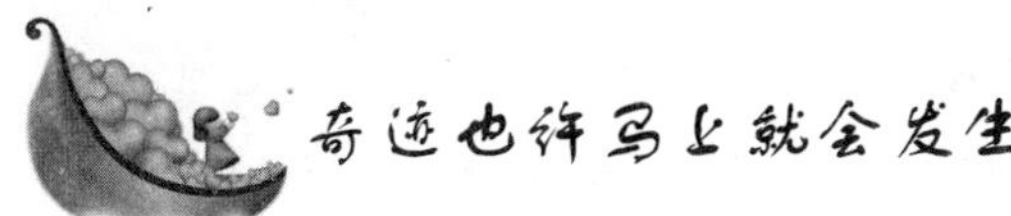

奇迹也许马上就会发生

1994 年的春天，我和咪卡专门去花鸟市场买了两只小鹦鹉回来，就是羽毛黄绿交错的那种。我们把鸟笼挂在阳台上。那儿正好摆着几盆蔷薇、米兰和鸢尾花。看上去，两只小鸟就像是栖息在一片青翠茂密的丛林里。咪卡给它们各自取了一个名字，雄的叫阿黄，雌的叫小绿。咪卡说，它们是一对爸爸和妈妈，过不了多久，它们就会跟她生一个小阿黄和一个小小绿。

每天清晨，太阳还没开始照耀，阿黄和小绿在晨光中就开始了啼叫。它们的歌唱，或者是一天中的第一次亲密交谈，大概要持续一个小时。可惜我们都不懂鸟语。咪卡站在那里，歪着头，瞪大眼睛很认真地听，却也听不懂它们究竟在谈些什么。我跟咪卡开玩笑说，既然它们是一对爸爸妈妈，那么它们说的就是悄悄话，当然不能让我们听懂。

有一天夜里，阿黄和小绿的叫声，引来了一只浅褐色的鸟。这只浅褐色的鸟比阿黄和小绿要稍微大一些。它飞到阳台上，绕着鸟笼飞了一圈，然后就扑哧扑哧飞进屋里，站在桌子的一角盯着我们看。我们就捉住了它，把它放进鸟笼里。

但第二天早晨，天还没亮，我们就听到了褐色鸟绝望的哀鸣。我们赶紧跑过去，发现它不仅羽毛凌乱不堪，嘴角还在滴血。这血不可能是啼出来的。它肯定是先用身体撞击笼子，在发现身体的撞击无效之后，就用嘴咬笼子，直到咬出了血。很显然，在黑暗中，它努力了整整一夜。

我们被震惊了。咪卡赶紧打开笼子。它扑翅而去，转眼就不见了。

后来我跟咪卡讲，其实动物身上，有很多值得人类学习的美德。

比如这只浅褐色的鸟。它与阿黄和小绿不同。阿黄和小绿生下来就在笼子里，它以为生活就是这个样子的，世界就是这个样子的，就像小鸡在爬出蛋壳之前，不可能知道蛋壳外的自由生存是一种什么状态。褐色鸟就不同了，它生下来就在大地上飞翔，它知道自由有多美好，多馨香。因此当它一旦失去，它就要反抗，它一刻也不能忍受没有自由的生活。为了重获自由，它不惜流血。

再比如豹子。有首古诗写道："饿狼食不足，饿豹食有余。"是说豹子有节制食欲的美德。无论捕获到了多么丰美的猎物，豹子都不会像其它动物那样，朵颐大块，吃完了事。豹子不容许自己因为贪吃而影响身材的健美和奔跑的速度。

孔雀也有节制食欲的美德。有一本书里甚至说，孔雀身上一共具有九种美德：保持容貌端庄，保持声音清澈，走路讲究秩序、口态必须优雅，节制食欲，言行守时，夫妻恩爱，知足而乐，不贪睡不嗜淫，喜欢凝聚力，懂得生命和宇宙的无常。据说世界上只有道德最高尚的那个人，才能在家里成功地饲养孔雀。这个唯一的人，就是我们的圣人孔子。

据说，黑夜来临后，如果孔雀没有为它那一身金光灿烂的羽毛找到合适的栖息之地，它是宁可站在一根老树干上瞪着眼睛彻夜不眠的。甚至，为了保护羽毛的整洁和完美，孔雀连命都可以不要。当危险和灾难降临时，孔雀如果找不到适当的隐匿之处，它绝不会为了逃生而弄坏自己的羽毛，它宁可秋毫无损地死去。

还比如大雁。迁徙的大雁总是排成 V 字形一起飞行。这种集体飞行的形式已被科学证明是一种最佳的飞行方式。排成 V 字形飞行的鸟群，比一只鸟单飞至少提高了 70% 的飞升能力。如果一只大雁生病或是被枪击受伤而脱队时，必然会有两只大雁来陪着它飞行，或者冒着生命危险随它落到地上，帮助它并保护它，直到它能再飞或者死掉为止。

我跟咪卡说，不只是动物，植物身上也有值得人学习的美德。你看麦田里稻田里，那些成熟的穗子都把头谦恭地垂向供养它的大地，只有那些尚未成熟的穗子，才在风中高昂着头。

“褐色鸟事件”过去没多久，大概是一个星期，或者十天，我们的两只鹦鹉飞走了一只。

那天我正好买到了一小袋带壳的粟米，咪卡就舀了一小瓢，兴致勃勃地要喂它们。她一只手举着小瓢，另一只手去开鸟笼的门，刚一打开，那只鹦鹉，就是阿黄，就飞走了。看它那样子，好像是蓄谋已久的。我想事实恐怕也是如此，当褐色鸟；冲出牢笼后，阿黄和小绿就在策划着怎样逃跑了。

咪卡目瞪口呆地站在那里，粟米撒了一身，眼泪慢慢地流出来：阿黄为什么要跑？它不喜欢我吗？它不喜欢我们吗？我说，它喜欢你，但是它更喜欢飞呀。上帝给了它翅膀，它生来就是要飞的，就像我们有两只脚，生来就是要走路的，有两只手，生来就是要做事的。

阿黄飞走后，在很长一段时间里，我们全家都很担心它的生存问题。它与褐色鸟不同，它是在笼子里长大的，它没有野外生活的经验。它有吃的吗？它有喝的吗？它会不会被别的动物吃掉？咪卡或早或晚站在阳台上，踮起了脚尖望着天空问：“阿黄呵，你在哪里呀？你在那儿吗？你在那儿吗？”

正是基于这种担心，我们在很长一段时间里都在犹豫，逃跑未遂的这一只，就是小绿，我们是放呢？还是不放呢？但是，还没等我们做出决定，可爱的小绿就死去了。它是在一天夜里突然死去的。我想它是抑郁而死的。但咪卡说，也许小绿预感到阿黄已死，所以它就自杀了。其实我们早该注意到，自从阿黄走了后，身处孤寂的小绿就很沉默，再没在晨光里歌唱过了。

这件事给我们很大的震动。看来，任何一种生命，无论它是多么细小、卑微，都难以忍受没有爱的生活。孤独，对所有的生命，都是致命的。它是生命中最难承受的部分，也是真正的饥饿之所在。所以，当耶稣说“我饥饿时，你给我吃”时，他并不单指食物，更指对爱的渴求，以及爱的给予。

在我小的时候，我们家曾养过一只八哥。

那时，我们家还住在祖父留下来的老台子上。老台子后面的坡上长着各种杂树。有一棵枫香树，长了很多年了。因为长在两家的地界上，就一直没有人砍。我和姐姐睡在堂屋后面的一间房里。很多个早晨，当我醒来，隔着屋顶，我就听到了八哥劳动的声音。轻轻地，一下，一下，它又在那棵枫香树上啄食蒴果了。

这只八哥是一只雄鸟。它全身的羽毛乌黑而光亮，只有喙和双足是黄金色的。它的鼻子上长着一撮冠状的羽毛，看起来就像一顶黑色的冠冕。它善鸣，啼叫起来并不亚于画眉子。它会讲话，但从不像乌鸦那样多嘴多舌。我记得，在它死之前，已经能模仿我们说简单的话了。八哥翅膀上的羽毛里，有一小片白斑，但只有在它展翅飞行时才能看见。当它飞行时，那白斑便形成一个“八”字。据说，八哥这个名字，就是这样来的。

我记得八哥常常停在我的掌上，啄我的手心。我还记得它的口腔是粉红粉红的，很嫩。

至于我们家究竟为什么要养这只八哥？这只八哥是怎么到我们家的？我一点儿也不知道。按我们乡下人的价值观，把没有用处的鸟兽收在家里当作家禽喂养，是不值得的。1999 年夏天，我和咪卡带着我们的小狗回到乡下，当他们知道我不光养了一条小狗，还种了很多小花小草时，他们就大声地嘲笑我是没事干了。他们说：“我们养狗是看家，你养狗是干什么呢？我们种的是口粮，可以饱肚子，你种的有什么用呢？”

八哥死在秋天的一个早晨。那天，母亲要去赶街。天刚一蒙亮，母亲就起了床。堂屋里还很黑，母亲打开大门时，没有看到八哥已从梁上飞下来，停在门槛旁。这只八哥是一只安静的鸟。母亲没有看到它，母亲在跨门槛时，一脚就踩在了它的身上。

开始，它还没有断气，母亲赶紧拿瓢盖住它，然后用筷子轻轻敲打，胡乱地但是虔诚地祈祷着。我记得，每年麦子黄的时候，我祖母常常用这种办法来救治那些快要咽气的小鸡。

八哥还是死了。我们把它埋在屋后的枫树下。母亲为此难过了很久。

在我们乡下，人们认为，鸟知道选择怎样的人家停留——生命的本能就是这样的神奇。因此，有鸟飞临的人家一定是心肠好的人家。鸟的到来，能给人带来吉祥。但鸟的离开，则预示着将有灾难降临。我母亲说，在夏家湾就有这样一户人家。有两只洋鸦雀，飞到那家的屋檐下做了一个窝，还下蛋孵了一窝小雀子。听说那户人家在那几年里，事事都顺心如意。但后来，洋鸦雀飞走了。不久，那家的男主人就出了事。下雨天去放牛，不小心栽在牛脚窝里淹死了。

"牛脚窝也能淹死人，你说是不是该有这些事？"母亲说。

我们村下头湾的后面，是一大片密密麻麻的林子，长着竹子和树，林子里早晚栖息着很多鸟，不只是数量多，种类也多，白色的灰色的，各种颜色的都有。而在白天，这些鸟都到田野上或者河岸的草丛里觅食去了。它们吃虫子和草籽。一个女孩子，或早或晚，来到林子边，对着眼前的密林，喊道：

"你在那儿吗？"

"你在那儿吗？"

她在跟一只鸟说话。那个孩子，就是小时候的我。那只鸟，就是我们家养过的那只八哥。

有一部外国电影，叫《人鱼传说》，讲一个孩子与一条小蓝鲸的故事。电影讲道：小蓝鲸回到大海的深处去了，那个孩子便每天来到海边，站在礁石上，对着无垠的大海唱一句歌：

"你在那儿吗？"

"你在那儿吗？"

后来，小蓝鲸终于听到了男孩的呼喊，回到了海边。

但我知道，田野上的生活与大海上的生活，是不同的，一只小八哥与一条小蓝鲸也是不同的。很久以前，我在笔记本上写过两句话：在寂静中，大地正倾听着由远而近的鸟鸣，这鸟鸣来自空中。黄昏的时候，鸟群像黑色的雨滴一样，从田野的上空飘过，一直飘到黑夜里去。

但是有一天，我真的听到了那来自大地上的鸟鸣。真的看到了那像黑色的雨滴一样，从田野的上空飘过的鸟群。换句话说，我看到了八哥，不是一只，而是一群。

1999 年秋天的一个下午，我去南湖，途径往日的南湖机场时，我看到八哥。

这个机场停用之后，变成了一个社区。但在南边，房地产商还没有开发到的一大片荒地上，长满了野草。已经是深秋了，荒地上的草几乎都黄了，有的金黄，有的淡黄，枯黄的自然随风倒伏在地上。一群八哥就在这片草丛里觅食、啼鸣。一会儿低飞，一会儿落下。低飞时，肚子上的羽毛几乎擦着了草的叶子。

我停在那里有很长时间。四周一片寂静。在寂静中，我想我听到的已经不再是鸟鸣，看到的也不再是鸟群，而是一种奇迹，也是一个秘密。

时光流逝了很多年，有时候，我们精心保存的一些东西，时间轻轻地就碾碎了它。而一只鸟，却被时光带回到了你的面前，这使我想起一首古老的诗歌：

晚星带回了，
曙光散布出去的一切。
带回了绵羊带回了山羊，
带回了牧童回到母亲身旁。

事实就是这样，当你失去时，如果你闭上眼睛，对着虚空轻轻地说，或者轻轻地唱，轻轻地，“你在那儿吗?”“你在那儿吗?”

奇迹也许马上就会发生。

世界上有些不朽的事物，有些被时光带走了的事物，用你的眼睛去看是看不见的。你必须闭上眼睛，用你里面的生命去看，才能看见……

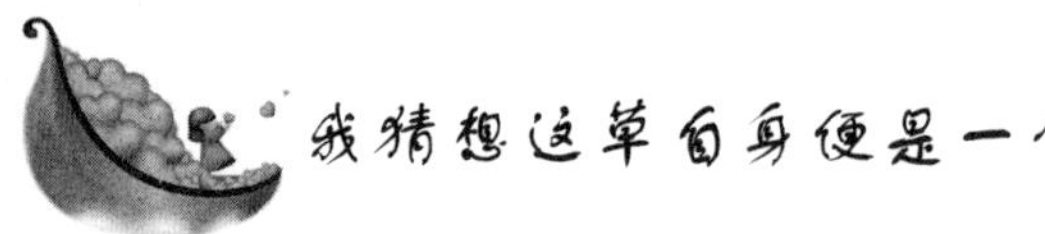

我猜想这草自身便是一个孩子

今天天气雾蒙蒙的，看上去随时都会落雨的样子。我看了一下我的花草，落叶类的都长了芽苞，挤在枝上，像在开一个迎接春天的聚会。我很喜欢。如果说辛巴是我的小儿子的话，那么，这些小花小草就是我的小女儿。不是一个小女儿，是一群小女儿，一群安静的小女儿。

突然就想起顾城的一句诗：我要清澈地热爱她，如同兄妹，如同泉水中同生的小鱼。是的，就是这样。我要清澈地热爱她和他们——咪卡、辛巴，和这些花草。她们曾经都有自己的家，自己的妈妈，但现在，我就是她们的家，我就是她们的妈妈。我要像照顾咪卡那样，尽我所能照顾好她们。她们是我的，就像我是她们的一样。我们彼此需要，不能分割，谁离开了谁都会不快乐。

但是去年冬天，我犯了一个巨大的无法弥补的错误——我写这篇文章既是为了怀念，也是为了检讨，即便她们肯原谅我，不，即便上帝肯原谅我，我也很难原谅我自己了。因为偷了一下懒，也因为为单位里的事老是心不在焉，还因为丈夫说了句，花草嘛，就是要在大自然里经风雨的。他不过是随口一说，我却故意听成了圣旨，因为我需要。结果寒潮一来，我精心养护了七八年的五盆鸭掌木，在一夜之间全冻死了。

寒潮来的那几天，我恰好有个采访去了乡下。但这并不能成为我为自己开脱的理由。因为事实上在“无边落叶萧萧下”的旷野上，我并没想起她们。我满脑子都是采访。现在我真的很后悔。在一个人漫长而短暂的一生里，哪些东西是本质？哪些东西不过是些皮毛？我好像现在才慢慢看清。爱咪卡，爱辛巴，爱我的这群小女儿，对我的生命来说就是重要的，而写一篇文章——至少一篇这样的报道文章，是不重要的。我记得耶稣曾跟马大说：马大，马大，你为许多的事思虑烦扰，但是不可少的只有一件。是的，不可少的事只有一件。因为“我们在大地只过一生”。

虽然回来后发现情势不妙像抢火一样地把她们搬了进来，但为时已晚了。果然过了没几天，叶子们便纷纷失去了颜色，焦黄，暗淡，看起来就像一张张病入膏肓的脸。看着生命一天一天地从她们的身体里流失，就像看着一个美丽而纤弱的孩子慢慢失去声息一样。真是残酷啊。我愿意把这看成是上帝对我的惩罚，但我知道他不会——他只会爱。

我每天在阳台上拣落叶，像身在一个深秋的大树林里。但不是一个因为温暖而变得金黄的大树林。每拣一片叶子，都像触到了一个敏感的伤口，心里会忽然疼一下。现在我仿佛才真正明白，只有那些你为之付出过的事物，你才会有真正的感情——切肤之亲，或者，切肤之痛。哪怕它很平常，非常非常平常，就像这几棵鸭掌木，平常得一生只长叶子，不开花，一朵都不开。

但为什么在我看来，她们却是独一无二、与众不同的？因为她们不是地上随便什么地方长出来的一棵树——对我来说。我也不是路上随便什么地方走过来的一个人——对她们来说。她们是我的，我是她们的，联结我们的这根纽带就叫爱。

我把拣起来的落叶装在一个塑胶袋里，搁在窗台上，让中午的太阳晒她们。如果她们真的是一群孩子，我希望她们在离开之前的最后一刻感受到的是温暖，而不是凄凉。她们是有足够的理由凄凉的。一个人在这个世上活一辈子，可以这里走那里走，一棵树却要一辈子站在那里。没有根的很辛苦，有根的却又太寂寞。如果有了温暖，这情形就大大地不同了。

黄黄的太阳光渐渐地把她们晒成了蜂蜜色。但那曾经都是一些像绿宝石一样会发光的叶子，像花朵一样会开放的叶子，甚至是会说话的叶子。是的，我一直相信她们是在说话的——所有的叶子都在说话，或唱歌。在清静的早晨，在惆怅的夜晚，在翡翠一样的春天，在黄金一样的夏天，在白银一样的秋天，甚至，在什么也不像的冬天，她们都在说话。有时候是在唱歌，但声音很轻，很细，她们从不大吵大闹，以致我们误认为她们一直是静默的。

其实我们哪里知道，安静就是她们的语言，就是她们的歌唱。如果她们从没说过话，从没唱过歌，那春天就太寂寞了，秋天就更寂寞了，就不是我们所喜欢的春天和秋天了，也没有我们所喜欢的四季了。而我们是因为喜欢才活在这个世界上的。

最令我心痛的，是我养了 8 年的“柯南”也这样了。这个名字是咪卡取的。柯南是咪卡最最喜欢的小说人物，她常在清早醒来时对着我和辛巴喊：我是聪明小柯南。她喜欢用她钟爱的小说人物的名字或动画人物的名字来叫我们的狗狗和花草。

“柯南”跟了我8年了，我还在杨园住的时候就跟着我了。8年啦，别提它。年年冬天不到，深秋的时候，草还没完全黄的时候，湖水还像蓝天一样蓝的时候，悬铃木的叶子还在枝上跳舞的时候，我就小心地把她从屋外搬进屋里，生怕夜晚的寒气冻着了她，就像生怕咪卡冻着了一样。她就是我的小女儿，娇嫩的小女儿，经不起任何磕碰的小女儿，肌肤青翠的小女儿。我必须精心守护，不能有一丝一毫的疏忽。她跟咪卡不同。咪卡冷了知道往屋里跑，但她不会，她只会站在那里。

可现在她却这样了。我真应该到上帝面前去忏悔，请求他的宽恕和赦免。生命真是脆弱。可见并不是谁都能经风雨的，有的生命愈经风雨愈顽强，有的却恰恰相反。人又何尝不是如此。而我们总是忽略个体的不同，把一些普遍真理强加给每一个人。这样的错误我们每天都在犯。

在阳光明媚的中午，我站在窗下看那一树枯叶，在深冬的晴空下，我真的很悲伤，就像看见自己精神的某一部分枯萎了一样。不知道怎么办，只有祈祷。我想她是能够感觉到我的悲伤和懊悔的。因为她是柯南，她是有名有姓的柯南，她不是随便什么土里长出来的一棵树。

那四棵，都是柯南的后代，是我分别在几个春天里从她身上剪下枝子栽活的。咪卡也给她们取了名字，都叫鸟鸟。因为它们的样子真像一只只打开了翅膀的绿鸟。第一次栽的那棵叫大鸟，是柯南的女儿；第二次栽的那棵叫二鸟，是柯南的孙女；第三次栽的叫三鸟，是柯南的重孙；第四次栽的叫小小鸟，算是柯南的曾孙了。栽小小鸟的土，还是从我母亲的菜园里挖来的，那是一种很适宜树木生长的乡土。

一年过去，我并没有给她什么——除了一点清水，她却长出了满枝绿叶。幽静的叶子，被风吹着，像渴望被爱的孩子，举着娇嫩的小手。“如果没有爱，土地将寸草不生”。而鸭掌木小小鸟正是感到了阳光的爱，风的爱，露水和新鲜空气的爱，才长出了满枝的叶子。

但现在柯南把她们全带走了——她是她们的老祖母，她有权这么做。她们弃我而去——我愿意这么想，也希望事实是这样——她们留下的不过是无用的躯壳，带走的才是真正的生命。我想到达天堂的路一定是遥远的，而她们一辈子站在这里，从没走过路，对她们轻灵的生命来说，留下这些无用的躯壳是明智的。

但我仍像失去了亲人一样难过。痛苦就是我必须付出的代价。在你的一生里，有谁能像一棵植物一样地等候你，陪伴你呢？不能。即便忠诚的狗也做不到，更不用说人了。这就是植物的美丽。这也是我钟爱植物的原因。一朵花开了，她不只让我想到美，更让我想到爱。她们把绚丽和妩媚毫无保留地献给了世界。但她们从不吵闹，从不抱怨，从不批评。她们比动物还要安静，还要大智若愚，还要明了世界的奥妙。

孩子们，我现在把这些文字念给你们听，我相信你们感应得到。我知道你们会宽恕我，但我怎么能宽恕我自己？有个圣者说，除非宽恕，否则没有平安。那么，我接受你们的宽恕，因为我要你们平安。圣者还说，祈祷是安静的开始。那么我要祈祷，因为我要安静。如果没有安静，就听不见你们的低语和歌唱了。我祈祷你们的灵魂上天堂，如果你们有灵魂的话。我当然相信你们是有灵魂的，否则，我怎么会像失去了亲人一样地哀痛。而且，就算你们没有灵魂，我仍然认为你们是完美而高贵的生命。

现在，我要把枯萎的枝干全部剪掉。春天一来，只要还有一点点返青的希望，我都不能放弃。看着她们光秃秃地站在似雨非雨的天气里，像几只脱去了羽毛的羞怯的雏鸟，我真的很难过。但奇怪的是，我的眼前却浮现出了一片片绿叶，清丽的、幽雅的绿叶，纯净的、妩媚的绿叶，柔美的、灵气飞扬的绿叶，她们在时间的风中翻转，在世界的光里闪烁，在人类的爱里恬静地秀气地打着瞌睡，一副甜美的安然的样子，欢喜的做着美梦的样子——一副小女儿的样子。

感谢上帝，刹那的幻象竟然使我一下子释然。好像这幻象才是真实，而我眼前的真实其实是虚幻。我终于宽恕了自己，在那一瞬间。我了解到，我是我唯一的敌人，也是我最要紧的朋友。如果我不宽恕，那么我将没有平安，也就不可能开始爱和祝福，我将一直活在自责里。

最后，我挑出几片最好的叶子，写上她们的名字，然后收藏在一个地方。那是一个秘密的无限深远的地方，一个只有爱能够抵达的地方。元代有个学者以树叶做笔记，摘叶著了一本书，还有更多的人把树叶当乐器，吹奏叶子表达感情。而我这样做，只是为了怀念。因为这只是我和咪卡两个人的爱。

孩子们，我为我曾经细心地照顾过你们而感到欣慰，但我更要感激你们长出的每一片叶子。是的，是每一片。就像感激咪卡与我共度的每一天一样。我也感激所有树木花草为这个世界长出的每一片叶子，开出的每一朵花。

在云里徘徊了一上午的雨，到中午时终于落下来了，听着窗外清脆的雨滴声，我突然有了一个想法，从今以后，在每个落雨的夜晚，我都要从那个深远的地方把她们找出来，开了灯，一个人静静地看，静静地想。

最后，请允许我用惠特曼的这首诗来结束我的检讨吧。

一个孩子说：草是什么呢？他两手满满地摘了一把送给我，我如何回答这个孩子呢？我知道的并不比他多。

我猜想它必是我意向的旗帜，由代表希望的碧绿色物质所织成。

或者，我猜想它是神的手中，

一种故意抛下的芳香的赠礼和纪念品，在某一角落上或者还记着所有者的名字，所以我们可以看见并且认识，并说这是谁的呢？

或者，我猜想这草自身便是一个孩子，是植物所产生的婴孩。

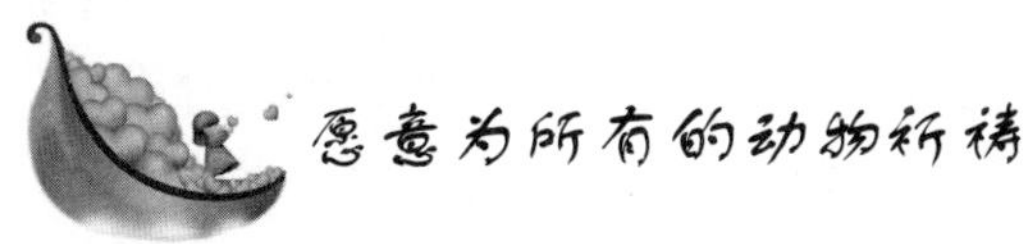

愿意为所有的动物祈祷

辛巴被咪卡揣在胸口抱回来时，只有两个月大。12 月的武汉，阴冷而且潮湿。辛巴一落地，就响亮地打了个喷嚏，然后旁若无人地在我们崭新的榉木地板上拉了一泡热气腾腾的尿。

这是我们这个三口之家有史以来养的第一只狗。除了咪卡，我

们都不是疯狂爱狗的人。但几年后，咪卡和辛巴合力改造了我，使我成了一个对动物耐心并且有同情心的人。当然，这是后话了。

咪卡用中秋节留下来的月饼盒给辛巴做了个小窝，放在她的床前。月饼盒是桃红色的，还有古典的图案。但初来乍到的辛巴整夜哭泣，或是半夜起来溜达，一个房间一个房间地察看，轻盈的双脚踩在簇新的地板上，很清脆，是那种雨点落在黄昏的树叶上的声音，一下一下，很迷人。我们忍不住从被窝里伸出头来看它笑。咪卡就从床上溜下来，把它抱住。

这样过了几天，咪卡说，辛巴大概是待在月饼盒里不舒服，所以夜夜要起来散步。于是她就腾出了衣柜最底层的一个抽屉。这个抽屉宽大，舒适，靠近地面，辛巴出入都很方便。

很快就到了元旦，那天家里来了一对年轻恋人。女孩子很现代，但也很有怜悯心。有一回她去乡下，在路上碰到了一只流浪的狗，那只狗很老了，一碰到她，就久久地盯着她看，她心一软，就把那狗带回了家。那是一只土狗。那天她是第一次来我们家，并不知道咪卡的抽屉里有一只小狗正在酣睡。当辛巴突然醒来汪汪乱叫时，她呼地一下就站起来，循着声音把辛巴翻了出来。

那时的辛巴还很小，喜欢趴在人的脚上打瞌睡，把人的脚当摇篮。也就是说，那时它只有成年人的脚那么大。女孩子一抱起辛巴，就说要给它洗澡。因为咪卡跟她说，我们还没给辛巴洗过澡呢，我们不知道怎么洗，万一把它弄感冒了怎么办？

她们就把辛巴放进热水里。结果刚把辛巴打湿，她们就吃惊地发现，辛巴身上有虱子。咪卡吓坏了，但女孩子一点都不怕，她把辛巴端在手上，很温柔很温柔地说，辛巴乖，辛巴不怕，洗了澡漂亮，妈妈喜欢，姐姐喜欢，阿姨也喜欢，我们都喜欢。这情形就跟以前我为咪卡洗澡一样。在咪卡还是一个婴儿的时候，我总是这样把她端在手上，一边给她洗一边跟她说话的。我忽然就很感动，非常非常感动。原来，养一只小狗是可以像养一个婴孩那样来养的。

辛巴一生都不喜欢洗澡，这是我后来发现的。一听说要洗澡就往沙发底下钻，怎么软硬兼施都不出来。但自从喜欢上丫丫后，每次只要我说，辛巴乖呵，辛巴洗了澡漂亮，丫丫就喜欢。它就乖乖的了。

元旦节后，每天给辛巴洗澡寻虱子，就成了我的日常工作。一到中午，当太阳正好晒在我们阳台上时，我就坐在那里，把辛巴抱在膝上，一边跟它说话——就像跟婴孩时期的咪卡说话一样，一边对着橙黄的阳光把它的毛翻来翻去。中午的太阳晒得辛巴身上很暖和，也把那些虱卵晒得晶亮晶亮的。我要把它们一个一个地摘下来，一个一个地摘。这个过程不知不觉地磨炼了我的耐心。

那时的辛巴就跟婴儿一样，没有自控力，一天到晚随地大小便。我什么都可以不做，但清洁必须做。我丈夫调侃我是一个职业排雷手。一会儿是水雷（小便），一会儿是地雷（大便）。地雷还好排一点，水雷排起来就很麻烦了。咪卡虽然喜欢狗，但雷是不排的——如果排也是偶尔排一次。丈夫更不会排了。丈夫只会笼着手站在那里喊：呵，快点，快点，水雷。呵，快点，快点，地雷。

有时候，辛巴还会跑到我们的枕头里和被窝里埋雷。我丈夫说，这是明显的报复行为。因为前一天我打过它的屁股。有几回，我都绝望了，不知道怎么办，坐在地板上眼泪直流。一绝望我就说要把辛巴送到乡下去，反正乡下是可以随地大小便的。但我一说要把辛巴送到乡下去，咪卡就把它抱在怀里，抱得紧紧的，人和狗都眼泪汪汪地望着我。其实我哪里真的会把它送走呢，我不过是说说气话而已。

咪卡为得到这只狗，曾付出过艰苦的努力。这些努力我都亲眼目睹过，所以我不会轻易把它送走，能扛一天，就扛一天。在我们还住在杨园的时候，咪卡在客厅的墙上，贴满了她小小年纪所能收集到的所有狗的画片，满满一面墙，每天都要踮起脚来摸几遍，说几遍，甚至梦里都在念叨。只不过，她还没写一篇《我的理想》来吓唬我。

有个乡下孩子，上小学二年级，他写了篇题为《我的理想》的作文：

阿爹还没走（死）的时候，他对我说，你要好好学习，天天向上，长大做个科学家；阿妈却要我长大做个公安，说这样啥都不怕。我不想当科学家，也不想当公安。我的理想是变成一条狗，天天夜里守在家门口。因为阿妈胆小、怕鬼，我也怕。但阿妈说，狗不怕鬼，所以我要做一条狗，这样阿妈和我就都不怕了。

我承认这是我所读过的最最感人的理想。但我不能因为感动就马上去买一只狗。我那时搪塞咪卡的办法就是给她一把长柄伞，让她扛着，我说：等有了大房子就给你买。

感谢上帝，我晓得他是怜悯我的。在我为没有尽头的“排雷”而深感苦恼时，有一天辛巴突然就长大了，懂事了，知道听话了，好像一道门突然被打开而且明亮的光照进来了似的。从那以后辛巴就很少在家里大小便了。当它憋不住时，它就用它的语言告诉我。如果我不理会，它就抗议，喊叫，发脾气。如果我还不理会，它就咬住我的鞋子或裤脚或是袖子往门口拉。如果这也没用，它就会唉唉地叫，走过来走过去，像个孤苦无依的孩子一样，一声，一声，也不大声，叫一下，停一下，停一下，再叫。到这时，我的心就是再硬，也会被它叫软。不管手上有多重要的事，都会立刻扔下了，带它出去。

辛巴小时候还有一点特别像小孩，就是喜欢赶路：我如果出门，它马上就会跑到门口，要跟我走。等门一关上，它就飞快地返回屋里，从地上跳到椅子上，从椅子上跳到桌子上，再从桌子上跳到窗台上，趴在那里眼巴巴地叫。因为我肯定要从那扇窗下走过，这是辛巴来我们家不久就发现了的秘密。我每次都要跟它说几遍再见才行。

有一回，辛巴在那里看见了咪卡的一个同学，她就住在我们旁边的那栋楼里。辛巴一看见她，就急急忙忙地跟她打招呼。但那女孩子只顾埋头走路，没有听见。辛巴很失望，迷惑地看着我，不停地呜咽。我只得跟它解释，说优然不是不理你呀，是没听见哩。

辛巴是 1998 年 12 月 24 日到我们家的，咪卡就把这天定为辛巴的生日，因为它真正的生日我们无从知道。据动物学家说，狗的一年相当于人的 7 年，那么，辛巴现在已经过了 28 岁，就快到“而立之年”了。

它懂得了许多人的语言

有了辛巴后，我们懂得了许多狗的语言，知道它这样叫是什么意思，那样叫又是什么意思；这样做是什么意思，那样做又是什么意思，甚至懂得了它的眼神。

辛巴呢，也懂得了许多人的语言。我们跟它说话时，它就歪着头睁大眼睛来听，目光清澈又迷离。我说，我们去接咪卡吧，咪卡要放学了。它就把头往这边一歪，表示它听懂了。我说我们去找丫丫玩吧，丫丫在等你呢。它就把头往那边一歪，表示它也听懂了。有时候，它的眼神告诉我，它其实什么都懂，只是不会开口表达而已。而另一些时候，我甚至觉得，它马上就要开口讲话了，马上，如果你相信的话。有几回，不，是有好几回，我们坐在沙发上聊天，我丈夫突然说，你看你看，你看你的儿子，它多崇拜你，你看它看你的样子。

那时候，我真的感到辛巴就要开口了，它满肚子的话就要喷薄而出了。但这个奇迹总是没有发生——当然不会发生。如果真的发生了，那就是童话了。但我真希望我们是活在童话里，这样，辛巴就会开口说，喜欢你，咪卡姐姐。喜欢你，华姿妈妈。当然我们也会跟它说，喜欢你，亲爱的辛巴。甚至于，我的那些花儿草儿也会开口讲话。当我们不在时，风就把她们的安慰送进屋来，这样，辛巴就不会因为孤独而忧伤了。想起辛巴在风中追逐一片树叶时的憨态，我就知道，它的内心是很寂寞的。它是一只等爱的小狗。

其实，许多话辛巴都能听懂了。比如吃饭，喝水，坐下，起来，出去，下去，再见，亲一下，你就在家里，妈妈上班了，去接咪卡，去找丫丫玩，等等。

不仅如此，辛巴还会察言观色。我什么时候开心什么时候不开心，它都知道。当我心情不好时，它就会摇着尾巴磨蹭到我的腿上，双眼湿润地望我，亲我，安安静静地，一声不响。但我一发脾气，它就跑得无影无踪了。如果哪一天我很高兴，有说有笑，它就会像糯米一样粘着我，跟前跟后，撒娇，疯，没完没了。

有一天4点多的时候，我说了句，咪卡快放学了，我们去接她。然后，我就把它带到北边的窗口。恰好这时，咪卡出现了。从此以后，辛巴就奇迹般地记住了这个时间。那个点一到，它就倏地蹿到窗台上等。整整一个春天，天天如此。我真不明白它是怎么弄懂的。

还有一些事我也想不通它是怎么明白的。如果我是去上班，它就不赶路，乖乖地坐在门口，静静地目送我出门。我说，辛巴再见，妈妈上班了，你在家里好好看家，好吗？它就把头往这边一歪，又往那边一歪，表示它记住了。但如果我们是出去玩，又不准备带它，它就不干了。堵在门口，又叫又嚷，撒娇，发脾气，并且抓住每一个机会往外冲。如果我们说，辛巴乖，就在家里，回来跟你带好吃的。那么我们回来时，它就一定会在我们的包里乱嗅，甚至身上乱嗅。如果没说这个话，它就不嗅。

电视台的院子里有很多很多的车，每天都有车子从我们的楼下开过来，开过去。但只要我丈夫的车一出现，辛巴马上就听出来了。刚开始，在我还不明白时，我很纳闷它为什么突然就那样兴奋——从窗口到门口，来回跑，来回跳，叫喊着撞门、叫喊着衔拖鞋、叫喊着摇尾巴，忙得不亦乐乎。后来，我终于晓得了。它再那样一叫，我就想，哦，丈夫回来了，并且下意识地跟着它跑到窗口看。

它是一个小男子汉

有一天，我丈夫带着辛巴在院子里走，听到一个女人对另一个女人说，这家人真有意思，主人的眼睛又大又亮，狗的眼睛也是又大又亮。就因为这双眼睛，辛巴小的时候，我们喊它帅哥。现在辛巴长大了，我们还是喊它帅哥。我想将来它老了，我们仍然会喊它帅哥。虽然它鼻子上有一块雀斑，但咪卡说，就是这几个雀斑，使它看起来更酷了。

辛巴是个蝴蝶犬，喜欢吃面包和牛肉——据说，蝴蝶犬早先是西班牙宫廷犬，后来不知怎么流落到了民间。蝴蝶犬都有一双很大很亮的眼睛，有一个长长的脸，有一个尖尖的翘下巴。辛巴也是，虽然辛巴是个混血。纯种蝴蝶犬要三四千元一只，而我们买辛巴只花了 50 元。这是地摊价。我们就是在地摊上淘到辛巴的。辛巴是我们在地摊上淘到的一块金子。

辛巴的聪颖和生命力，却远远胜过纯种，只是长相不像纯种那么秀美，要野性一点，粗犷一点。但正是这两个一点成就了辛巴，使它看起来更像一个威风凛凛的男子汉。

辛巴也自认为是个男子汉，所以从小就肩负起了保护咪卡的重任。在它看来，在我们这个家里，咪卡是第一需要保护的，其次是我。有一回，咪卡做了件不该做的事，我就骂她，咪卡不愿听，就往房里跑。我本来想跟到房里去接着骂的，但辛巴居然把我拦在了门口。它又叫又嚷，粗着嗓门唬，咬我的裤脚，往我身上跳，千方百计不让我进去。后来我发现只要我批评咪卡，它就会立刻跑到我和咪卡之间，冲我喊叫，不管对与错，无论是与非。

有一回，丈夫跟咪卡打闹，拍了一下咪卡的背，咪卡故意夸张地哭泣，丈夫的手还没放下，辛巴就冲过去了，颈毛直立，粗声唬叫，非常非常凶的样子。从那以后，丈夫经常玩这个游戏来检验辛巴的勇敢与忠诚。甚至于，当丈夫尝试欺负一下我时，辛巴也是毫不犹豫地冲过去。但如果是我欺负丈夫，辛巴就当什么也没看见什么也没听见一样了。除非我们做得实在太过分，丈夫又装得实在太像了，辛巴才从从容容地踱步而来。但不是来咬我们，而是安抚丈夫——手脸乱舔，胡乱表示一番而已。

有一回，咪卡带辛巴在外面玩，一个长相威猛的男人朝咪卡走来——其实不是朝咪卡走来，人家只是朝咪卡所在的那个方向走来而已，结果辛巴呼地一下就冲过去，挡在咪卡身前，跳起来对着人家的脸狂叫，差不多跳得有人家的肩高——辛巴的弹跳力很好，把人家吓了一大跳。

辛巴自认为是个男子汉，所以从不欺负弱小，更不欺负女性。在所有的母狗面前，辛巴都表现得比较高傲，比较忍让，但也比较绅士——除了丫丫。在电视台南广场还没禁狗时——那是辛巴表现男子汉气魄的黄金岁月，一到傍晚，狗狗们都出来了，辛巴在狗群中像风一样地奔跑，像英雄一样地无畏，像太平洋的警察一样管得宽，像笑傲江湖的大侠一样爱打抱不平。那时候的辛巴，真的活像一个大侠。

但大侠也有男性的毛病，就是比较“色”。也不能说是“色”，就是比较喜欢美女而已。有一回，我们家来了群年轻人，有男有女，辛巴却只跟着那个最漂亮的女孩子。人家去书房，它就跟到书房；人家去阳台，它就跟到阳台；甚至人家去厕所，它也要跟到厕所。去年我们回老家过年，全家二十几口人全回来了，男男女女，老老少少，挤了几大屋子。但辛巴天天每日时时刻刻只紧跟一个人，脚跟脚，手跟手，形影不离。这个人是我弟弟的老婆，一个上海美眉。

但辛巴的色不是那种粗鲁的色，更不是那种低俗的肮脏的色。辛巴的色是质朴的清澈的色，是优雅的，甚至是优美的色。

下雪时，我给辛巴穿上了一件鲜艳的红毛衣。辛巴在雪地里奔跑，就像一片光在奔跑。咪卡的同学举着数码相机努力抓拍着辛巴的英姿，但只拍到了一道道奔突的红光。只有一次拍到了辛巴，但这仅有的一次，辛巴是伫立着的。这张照片后来被咪卡的同学发到了新浪网上。这是辛巴唯一的一张穿了衣的照片。辛巴讨厌穿衣。

它的爱与痛

辛巴在爱上丫丫之前，还比较喜欢跟同龄的公狗玩，打架，你咬我一下，我咬你一下，像那些顽皮的精力充沛的男孩子一样——那时有个男人一看见他的狗跟辛巴打架，就跑过去帮忙，真让我开了眼界。如果他有个儿子，保不准会被他教得小鼻子小眼。但自从爱上丫丫后，辛巴就比较沉默比较孤僻了。小白（也是一只蝴蝶犬）的奶奶跟我说，辛巴现在怎么老是自己跟自己玩，谁也不理呀？我说，它恋爱了。

因为被辛巴的爱情感动，很早我就想写篇文章，题目就叫“辛巴只爱丫丫”。关键在这个“只”字。辛巴对丫丫的爱是古典式的，纯美，执著，专一。几年过去了，我还没看见辛巴对其他的异性有过兴趣。不仅如此，对那些在它身前身后黏黏糊糊的母狗，辛巴总是冷漠地不予理睬，或假装糊涂。但辛巴的爱在现实世界里遭遇到了无与伦比的阻力——丫丫的爷爷奶奶不同意。这个阻力超出了动物的能力范围，是辛巴无法排除的。在辛巴发情的日子里，爷爷奶奶把丫丫保护得滴水不漏，像密封了一样，使辛巴找不到一丝一毫的可乘之机。虽然他们的反对也是出于爱——他们不忍心看着他们的小公主经历怀孕分娩的痛苦，因为丫丫实在太娇小了。我非常理解他们做祖父祖母的心情，但这对有情狗很难成为眷属了。

丫丫是一只西施犬，小巧、精灵，毛茸茸地像一只小松鼠，但绝对谈不上漂亮。而且有时天冷的时候，丫丫的奶奶把她打扮得像一个小叫花子——丫丫身上笼着一个剪短后的秋衣袖子，还是穿旧了的。跟那些端庄的美丽的母狗在一起，丫丫就像一个小丫鬟。但丫丫玲珑、活泼，奔跑起来像一只小兔子，妩媚起来像一个小妖精。不然，辛巴这个特立独行的大侠怎么会因她而神魂颠倒，不知日月？

当它们在草场上不期而遇时，它们总要互相对视一会儿，这时候，辛巴的眼睛就像刚从树上摘下来的玛瑙葡萄，新鲜，润泽，饱满，水灵灵亮晶晶，然后它们开始慢慢地慢慢地靠近，好像生怕这不期而至的幸福突然长翅膀飞了似的。最后丫丫倏地跑上去，在辛巴的左脸上亲一下，亲完就跑。次次都是这样。

在朦胧的夜色里，"草在结它的种子，风在摇它的叶子"，两只小狗在为纯洁的爱情奔跑，那情境是很美好很美好的。我这个人类看了都会感动。

当辛巴好不容易追上丫丫时，丫丫又回头在辛巴的右脸上亲了一下，像一道闪电，一亮一灭，都是瞬间的事。当辛巴再次追上丫丫时，丫丫就忽地仰卧在草上，娇羞地举起两只小手，好像要任凭辛巴来吻。但辛巴刚一触到她的皮毛，她又突然翻身跑掉了。

辛巴是在1999年的秋天爱上丫丫的。那时候，我们还不知道辛巴正为情所苦。有个周末的早上，我开门丢垃圾，一眨眼，辛巴就不见了，我们不知道它去了哪里。于是我去寻它，到处喊，从这里到那里，都寻不到。然后，咪卡去寻，也寻不到。然后我丈夫去寻，也没寻到。最后，我们一家三口一起去寻，还是没寻到。我们寻找的范围甚至扩展到了沙湖旁边，以及湖那边的村庄里。辛巴并不是一只贪玩的狗，以往只要一喊，它就会像一阵风似地出现。这使我们很担心它的安全，生怕它出意外。

但夜深以后，它自己回来了。它在楼下喊叫。我下去开门时，看到的是一只疲惫而忧郁的狗，上楼时它还突然摔了一跤。它知道自己错了，一进门就趴在地板上，垂着尾巴，可怜兮兮地望着我们，等着我们的惩罚。但我们怎么会舍得惩罚它呢，我和咪卡都竟然产生了一种失而复得的感恩心情。回来了就好，你跑到哪里去了？饿了吧？渴了吧？我们好担心你。我抱它摸它，咪卡赶紧去给它拿吃的。但它反应冷淡，勉勉强强在我手上舔了两下，就蜷在沙发上睡了，不吃不喝。

第二天，这样的情形又重复了一遍。

第三天，差不多又要重复前两日的情形了。幸亏上帝指引，使我看见了它像闪电一样一晃而过的身影。后来，丫丫的奶奶告诉我，那天她一开门，发现辛巴竟然卧在她的门口，她非常惊讶，但没敢让辛巴进屋，因为丫丫正在走草。第二天，她一开门，发现辛巴又卧在她的门口，眼巴巴地，但她还是没敢让辛巴进屋。

那时我就明白是怎么回事了。我跟我丈夫说，它恋爱了。

我母亲也养了一只狗，叫懒虫。有一回懒虫走草了，早晨一开门，门口竟然趴了一排公狗，有一只还是从麦田那边来的。乡下的狗似乎更痴情，可以在喜欢的母狗的门前等一整夜，不吃不喝不睡，风餐露宿都不怕。

那几天，辛巴整天都在丫丫的楼下徘徊，等待，一看到有人进出，就哧溜一下从门缝里钻进去——楼道口有一道防盗门。如果一直没人进出，它就一直在那里徘徊。

后来的几天，我把它看得很紧，强迫它睡觉，进食。它知道出去无望了，就跑到北边的窗台上，对着前面那栋楼呼喊，因为丫丫就住在前面那栋楼里。但这两栋楼之间，隔了一条马路，还隔了一排两层的办公房，而且秋天的风多是自北向南吹的，不知丫丫是否听到了它的呼唤。当然，如果树会传声的话，那些树——玉兰树，香樟树，还有那些青草和小花朵，也许会做它的邮递员，把它的声音传过去。

第二年，丫丫家搬了新房。丫丫的爷爷奶奶说，这下辛巴再不会来了吧。他们哪里想到，搬进去的第一个月，有天早上他们一开门，就看见了辛巴。

但这样也没能使丫丫的爷爷奶奶改变想法。所以丫丫是辛巴心中永远的爱，也是永远的痛。但有爱就是幸福的，“哪怕在你的爱恋中活着，很久才呼吸一次”呢。

它对我的带领

辛巴的名字是咪卡取的。那一段日子，咪卡因为喜欢着《狮子王》里的辛巴，就顺便把自己喜欢的这只狗也叫了辛巴。《狮子王》里有一首很感人的音乐《你感到爱了吗?》，那时也被我们喜欢着，所以当辛巴眼神清澈目光温柔地看着我们时，我们就知道，它在爱它，而同时我们也在爱。如果没有爱，这一切都不会发生。

有些时候我在书桌前忙于写字，辛巴就跑到我的身边坐着，下巴靠在我的腿上，凝望着我，安安静静地，一个小时，两个小时，甚至更久，目的就是为了让我抚摸一下它，然后允许它贴着我的背坐几分钟而已。还有些时候，当我午睡时，辛巴千方百计地在我身边磨蹭，讨好我，就是为了枕着我的胳膊在我的怀里小睡一会儿。那时候，我真的觉得，狗比我们自己更爱我们，狗比人类更依恋人类。

有感于此，我还在笔记本上写过一句诗，虽然我好多年不写诗了：让我们一路上祈祷，并温柔地依偎，让我们像狗一样热爱人类。

辛巴不只是分享了我的日常生活，给我的生命赋予了一种艳丽的色彩，更重要的是，它的相濡以沫，成了我的必需。我的驯养，也成了它的必需。这就是我们之间的关系——我在驯养它的同时，它也驯养了我，我们成了彼此的唯一。

在我的这一生里，我有可能还会爱上别的狗，或别的动物，但辛巴绝对不会爱上别的女主人了。这就是狗和人的不同，也是我常常为之感慨的地方。一只狗，竟然能够激发起一个人对生命的爱怜、珍惜与信任，当辛巴眼神迷离地久久地看着我时，我就知道，这个奇迹的的确确在我心里发生了。我甚至无法完全接受那突然而至的无比珍贵无可替代的刹那的感动。从认识一个生命到温柔地热爱一个生命，有时候需要一个漫长的过程，而有时候，只需一个瞬间。

辛巴是一只等爱的狗，而我也是。我也是一只等爱的狗，或者别的：一只狐狸，一只鸟，甚至一只老鼠，甚至一棵一辈子都不能移动自己的银柳。我们是什么不重要，重要的是我们都在等爱——那永恒的不会改变的爱，唯一的爱。

这个健康聪颖的小东西，这个小小的施爱者。当我把它抱在肩上一个人在屋子里晃荡时，我就这样想。而这个小家伙不只是让我看见了这一点，还有很多。

因为爱咪卡，而有了辛巴；因为爱辛巴，而兼爱了其它的狗，或动物；因为常为辛巴祈祷，也愿意为所有的动物祈祷了。

主啊，请你听为我们所爱的动物谦卑地献上的祷告。一切有生命之物的气息都在你的手中。它们不会说话，但你一样照顾。我们感谢赞美你，因为你给了它们美丽的品质和体态。我们愿意和它们一同分享你的爱。求你听我们为受苦的动物的祈求。它们劳动过度，吃不饱，受到残忍的对待。有些给关起来，吃尽苦头，有些被人追猎，或者迷失，被人抛弃，受到惊吓，挨渴挨饿。有的在痛苦中奄奄待毙，还有许多被人强迫结束生命。我们为这些动物祈求你的恩典和。怜悯，我们也求你把爱心给予如此对待动物的人，赐他们温柔的手，不说粗暴的话。求你让我们都成为动物的真朋友，共享你怜悯的恩典。

辛巴是咪卡带给我的，所以我感激咪卡。如果不是咪卡坚决地不屈不挠地要一只狗，那么，到目前为止，我对这种小生命的认识与了解，一定还停留在四年以前。

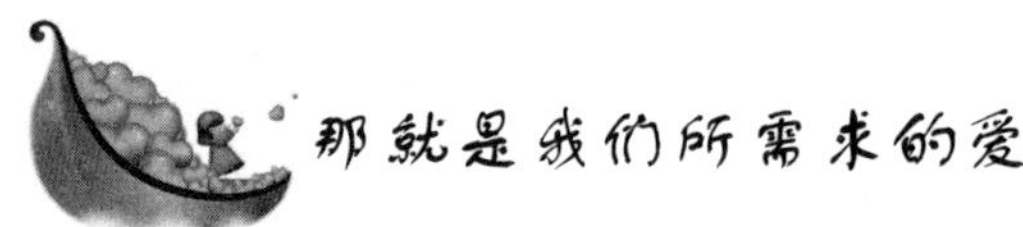

那就是我们所需求的爱

咪卡小时候常挂在嘴边的一句话是：我要玩。当我们各自为自己的事忙碌而无暇陪她时，这句话就变成了，我没伴玩。

在我们还住在杨园的时候，咪卡时常走到东边的窗前，对着对面楼里的另一个窗口，细声细气地，可怜巴巴地喊：洋洋，到我家里来玩吧？或者是：洋洋，我到你家里去玩吧？如果呼喊得到的应答是肯定，那么，这一天就是阳光明媚莺歌燕舞的一天。如果不是，那么结果就是相反。

有什么好玩的吗？其实也没什么好玩的。两个小女孩在一起，玩来玩去，无非是那几个不会说话不能交流的布娃娃，和一堆设计简单做工粗糙的塑料玩具。

那时候，咪卡还常挂在嘴边的一句话是：我再玩一下下，我再玩一下下。无论她在玩什么，在哪里玩，只要你说，咪卡，不玩了。她马上就会急急忙忙地恳求：我再玩一下下，我再玩一下下。那种语调、神情，那种样子，给人的感觉是，她好像有几百年几千年没玩过了。

1999年春天，咪卡读五年级，有个星期天，她拿了几年攒下来的压岁钱，带了5个同学从武昌到汉口，再从汉口到汉阳，再返回汉口。在一天里，把中山公园、汉阳动物园、解放公园，通通玩了个遍。当她又开始秘密策划下个星期天的远足狂欢时，她的一个同学向我告了密。那时候，她刚满10岁。

真有那么好玩吗？我问咪卡。在深夜的灯下，她脸色绯红地点头。但是，如果游乐场里的那些机器真有那么好玩的话，为什么他们玩过了还想玩，永不满足呢？

有个作家说，我们要多玩造物主造的东西，少玩人造的东西。造物主造的是有生命的，而人造的却相反。在我小的时候，我玩泥巴，或泥巴里长出来的东西，或靠泥巴生存的东西，也就是树木花草，虫子蚂蚁。它们都是我的伙伴和朋友，当我一个人时，我和它们说话。和一根微笑的灯笼草说话，或者，和一只刚刚停止了争论的青蛙说话。我坐在草堆里看日出日落，看月光和夜晚的闪电，听林子里的风响、鸟叫和田间的虫鸣，它们都是造物主的话语。在霞光弥漫天际的时候，幻想撕一片晚霞来做围巾，或衣裳。

春天我们玩杨柳，它新长出的黄蕊像飞絮，据说柳絮随风而飞，如果落到池沼里，就会变成浮萍；我们把艾蒿的叶子摆在湿地上，用稗子拍出美丽的形状，做“吹叫子”，看谁吹得响。我婆婆经常得意地说她儿子也就是咪卡的爸爸3岁的时候，用树皮做的“吹叫子”就吹响了。到了夏天，我们玩雨，看流萤，摘桑葚和李子；秋天里，我们帮蚂蚁搬家、麻雀做窝，看蒲公英结籽；冬天来时，我们玩雪，玩冰，看小草怎样从冬末的雪里长出来，听公鸡怎样在寒冷的早晨把嘴埋在羽毛里打鸣。

在我小的时候，我们很穷，穷得一个玩具也没有，但万物却都成了我们的玩具。——造物主就是这样的公平和慷慨，他决不因为你穷就舍弃你。如果你肯亲近他，他就把他所造的都给你。现在我的女儿有很多玩具，花了很多钱从商场里买回来，但没有一样能使她真正满足，也没有一样能让她真正珍惜，就像成年人买报纸一样，看过了就扔，扔了再买。

有一天我突然想到，也许，她的永不满足正是因此而来。——她远离了造物主，她玩的是没有生命的东西，那里面没有爱，她的爱也无处可施，所以她饥渴，所以她要喊：我要玩，我没伴玩。

这种饥渴更胜于身体的饥渴，但大人们却意识不到。当她说我渴时，我们给她水和饮料，当她说我饿时，我们给她满桌的美食。但当她喊我要玩时，我们却意识不到这也是饥渴，而且是一种更严重的饥渴。这种饥渴只有一种食物能够填饱，那就是爱。除此之外，没有什么玩具能使她饱足。

如果我们的孩子在一个这样的饥渴的世界里长大，那么，她感知爱的能力就没有得到发育和成长。她就将感知不到这个世界的爱，也感知不到亲人和朋友的爱。她将活在一个干枯的世界里。她会说，没人爱我，你们都不喜欢我。虽然事实不是这样，但她看不到事实。她甚至看不到太阳、月亮、水、蔬果以及新鲜空气给予她的爱。她不仅了解不到那份爱，更洞见不到那份爱的完全与深远。

更可怕的是，如果她感知不到这个世界的爱，她自然也就不会去爱这个世界。而我们是在爱这个世界的时候，才活在这个世界上的。

后来的事实证明我的感觉是对的。当我们养了辛巴之后，咪卡就变了。她再不像以前那样呼喊我要玩了，也不像以前那样永不满足地买那些冰冷的没有生命的玩具了。当她对我们不满时，她会把辛巴抱在怀里说，我现在最喜欢辛巴，还是辛巴对我最好。这是她以前从未说过的话——哪怕是对那个价格昂贵的芭比娃娃，她也没说过还是芭比对我最好之类的话。

辛巴虽然是一只狗，但它仍然来自造物主的创造，是伟大的生命的孩子，能给予爱，也能接纳爱。这就是人所需要的——人需要被爱，也需要施予爱。就像那个著名的小王子，他甚至在一棵玫瑰花身上，找到了他所需要的爱与被爱。因为玫瑰花也是生命的孩子。

爱生命的孩子，就是爱生命，也就是爱那个伟大的创造者，同时也被他所爱。在这种神圣的爱与被爱里，这个小女孩的饥渴终于被填饱了。——也许只有凭借那神圣的爱，我们才能真正免于饥渴。

这个结果让我看到了造物主创造的苦心与深意，以及这个世界对于爱的回报。就像美国诗人罗伯特·弗罗斯特写过的：春树幽闭的芽中藏着碧绿，即将长成荫荫夏木。夏天辉煌的碧绿原来隐藏在初春那毫不起眼的细芽里。

这个结果还让我想起平原上一种叫木莲的植物。木莲蔓延生长，四季不凋，不开花就结果。起初，果实里面是红而空的，但到了后来，里面就结满了细小的籽，每颗籽都有一根美丽的须儿。这种籽小孩子喜欢吃，小鸟也喜欢吃。

咪卡的饥渴——我们的饥渴，像不像木莲结的那个果实呢？起初虽然空而红，但造物主自然会走来把它充满，用那细小但甘甜的籽粒——那就是我们所需求的爱。问题只在于：你愿不愿意做那枚谦卑的果实，全然地接纳造物主的充满。

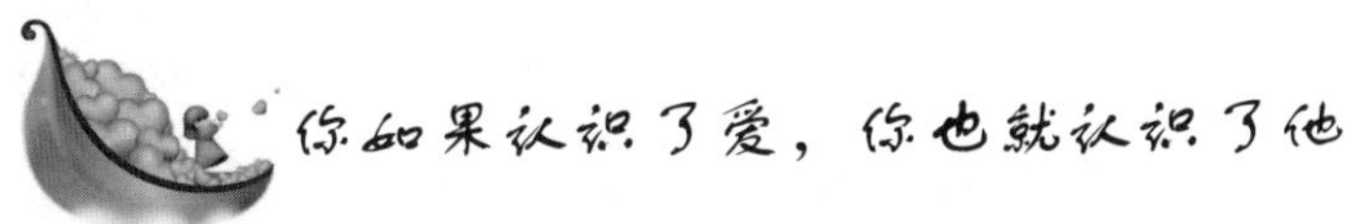

你如果认识了爱，你也就认识了他

我记得很多年前，在我还是一个20岁的大学生时，有个女子跟我讲，她5岁的儿子常常趴在窗台上，眼巴巴地看着楼下的街道，和街上来来往往的行人。眼巴巴地，羡慕得涎水直流。她说：“眼巴巴，你真懂这个词吗？我是看见了我儿子的眼神才懂的。他多孤独啊。但是，我有什么办法，我只能把他锁在屋里。在很多发达国家，这都是不允许的，警察会来管。但在中国，这样的家庭这样的孩子实在太多了。”

我也有几次把咪卡独自锁在家里的经历。在她五六岁的时候，她爸爸去了海南，我一个人带她。很多时候，我不得不这么做。有一回，是冬天，我本来是计划带着她出去的，但临出门时发现天气太冷了，是那种随时都会下雪的天气，我只好把她锁在家里。我跟她保证天黑以前一定回来，因为我知道她怕黑。但从武昌到汉口实在是太远了。当我疲惫不堪地返回时，天已经黑了很久。她一听到我上楼的脚步声，就哇地一声哭了。看到她满脸的泪痕，我就知道她其实已经哭了很久，只不过因为害怕就隐忍着没有哭出声。

其实我能感受到她的恐惧与孤独。在我小的时候也是这样。天黑了，如果大人没回，我是无论如何也不肯进屋的，即便瞌睡来了，也不进屋，宁愿趴在门槛上睡，也不肯上床去睡。但跟咪卡不同的是，我不是一个人等，我是和弟弟妹妹一起等。我们挤坐在门槛上，困倦使我们不想说话，但我们互相依偎着，这就有了温暖和安慰。因此，虽然恐惧，却并不孤单。

如果咪卡有一个哥哥或一个姐姐，不管是多小的哥哥或姐姐，有一个弟弟或者妹妹，情况可能就完全不同了。甚至是，如果那时候就有辛巴，情况也会不同（现在她常说：没关系，辛巴陪我就行了）。恐惧还是会恐惧，但不至于恐惧到哭泣。或者，哭泣还是会哭泣，但怎么样也不至于不敢哭出声吧。

所以，很多时候，我真想再生一个孩子，甚至几个孩子，使他或她不至于因为独自一人而感到孤单。当大人不在时，他们可以代替大人来相互陪伴，相互取暖，使孤独和恐惧不至于弥漫得像黑暗一样。而另一些时候，当我觉得人生空虚找不到意义的时候，我也真想违反国策去生一个孩子。让一个崭新的生命凭借我而来，是不是比上一个无趣的班有意思得多呢？

咪卡有个表妹，比她小5岁。当表妹长到可以跟她玩的年纪时，只要表妹一来，她的狂欢节就开始了。尽管表妹来了后，她要受一些委屈，做一些谦让，有好吃的要分给表妹一多半，有好玩的要让表妹先玩；甚至要多做许多事，比如督促表妹吃饭，替表妹梳头，陪表妹洗澡，表妹哭了要哄，等等。但她还是愿意表妹来，甚至恨不得表妹来了就不走。学校一放假，她就邀请表妹来玩，甚至不啻辛苦，在酷暑天里接来送往。有一次，她没跟我说一声，就把表妹带出去吃麦当劳，又带回家来玩——放假后，表妹跟她一样，也是一个人在家。结果，弄得她小姨大发脾气，从此禁止她们私自来往。

也许她是喜欢表妹的，但最根本原因却还是那一个：不喜欢一个人在家，不喜欢自己跟自己相处，不喜欢孤独。但是怎么办呢？好像不能怎么办。也许这就是这一代独生子女的命运，是他们必须接受的现实，也是他们幼小的生命不得不负起的重轭。跟我们小时候的贫穷相比，他们的孤独是更大的黑暗。

听说有一个画家，在他还是一个小男孩的时候，他总是一个人在家。当他长大并成了一个画家后，他非常喜欢画屋子，他画了很多的屋子。但他画出的屋子，通通都是黑暗，没有光亮的。

想一想，在黑夜里，我们为什么会情不自禁地想念白天的种种好处，想念太阳？因为太阳不仅给我们带来光明，也使我们感到温暖和安全。而太阳落土之后，我们为什么急急忙忙地往家赶？因为家里有光明。但是，对于一个孩子来说，一个没有大人的家，就依然是黑暗的。

咪卡隐忍的哭泣给了我很大的震动，从那以后，我再不敢把她一个人留在屋里。在那几年里，我基本没有出过差，完全没有社交。除了上班，就是在家。虽然这样的生活并不是我想要的，我也许还是更愿意服务于社会。但我必须这么做。我必须像一个旧式母亲那样，把我的生命全部用来陪伴孩子成长。对于世界来说，我不过是一滴水，一片叶子，或繁星闪耀的夜空里一盏可有可无的灯。但对于这个小生命来说，我却是一片海，一个森林，或无边无际的黑暗里那一轮必不可少的太阳。我想这是造物主特别赋予我们的爱与责任。如果我们在缤纷的世界里丢失了这份爱，造物主会把它拣在手里，并在适当的时候把它还给我们。

有一段时间，我也曾想把咪卡送去全托，这样每周我就有六天的自由了，至少我不用天天每日急慌慌地往家赶了，我可以从从容容地走路，看街上的风景。但最后还是没有，因为有个基督徒朋友跟我讲了一个故事。

在一个很僻远的地方，有一个小小的村落。多年来村民们过着宁静安详的生活。但孩子们却过得很苦，他们吃不饱，从小就要干很重的活。大人们看不见孩子的苦难。也许看见了，但因为历来如此，也就懒得去改变。有一天，村子里来了一个国王。国王说，他是来寻找他的小王子的。他不记得他的小王子是什么模样了，因此，这里的每个孩子都有可能是他的小王子。国王走后，这个村子里的情况发生了很大的变化，父母们开始尝试着把他们的孩子当成王子来对待。又过了很多年，国王第二次来到这个僻远的地方，看着那些健康幸福的孩子，国王说，我并没有丢失王子，我来这里，只是要告诉你们，你们每个人的孩子其实都是王子。

事实就是这样，我们每个人的孩子都是王子。可很多时候我们看不见这一点，需要有个国王来指明。孩子的苦难，并不单指食物的缺乏，更指爱的饥渴，心灵的孤独。把你的孩子当成王子，也并不单指物质上的富足，更是指精神上的陪伴和引导，感情上的温暖和慰藉。

如果没有爱，宫殿也不过是一个偏僻的村落。如果有爱，偏僻的村落也可以成为光明的宫殿。

我的朋友说，这个世界上没有一个孩子是愿意离开母亲的，哪怕是短暂的离开。因为那违背了孩子的本性。她需要伙伴，但伙伴的友爱永远代替不了母亲的至爱，就像人类之爱永远代替不了上帝之爱一样。那种至爱得不到满足的饥渴，比暂时的独处更可怕。她如果不能在一个有光的家里长大，那么，她内心的屋子就一定是黑暗的。而在人的一生里，只有这个时候她最需要你，最依恋你，这是你们互爱的黄金时光，错过了就永远错过了。

最后朋友说，把你的女儿当成公主来爱吧，她是一个多好的女儿啊。

是的，她是一个多好的女儿啊，她们是一些多好的女儿啊。还有他们，是一些多好的儿子啊。天下没有不好的孩子。如果孩子不好了，那一定是大人先不好的。

现在，我要把这句话送给天下所有年轻的母亲：把你们的孩子当成王子当成公主来爱吧，他们和她们，都是一些多好的孩子啊。

现在咪卡已经长大，那个在冬天的夜晚因为恐惧和孤独而默默哭泣的小女孩，已经长成一个健康纯净的如花少年了。如果现在要她画一个屋子，这个屋子一定是明亮如昼温暖如春的。我有这个信心。她常说“我好幸福，我觉得你们很棒，我好喜欢你们啦”。虽然有时候她也对我不满，但转瞬就会表示她的宽谅。她说，我又不完美，我凭什么要求你完美呢。

虽然看起来形势大好，但我知道孤独和恐惧仍然与成长同在。她还是不喜欢一个人在家，不喜欢一个人走路，上楼。每个星期三的晚上9点，她补完课回来，我必须要到楼下去接她。就100多米远的一段路，她坚决不肯一个人走。

这使我意识到，我必须要带她去认识一个朋友。

这个世界上只有这个朋友会始终如一地爱你，陪伴你。也只有认识了这个朋友，你才不会感到孤独，才有勇气走任何一段路。因为一旦你认识了他，他就不会让你独自走过。事实上，那个里面的你，始终都在和他并肩行走。而他也渴望着认识你，与你相见。用印度诗人泰戈尔的话说，如果不这样的话，一切太阳和星辰，都是白白地创造出来了。

有一个故事这样讲：如果把人生比做骑自行车，那么，上帝一直都在帮你踩踏板。任何时候，你都不是一个人在踩，无论是上坡、下坡，还是坎坷、平路，上帝始终在和你一起踩。

还有一个故事这样讲：有个人做了一个梦，梦见自己与上帝在沙滩上散步。天空中闪现过一些生活的场景，他注意到每个场景都有两组足迹印在沙滩上——一组属于他，一组属于上帝。当最后一组场景消失时，他发现有许多地方只有一组足迹。而这些刚好发生在他人生最低潮的时候。

他便问上帝："上帝，你曾说我一旦决定跟随你，你会一路陪着我走下去，但是，为什么在我最需要你的时候，你却离弃了我？"

上帝回答说："孩子，我爱你！而且永远不会离开你。在你经受考验的时候，你只看到一组足迹，那是我背着你时留下的。"

是的，只有他的爱是不变的。他说过"我永远的爱你。"当你对世界感到失望、认为谁都不爱你的时候，你要相信他还爱着你；甚至当你觉得你的父母都不爱你的时候，你要相信他还爱着你。因他创造你的目的，就是要让他的爱充满你。如果你明白了这一点，你的一生都将活在幸福里。如果你看见了这一点，你就永远不会感到孤独，更不会感到恐惧。

在你睡眠的黑暗里，他是星光；当你醒来，他又变成了黎明。你欢笑时，他在你的快乐里，当你哭泣，他又出现在你的泪水中。你如果认识了他，你也就认识了爱。这句话也可以换成：你如果认识了爱，你也就认识了他。

现在，我已经把他介绍给了咪卡，就像咪卡小时候，还是一个婴儿的时候，我把天上的太阳指给她看一样。在这个晴朗的早晨，咪卡看见了他，就跟小时候突然看见了太阳一样，是惊讶而喜悦的。从此以后，天上的飞鸟、云霞，地上的虫子、青草、水、空气和一棵树，以及风的声音，都具有了奇迹般的爱的功能。当它们莞尔微笑时——当我们莞尔微笑时，太阳就破云而出了。而阳光在照亮我们的刹那，也照亮了黑暗。

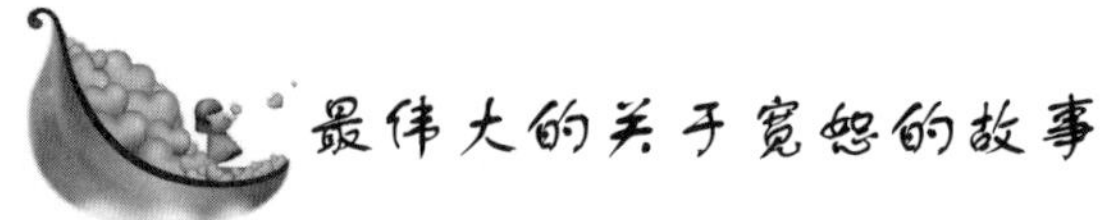

最伟大的关于宽恕的故事

已经是夜里9点多钟了，咪卡突然跑到书房里跟我说，这是她一天中最快乐的时刻。我问为什么？她说罗叶刚刚给她打了一个电话，问作业。我说，一个问作业的电话有什么高兴的，你们不是经常打电话问作业吗？

这时，咪卡就停住了，做了一个幸福的手势说，今天可不同。我说有什么不同？难道现在太阳出来了不成？咪卡就走过来抱住我的肩膀说，今天我们吵架了，放学的时候都没说话呢，但现在她跟我打了电话。

我就明白了。我拥抱了咪卡说，你们怎么这么棒啊。咪卡说，我好高兴啊，她肯定也很高兴吧？我说，那当然，她应该比你更高兴呢，因为是她主动的，你又接受了她的主动。虽然你们都没明说，但你们是心有灵犀呀。咪卡就使劲跳了两下说，呵呵，我今天一定能睡个好觉了，我还以为我会睡不着呢。

在这个初夏的夜里，窗外风吹叶响，如同清脆的滴水之音，看着眼前这个因宽恕而喜悦的孩子，还有电话那头那个看不见的孩子，我突然就很感恩，感觉心里也有一片清风吹过，也有一阵清脆的滴水之音响起。原来宽恕是一件如此简单的事。而在今晚，宽恕就是她打一个电话，她接一个电话。

在这件事情上，孩子们总是比我们大人做得更好。就像他们更容易与一只小鸟和一片树叶亲近一样，他们更容易宽恕。其实，我们每个人的心里都有一盏宽恕的灯，只是我们不能像一个孩子那样，让它适时放出光来。因为我们常常忘了点亮它，更忘了擦拭它。是的，我们每个人的心里都有这样一盏灯，但我们使它熄灭了。而孩子是一个崭新的熠熠闪光的生命，世界还来不及用它的尘埃来蒙蔽这灯盏的光辉呢。

其实有些时候，我们并不是不想宽恕，我们也很想打那个电话，但我们拿起话筒又搁下了。我们不只是缺少勇气，我们更缺少信心。但是，如果你不把脚伸进河里，你怎么知道河水干不干呢?《约书亚记》记载：先知约书亚带领众人过约旦河，脚一入水，水就干了。也就是说，你必须要说出那句话，宽恕才会来临。在我们的人生里，我们往往缺乏的就是这种“湿脚”的信心。但孩子们不同，他们身上还涌动着上天赋予的禀赋，所以他们很容易就把脚伸进河里去了。

有一个小故事这样讲：一个小男孩很聪明，有一天他做了一个很好的航模，预备送给他的父亲。他等到很晚父亲才回来。但因为种种不如意的事，父亲很不开心。当小男孩把航模拿给他看的时候，他很不耐烦地说，走开，不要来烦我。说着顺手一推，小男孩手中的航模就掉在地上摔坏了。这是他做了整整一天才做好的。小男孩就哭了。这时候父亲更加烦躁，他大声说，哭什么哭？还不快去睡觉。小男孩就只好抽泣着默默地拣起那个已经摔坏的航模，进了自己的房间。

父亲也进了自己的房间。那天的确有很多事使他有足够的理由生气，但他怎么可以这样对待自己的小儿子？这么可爱的小儿子？但那时他的心已被抱怨充满了，再没有空隙使他能透过自己心中的乌云看到这一点。那晚他本来应该加班的，他还有很多的工作没做完，但心中的怨气使他无法安静，他坐在桌前继续烦恼。就在这时，小男孩轻轻地推开了父亲的房门，他伸进小脑袋，微笑着柔声说，爸爸，我爱你。又把门轻轻地关上了。

故事到这里就结束了。一个本应该喜悦和感恩的夜晚，却被这个父亲的抱怨和烦躁吞噬了。他后来究竟受到了怎样的震撼和安慰，我们无从知道，也不需知道了。

孩子们就是这样的美好，他们让宽恕适时地放出光来，照到那需要爱的心里。一颗焦躁、怨尤和愤懑的心，其实是更需要抚慰和怜悯的。孩子们本能地懂得这一点，就像他们本能地亲近一只弱小的动物一样。他们在做这件事的时候是那么自然，就像一棵草在春天长出绿叶一样，青翠是它的本性；或者，就像一朵花在原野上开放一样，芬芳是它的本性。对于孩子来说，爱就是他们的本性。所以他们常常快乐，他们绝对不会花一整天或一个夜晚的时间来生气烦恼。

如果一个人能够一辈子，每天擦拭这盏灯，保持它的光洁，让它适时发光发亮，就像一个孩子那样，那他就成了天使。——一个善于宽恕的人，从精神的意义上讲，是真正的强者，也是一个能够享有平安和喜悦的人。

有一句话说得很好，要学会对你的生命说是。如果一个人生活在说是的内心氛围里，那么，他就能够生活在平静喜悦和从容里。反之，一个人如果生活在说不的内心氛围里，那么，他就会生活在对抗、抵触、谴责、烦恼和抱怨里。不要对你的生命说不，不要对你的环境说不。学会了说是，就是部分地学会了宽容和宽恕，忍耐和怜悯，分享、沟通和欣赏，也就是窥见了爱的一个层面。有个智者说，一个人的生活是否充满喜悦和快乐，要由他的里面有多少爱来决定。同样，一个人是否宽恕有多少宽恕，也是由他里面的爱来决定的。孩子们本性的纯真和柔软，使他们天然地拥有爱，也就更容易宽恕。

千万不要用“父子关系”来解释小男孩对他父亲的态度。这种因果关系否认了爱的本性，就像否认芬芳是花朵的本性、青翠是草叶的本性一样。看看大自然里，万物都在相爱——树与木在相爱，河流与高山在相爱，果与叶在相爱。这些爱都是出自本性，而不是为了你，或为了我。

有一个很有学问的旅行家去拜访一个著名的和尚。或许是因为旅途劳顿，旅行家到达的时候，非常烦躁。他走到门口，先是脱掉鞋子，把它用力地扔向一个角落，然后很响地把门撞开，向和尚问好。

对于这样一个来访者，和尚拒绝接受他的问候，和尚说，你去跟鞋子和门道歉吧，道了歉我们才有可能交谈。

旅行家很奇怪，他问，向鞋子和门道歉？他们又不是活物。和尚说，他们的确不是活物，但你愤怒地对待它们，就好像它们犯了什么罪似的。既然你可以愤怒地对待它们，那么你也可以跟它们道歉。

旅行家想，他走了很远的路来到这里，如果因为这么一件小事而使他的拜访草草收场的话，那就太可惜了。于是他走过去对鞋子说道：对不起，朋友，请原谅我的无礼。又对门说道：对不起，我粗鲁地把你撞开是错的。

奇迹就在这一个片刻发生了。当旅行家说完这些话之后，他突然就感觉到有一种新的东西像明月一样从他的心里升起，他一下子就平静安详了。他简直不能想象，只是请求门和一双鞋子的原谅，一个人就可以获得这样的宁静和喜悦。

事实就是这样，当你说对不起时，实际上你就已经宽恕了自己，你就已经表达了一些爱，所以平安和喜悦自然就来到了。只要你表达了一些爱，不管是对一扇门，一双鞋子，还是对一只小狗，一个人，你就一定会释然的。如果你愿意常常表达一些爱，那么，当你捡起一块石头时，你也会感觉像牵着一个朋友的手。

想到这里，我才真正理解了咪卡的喜悦，和电话那头那个孩子的喜悦。因为宽恕首先是自己给予自己的一种释放，一种安息，一种甜美、自由，一种爱。然后才是给予他人的一种释放，一种安息，一种甜美、自由，一种爱。道歉首先是自己宽恕，然后才是请求别人宽恕。

咪卡做完作业就准备睡觉了，在她睡着之前，我坐在床边给她讲了一个故事。我跟她说，这是一个最伟大的关于宽恕的故事。

有一天，经学教师和法利赛人带了一个妓女来见耶稣，她是在卖淫时被抓的。他们问耶稣：“老师，按照摩西律法，这样的女人应该用石头打死，你认为怎样？”耶稣弯着腰用指头在地上写字，半天没有作声。他们还是不停地问，耶稣就直起腰来对他们说：“你们当中谁没有犯过罪，谁就先拿石头打她。”说完又弯下身子，继续在地上写字。听到这话，那些人就一个接一个地离开了，只剩下那女人和耶稣。耶稣就站起来问她说："他们都到哪里去了，没人留下来定你的罪吗?"那女人说："先生，没有。"耶稣说："那好，我也不定你的罪，你去吧，从此别再犯罪了。"